当代文学名家长篇精品书系

风凛冽

叶辛 著

当代中国出版社
Contemporary China Publishing House

2017年·北京

图书在版编目(CIP)数据

风凛冽 / 叶辛著. -- 北京：当代中国出版社，2017.6

（当代文学名家长篇精品书系）

ISBN 978-7-5154-0761-6

Ⅰ. ①风… Ⅱ. ①叶… Ⅲ. ①长篇小说—中国—当代 Ⅳ. ①I247.5

中国版本图书馆 CIP 数据核字（2016）第 297954 号

出 版 人	曹宏举
策划编辑	王延新
策划支持	文钻图书·傅兴文
责任编辑	王延新
责任校对	康　莹
封面设计	信宏博·张红运
出版发行	当代中国出版社
地　　址	北京市地安门西大街旌勇里 8 号
网　　址	http://www.ddzg.net　邮箱：ddzgcbs@sina.com
邮政编码	100009
编 辑 部	(010)66572264　66572154　66572132　66572180
市 场 部	(010)66572281　66572161　66572157　83221785
印　　刷	北京润田金辉印刷有限公司
开　　本	880 毫米×1230 毫米　1/32
印　　张	8.875 印张　1 插页　236 千字
版　　次	2017 年 6 月第 1 版
印　　次	2017 年 6 月第 1 次印刷
定　　价	35.00 元

版权所有，翻版必究；如有印装质量问题，请拨打 (010)66572159 转出版部。

长篇创作之路

1975年深秋。

连绵无尽仿佛永远落不完的秋雨仍在下，茅草屋里光线昏暗，灰色河泥土墙上留着数年污垢的水痕，我趁着雨天仍在写作。

这已经是插队落户当知青第七年了。

房东家的儿子小批发，大名叫袁匡发的，从公社邮局给我带回了一封信。看见我桌子上写好的一迭稿子，拿起来翻了翻，说："你写得这么辛苦，以后会不会出版喔！"

语气完全是怀疑的。

我用一句大话答复他："功夫不负有心人，你看到的这些稿子，有一天会印成书的。"

他瞪大了将信将疑的眼睛，叫起来："你这么有把握？"

我肯定地回答："有这信心。我还相信，有一天我会出版原文的英文版的书。"

小批发在久米公社中学读初中二年级，课文中有英语，他时常抱怨，当农民，学英语啥鸟子用？他不喜欢我读书写字，放学以后，希望我和他聊天、摆龙门阵，要不跟他上山坡去玩耍，抓鸟雀儿。

2016年5月18日 22:56
　　澳洲的网络上发了一条消息。全文如下：
　　叶辛小说《孽债》英文版在悉尼首发成功

　　2016年5月18日，澳洲华人近来了文化生活中的一件大事和喜事，中国作家协会副主席、著名作家叶辛抵达悉尼，应邀前来参加澳大利亚悉尼作家节活动，出席《孽债》英文版的新书发布会。

　　会场在悉尼CBD最大的老字号文学书店，出席发布会的有西悉尼大学副校长赫尔姆斯教授，人文学院之长彼得教授，出版社社长印迪克教授，中国驻悉尼总领事馆张荣保文化领事，悉尼帕阳市长伊轻先生和夫人，澳大利亚中国知青协会会长李荣文、名誉会长许明华、孙青福等。

　　澳大利亚中国知青协会的知青和华人华侨都慕名前来，纷纷到场祝贺。知青和嘉宾们踊跃购买书让叶辛老师忙签名，场面非常热烈。叶辛老师的新书发布会取得了圆满成功。

《蹉跎》英文版由西悉尼大学、SBS电视台总字幕师韩静博士翻译，澳大利亚最大的文学出版社Giramondo出版发行，书名为《Educated Youth》，封面采用了叶辛青年时期在贵州拉手风琴的照片，上半部分是风起云涌的天空，喻示着波澜壮阔的上山下乡运动造就了一代知青。《蹉跎》英文版的发行是中澳文化交流的一个重大成果，对于澳大利亚及西方读者，还有我们的下一代了解知青的历史和故事有着重大的意义。

网络上同时配发了26张照片，把书店里挤满了读者和许多社团的华人、华侨的情形，传达给了网络读者们。

抛澳生活20多年的里昂江知青称新先告诉我，书店经理一再对他说：想不到，想不到会有这么多读者到来。我们书店搞作家的新书首发，就是来七八个人，大家围坐在一起，就双方感兴趣的话题，聊一聊，喝些咖啡，让作家签个名，然后就散了。

我得实事求是地说，首发这天挤满在书店里的读者，约七成是华人、华侨，三成是澳洲的西人。

我以为接下来的两场活动，可能也是这样。但是事实上不像我预料的。

2016年5月19日 23:08

隔开一整天，19日的晚上，网络上又发出一条消息：《孽债》英文版悉尼受捧，一日内首批书籍销售一空。全文摘录如下：

今天在悉尼北区的车士活图书馆（chatswood Library）举办了中国著名作家叶辛先生在悉尼《孽债》英文版发行的专题演讲，悉尼的读者对叶辛先生"孽债"英文版充满兴趣，网上预约报名参加人数超过限额、会场人数爆满，演讲过程中作家与读者互动气氛热烈。《孽债》小说不仅中国人喜欢，英文版也受到外国读者的热捧，他们也想了解知青历史，大家争相购书，排队请叶辛签名，首批出版书籍在一天内已销售一空。

讲座由悉尼国际作家节凯斯女士主持，她首先向读者介绍了叶辛先生以及《孽债》英文版的翻译者韩静博士。

现场播放叶辛先生生平的纪实片，由韩静博士制作英文字幕，片子讲述了叶辛先生知青时代及其写作之路，全场观众看得聚精会神。

叶辛先生向读者讲述了《孽债》这部小说的时代背景、故事起源、构思的意向和情节的创作过程，韩静博士做现场翻译。

悉尼的外国读者们从澳洲社会和生活的理解角度出发，就什么是知青？为什么会有上山下乡运动？知青时代教育资源是否缺乏等各自关心的问题，向叶辛先生求答。

叶辛先生逐一给予解答，既深层次的

帮助读者解析问题，又不失诙谐风趣，给大家留下了深刻的印象，在场听众对叶辛先生的小说创作感言和问题解答报以热烈的掌声。

同时配发了欢场的17张照片；在场的观众百分之九十是西人，华人华侨仅占了百分之十。

2016年5月22日 20:23
三天以后的5月22日，网络又发出第三条和我有关的消息：著名作家叶辛与著名作家贾佩琳悉尼对话，因也和《孽债》的英文版有关，全文照录如下：

为期一周的悉尼作家节(Sydney Writers' Festival)是全球最盛大文学节之一，今天在美丽的悉尼大糖湾作家协会分场，中国著名作家叶辛先生与澳大利亚著名作家贾佩琳进行了一场文学对话，叶辛以他精彩动人的演讲圆满成功地结束了在作家节的最后一场活动，他的三次演讲均受到澳洲文学爱好者的高度评价和认可。

今天的"对话叶辛"活动是收费的（每张20澳券15澳元），但出乎意料的是，慕名而来的几乎全部都是澳大利亚本地的文学爱好者，全场爆满。澳大利亚著名作家贾佩琳（Linda Jaivin）主持了这场对话，她是一位有名的中国通和汉学翻译家。《蜗牛》英文版的翻译韩静博士担任现场翻译。

贾佩琳女士先向大家介绍了《蜗牛》这本书，并依据她本人对中国的了解，就这本书的内容、环境、和叶辛先生本人的经历提出了一系列深入而又尖锐的问题。例如：是怎样的一种情形？一种状况？一种历史背景下？使得那些知青可以舍下丈夫妻子和孩子而又无反顾地加入到返城大潮中去。这是不是跟中国传统的以家为重的家庭观念背道而驰？叶辛先生从知青运动的始末，当时的城乡差别、返城政策和有关规定、上海的生活环境和压力等方面，回答了这个问题。让澳洲的读者深入感受到这部小说的真实性生动性。对话过程中，作家们还就伤痕文学及时代大背景等问题进行探讨，在有限的时间里，听众提问举手的非常之多，积极性非常之高。最后主持人不得不限制每个人提问时间，遗憾的是仍然有很多举手的听众因为时间关系没有机会提问。这是一场高水平的文学与思想的对话。韩静博士非常专业的现场翻译，准确快速地表述了叶辛的回答，真可谓天衣无缝，非常圆满。听众们报以了热烈的掌声。

活动结束后，叶辛先生还接受了惠民文学之声广播电台和澳大利亚国家电视台 SBS "事实栏目"的记者采访。

报道配发了现场的三张照片。

41年过去了，小K发，当年房东家的儿子今年已经五十多了，他还是一个农民，我们仍保持着联系。我把以上新浪博客的三篇报道都转发给了他。

　　他很快，及时地回复我："当年你译胡批，今天你如愿了。"

　　直到现在我才知道，他当年以为我的话是胡扯。

　　其实，在《蘩漪》翻译成英文版之前，我也有过作品译成外文，中篇小说《玉蜓》翻成过英文，《惊蛰》译成斯瓦西里语，部分散文、随笔等翻译成英语、日语，《蘩漪》在上世纪九十年代，由越南中央新闻社的吴影源女士翻译成越语出版。《隧道岁月》《蘩漪》两部书，多次被告之要翻成外语，但是始终没有如愿。九十年代时，一对新西兰夫妇曾动手译过《蘩漪》，前后历经三年，最后给我写来一封抱歉的信，终于放弃了。他们甚至还给译成取了名《七子厚亲记》……经历了这一切，看到厚厚一本《蘩漪》的英文版放在眼前，并且进行了首发活动，我终于忍不住把这几本原书讯，转发给了我的农民伙伴表正发，不是向他炫耀，只是告诉他，厚之的英文版的书，出版了。

我也想借此告诉所有的读者朋友，长篇小说的创作之路，长篇小说的走向世界之路，是艰苦的，漫长的。

也以此作为这一套长篇小说丛书的序吧。

2016.6.12、澳洲归来于上海

叶辛

内 容 简 介

这是一部以知识青年叶铭和高艳茹的恋爱悲剧为主线的长篇小说。

故事发生在一九七六年一月的上海。那时，正是"四人帮"覆灭前的最黑暗时期，寒风凛冽，人妖颠倒，一切美好的东西都面临着厄运。作者就是在这个背景下，展示了知识青年叶铭、高艳茹，医学教授高浩天，青年女工叶勤，与"四人帮"在上海的爪牙叶乔、刘庆强等人迫害与反迫害、正义与非正义、真善美与假恶丑的殊死斗争。结果，美丽温柔的高艳茹从肉体到生命都被毁灭了，这对青年男女的爱情终成一场悲剧。本书循着这个线索，深刻细腻地展现了一度在我国大地上出现的那个短暂而黑暗的年代，塑造了活跃于那个年代的不同类型的典型形象，他们个性鲜明，栩栩如生，读之使人感奋，使人于黑暗中窥见了人民的力量，看见了地火的光明。

本书情节紧凑，笔触细腻深邃，是作者同类题材作品中颇有特色的一部。

原序：永在流动的青春河

不知不觉，知识青年上山下乡，已经快五十年了。

近年来，不断地有人发来请柬，让我参加编撰与知识青年有关的丛书；不断地有人来约稿，希望我写一些和当年的上山下乡有关的文字；不断地有人发出邀请，要我参加与知识青年话题有关的座谈会、研讨会；不断地有人送来一厚沓的电视剧本，让我读一下这些准备投拍的、接近完成的本子，写的都是知识青年们的故事。仅近半年多，光这样的本子，我就拜读了好几部。就在上个月，我去黑龙江图书馆演讲时，还收到了哈尔滨知青们送给我的厚厚两大本哈青文选。为的是纪念上山下乡五十年。

有关知青当年的故事，有关知青返城后的沉浮，有关美丽女知青坎坷命运及恋人的故事，有关知青的子女们和他们的父母间的故事，还有侧重写今日的知青子女在都市里闯荡的故事。

最近以来，一些有了空闲、一些事业有成、一些发了点财的知青们，经常以"永难抹去的记忆"、"难忘的岁月"等题目，对中国知青的命运进行思考、回眸和述评。让人不由得会引出"时间是不是风化了情绪，历史能否沉淀出真谛的思考……"

一切迹象都在提醒着我，二十世纪六十年代至七十年代时中国发生的知识青年上山下乡运动，并没有从人们的记忆里抹去。有些剧本和丛书的编撰者则开宗明义地宣传，他们今天提起笔来描绘充满苦涩和辛酸的往昔，就是为了纪念即将来临的插队落户五十周年。

五十年了，半个世纪啊！真是人生易逝，弹指一挥间。

读着这些充满感情的文字，看着一部又一部描述往昔岁月的剧本，接触着一批批原先认识和不认识的老知青们，我不由得一次又一次地扪心自问：是啊，这一段历史是翻过去了，很多很多今天的少男少女，已经很难理解我们经历过的那段貌似奇特的生活。我接受过的几次电话采访，问出的一些话题，不得不引起我的思索。比如有一个问题是：曾经上山下乡的知青，究竟是多少人数？为什么有的说是一千四百万，有的说是一千八百万，有的则号称三千万？又比如还有一个问题是，描绘女知青遭受凌辱的故事，是不是为了迎合今天市场的卖点？

当然，提出这些问题的记者都很年轻。但是，时间只是过去了四五十年，事实却令人产生如此大的误解，这一现象本身就让我愕然。除了尽我的可能作出了回答和解释，又不得不引起我的沉思。那么，这一段难以忘怀的岁月，究竟留给了我们一些什么样的东西呢？重复地、喋喋不休地有时甚至是不厌其烦地去回顾以往，在今天究竟还有些什么样的意义可以探讨呢？

有人说，知识青年，是20世纪中国史册上一个无法抹去的凝重印记。

有人说，沉浸在知识青年们的如烟往事之中，是一辈子也走不出那条青春河。

有人说，频频回首风雨人生中知青们的故事，是在努力寻找青春的足迹。

有人说，知识青年的自省、忏悔和反思，是我们民族自省、忏悔和反思中一个重要的组成部分。因为这一代人已是社会的中坚……

有人说，什么中坚啊，随着岁月的流逝，这一代人正在退出历史的舞台。不是吗，再过二十年，我们都难相会了。

有人说……

各种各样层出不穷的话题和议论，搜集拢来几乎可以编成一本大书。

我也曾是一个知青，和成千上万的同时代人一样，经历了"文革"中那段长达十年之久的知青生涯。眼见耳闻了许许多多伙伴和同时代男女的故事。可能正因为自己当了整整十年半的知青，故而对于那段生活，对于同时代知青的所思所想所虑，我都有较为深切的体验。即使时间过得再久远，我也仍记得，自己曾是一文莫名的知识青年。我也想忘却，但我不会忘却。

在和读者的见面会上，在盛情相邀我去讲课、座谈文学的那些大学和城市，只要对方告诉我说他当年是一个知青的时候，我总是这么回答他们。当他们希望我说些什么和写些什么的时候，我往往就重复这句话。

我觉得有这句话就够了。

我在偏远蛮荒的贵州山乡整整待了十年又七个月的时间，一天也不多，一天也不少。我想，对于这么一截漫长的日子，我能说些什么呢？

能说的我都已写进了那些小说。插队十年，直接描绘知识青年命运的长篇小说，我一共写了七部：《我们这一代年轻人》、《风凛冽》、《蹉跎岁月》、《在醒来的土地上》、《爱的变奏》、《孽债》、《客过亭》。另有一些中短篇小说和散文、随笔。还有我和当年的恋人，今日的妻子王淑君分离时的书信，汇聚拢来竟有近10本。这些作品的汇集出版，我想，无论是对于我，对于曾经有过这段经历的知识青年读者，对于知青的下一代，无疑是一件十分有意义的事情。每当我参加图书馆、文化局组织的读者见面会，每当我应邀到各省去参加读书节、书市，每当我在又一部新书的发布会上，总会遇见一些和我年龄相仿的热心读者，挤上前来，遗憾地对我说：他是一个知青，很想买齐我所有描绘知青的书，可惜一直没搜齐。我想，叶辛长篇小说书系八卷本的出版，会受到这些情有独钟的读者的欢迎吧。

在这些书里，我说过我希望那样的日子再也不要回来了；我说过我的青春、我的追求甚至于我的爱情，都是从那时候开始的；我说过就是在那样的岁月里，我才真正了解了栖息在祖国大地上日出而作、日落而息的农民，他们渴望过上基本温饱、祥和美满的生活，但他们的愿望实现起来往往又是那么困难。

二〇〇五年秋天，当由我牵头筹资的"叶辛春晖小学"在当年插队的砂锅寨落成时，老乡们把我曾经栖身的一间小小土地庙恢复成了当年的样子，挂了一块"叶辛旧居"的牌子，当人群散去之后，我的儿子叶田在这间四五平方米的小屋门口站了足足四五分钟。看到的老乡把这一情景告诉我时，我想，尽管我从未对他讲过自己青春年代受过的苦，但他站在那里看一看，他会从潮湿、幽暗的小屋，从当年的煤油灯，读出他该读懂的东西。

更多的时候我不是说而是在回忆，默默地静静地回想那些已经逝去的却又是那么清晰地留在我脑海中的画面。粗犷的远山连绵无尽地展示着古朴原始的高地，苍茫的云空中有鹰在盘旋，从绿得悦目、绿得诱人的山林里，传来小伙子奔放的时而又是逗人的歌声，传来姑娘们嘹亮得飞甩到谷地深处的歌声，这歌声和恢弘的大山、和轻柔的蒙纱雾、和郁郁葱葱的大树林和谐地交织在一起，撩拨着人的心情，搅动着人的思绪。

哦，多少文思就在这样的冥冥中涌现出来。

我在一篇创作谈中写过：创作，是我生命意味的体现。而我生命的根，就是孕育在由高山河谷树林村寨组成的大自然中。我对大自然的情愫，对生活于广袤大地上的人民的感情，就是在上山下乡的插队落户岁月里从切身的体会中培养起来的。

知识青年的五十周年，是中国二十世纪历史中一道独特的风景。

我们今天又来叙说这一段往事，叙说关于昨天的话题，为的是更好地着眼于今天，迎来愈加美好的明天。愿这套文集的出版，能给历史留下一道印记。

2016 年 10 月改定

> 1976，是中国当代历史上的多难之秋，也是中国大地上的人民迅速觉醒的奋起之载。这个事故，就发生在那年头的第一个月，那朔风凛冽的数九寒冬……
>
> ——叶 辛

一

对高艳茹来说，这一天仿佛注定了是个不吉利的日子。

走在灰白色的马路上，又干又冷的风呼啸着刮来，冻得她四肢直打颤，心头直打怵。一早出门到医院去，人没找到，事情没办成，回来又挤了好几站公共汽车。下车后走进阴冷潮湿的弄堂里时，那一扇扇黑色的石库门板，都像要倾倒下来压着她似的。她走进自家的后门，掏出钥匙打开门，穿过置满了煤气灶的灶披间，上了晦暗的楼梯，站在二楼客堂间门口，她好像走了长路一样感到倦怠。正站停下来喘气，没想到门一开，妹妹艳芸向她调皮地笑了，冲着她说：

"姐姐，你猜，谁来过了？"

"谁？"艳茹漠然地问。

"叫你猜嘛！"艳芸嘻嘻笑着，执意要同姐姐开玩笑。

艳茹没精打采地摇了摇头。

艳芸响亮地说："告诉你，叶铭刚才来过了！"

一道亮光在艳茹愁闷的脸上闪过，就像阴晴不定的天气里偶尔穿透云层的阳光在大地上匆匆掠过似的，她那明澈的双眼，转瞬间又被乌云遮盖了。她垂下眼睑，机械地应了一声："啊，他来了。"

艳芸不禁暗暗吃惊。叶铭是姐姐的同学，六年前他们一道去偏远的山村——贵州省三县交界的砂锅寨——插队落户。在共同的劳动生活中产生了感情。去年三月，她回上海办病残证明，几乎三天两头要给叶铭去一封信。后来好容易办好了手续，把户口转回上海了，姐姐却变得郁郁寡欢起来，平常哪儿也不去，一个人关在她两姐妹住的双亭子间里发怔。叶铭倒是每周来一封信，姐姐总是翻来覆去地读啊，读啊，读得泪珠儿竟从眼角里滚了出来。现在叶铭回来了，她为什么倒发了懵呢？艳芸以为是姐姐不相信自己的话，又大声说："是真的！姐姐，我不骗你，叶铭这次被录取在上海医学院，不走啦！"

"艳茹，艳芸不是跟你开玩笑，叶铭刚才真来过了。"原来是小学教师，现已退休在家的妈妈顾萍正在桌上摆着碗筷，她把沾湿的手在围腰布上擦了擦，一边舀饭，一边笑吟吟地证实说，"叶铭真是个好孩子。听他说，现在农村情况也不好，火车一路晚点，他坐了两天三夜才到家。回家后觉也没睡就来看你，等了你两个多小时哩！还是我一再劝他先回家睡觉，他才走的。"说着，瞅了瞅大女儿苍白的脸，又关切地说，"上午是看病去了吧？吃了午饭，休息一会儿，你去看叶铭吧！你们也好久不见了。"

饭桌上，有红烧肉，黄芽菜烂糊肉丝，炒豆腐干，肉圆汤，饭菜都热气腾腾的。可艳茹吃得很少，胡乱扒了小半碗饭就回到双亭子间去了。艳芸丢下碗也跟了进来。见姐姐在床上斜倚着，淡黄色的围巾扔在梳妆台上，神情沮丧，艳芸不由细瞅了瞅姐姐，只见姐姐穿着很贴身的中西式棉袄，铁锈红的罩衫衬托着她那白皙清俏的脸，越发显得苍白。她似乎心事重重，眉宇间透着忧虑之色，妹妹进来也没有动一动。

艳芸坐在床沿，看着姐姐好似在强忍着什么苦楚的神情，一时不知道该说些什么。她悄悄地把目光转到一边的梳妆台上去。那儿，相架上嵌着一张两姐妹小时候的合影。照片上的姐姐多么欢乐啊！照片刚刚取回来的时候，在医院里当内科主任的爸爸曾经兴高采烈地赞叹："看我这对女儿，多像两朵百合花啊！"两姐妹确是亲密无间，她们虽然相差六岁，可总要求妈妈给她们做一色的衬衣，买同一式样的皮鞋，梳相同的发式，相互间无话不谈，有些知心的话甚至不告诉像爸爸妈妈这样的第三者。年龄略大些,她们的感情愈加深厚。六年前,艳茹去贵州插队落户,七二年毕业的艳芸才得以留在上海,当了茶叶店的营业员,她内心是很感激姐姐的。去年,满二十五岁的姐姐回到上海,两姐妹更亲热了。但是很奇怪,在户口正式迁回上海以后,姐姐反而成天唉声叹气。还很单纯的艳芸以为这大概是因为她的工作迟迟没有着落,低血压症又久久未曾痊愈,而心上人又远在山乡吧,有时就不免劝慰几句。不料她的劝慰总是引起姐姐更加伤心,这才使她觉得姐姐似乎有什么事情瞒着自己。直爽的姑娘想打开这个秘密,又苦于找不到钥匙。今天早上叶铭突然来访,向她问起艳茹究竟发生了什么事情,为什么整整半年不给他写一个字。叶铭那种焦灼的情绪,简直使艳芸大吃一惊。现在,姐姐的神态又是这样异样,究竟是怎么回事呢?

艳芸谨慎地摸摸姐姐的手,那手是冰凉的。她心里一沉,低声问道:"姐姐,你什么时候去看叶铭?"

艳茹张了张嘴,没有答话。

艳芸忍不住又直通通地问:"姐姐,告诉我,你是不是有半年没给叶铭写信了?你们之间闹什么别扭啦?"

像遭了电击一样,艳茹颤栗了一下,忽地挺直腰坐了起来,两眼瞪得老大,痴呆呆地望着雪白的墙壁,在长长的睫毛遮掩下,似乎有泪水在眼眶里打转。

"姐姐,你的血压又低了吗?还是心里有什么事?告诉我吧,我也可以替你分担一点痛苦啊!"艳芸摇晃着姐姐的双手恳求说。

"也没什么。"艳茹转过脸去,避开了艳芸探询的目光,"我只是……心里乱得很……"

话未说全,她费劲地站起来,脱掉棉袄,动作迟缓地拉开被子。

"姐姐,你心里有什么事,别瞒着我。"艳芸帮着姐姐铺好被子,扶她上床躺下,又在床沿上坐了下来。

"不,不。"艳茹躺在床上目光显得有点慌乱,"我只是早上出去,看到些事情……"

"你看到什么啦?"

"你别担心。"艳茹的着急反倒使艳茹平静了,"上午,我碰到小学的同学郑珊,你认识她的。她六九年去江西插队,这次回来办病残证明,强拉我陪她到爸爸的医院去了一趟。在那里,我看到一条吓人的标语……"

"写的什么?"艳芸问,"又是要张春桥出来当总理的吧?"前两天,上海出现过这样的标语,引起上海市民普遍的悄悄的议论。艳芸对此是有她自己的看法的。

"不是。"艳茹摇摇头,双眼直瞪瞪地盯着天花板,自语般说,"我不明白,爸爸这几天不在医院,为什么会出现这条标语呢?艳芸,还记得爸爸半年前在家里说起的那件事吧?"

"什么事呀?"

"这么快就忘记啦!"艳茹有点嗔怪地提醒说,"那时爸爸刚恢复工作不久。爸爸一接手工作,就发现在医院实习的红医班医师,把一个患大叶性肺炎的小姑娘,错断成流行性感冒来医治,连着治了十几天,高烧也没退,爸爸很生气,立即抢救,可是晚了,那小姑娘……"

"记起来了。"艳芸截住姐姐的话头,"那小姑娘死了,家属找到医院大闹,爸爸气得吃不下饭。不过,这事不是早就弄清楚,已经解决了吗?"

"唉,总理的追悼会才开过几天,现在好像又要乱了,我真担心。我本来想去医院看看病的,到那儿,我……"说着,她双手捂住胸口,蹙紧了眉头,"一想到这些揪心的事,我的心就一阵阵绞痛。"

艳芸伸手往姐姐额头一探,艳茹的额头上烫乎乎的,艳芸不由惊叫起来:"你是不是着凉啦,我去喊妈妈来。"

艳茹拉着妹妹不放:"别,别去叫妈妈,妈妈身体也不好,让她好好午睡一会儿。"她衰弱无力地呻吟着,"一点感冒发烧,躺一会儿就过去了。"

艳芸想到了个主意。她扶着姐姐躺下，盖严被子，俯下身子真心诚意地说："姐姐，反正今天我休息，待会儿我到叶铭家去一次，跟他说你病了，叫他来，好吗？"

"啊，不，不，别去！"艳茹刚刚平静一点的脸色顿然紧张起来，连连摇手说，"不要去叫他。我只是有点不舒服，躺一会儿，等精神恢复过来，我会去看他的。……好妹妹，你千万别到他家去。"

"他在乡下当了多年赤脚医生，处理一般常见病，不是很有经验吗？请他来看看，也省得你上医院……"

"不，艳芸，你一定不能去！"艳茹又惊惶得脸色发白了。

"姐姐，你为什么要这样？你告诉我。过去，你什么事都不瞒我，今天你也告诉我吧，你为什么不给叶铭写信，为什么很怕见他？……"

艳芸陡然停住了。她听见了抽泣声，只见姐姐用被子蒙住头，嘤嘤地低声哭泣着。

艳芸慌神了，她扑上去，双手抚着姐姐的身子，柔声叫道："姐姐，姐姐！你究竟怎么啦？"

正在这个时候，艳芸听到楼下后门口传来敲门声，咚咚咚，咚咚咚！一阵比一阵急。

"有人来了。"艳芸赶忙站起来，整整衣着，对艳茹说，"快别哭，可能是叶铭来了。你看他多急啊！"

艳芸匆匆下了楼，打开灶披间的门。门外站着个陌生人，这人三十来岁，宽肩厚背，大大的头颅，一脸的络腮胡子。眉眼还算端正，大眼睛有点朝外鼓，鼻梁挺挺的，只是短了一点，嘴唇很厚，看上去既粗直又无礼。身材比中等个儿的艳芸还矮半个脑袋。

"你找谁？"艳芸见他的双眼直朝自己脸上溜，也没有好气地瞅着来人。

"我找高艳茹。"那人粗声粗气地回答。

"我姐姐在睡觉。"

"没关系。你跟她说我有要紧事找她。"陌生人满不在乎地说,嘴角一掀,露出两排被烟熏得发黄的牙齿笑了笑。

艳芸站着不动:"你叫什么名字?"

"刘庆强。"

"呃……"艳芸一听这名字,想起来了,这人是爸爸医院的工宣队头头,爸爸在谈话中提到过他。但他来找姐姐干什么呢?她迟疑一下说:"你等等,我去叫姐姐。"

回到双亭子间,艳芸的话还没说完,艳茹呼地一下从床上坐起来,手脚伶俐地披衣、穿鞋,慌忙叠着被子催促道:"你去叫他进来吧。"

艳芸刚打开门,刘庆强已经含笑站在门口了。他挺自在地跨进屋,也不问一声,傲然在床头边的椅子上坐下来。艳芸心头老大不高兴,便从书架上抽了本书,坐在写字台边"拍啦拍啦"翻着看,拿脊背对着这个客人。没想到姐姐说话了:

"艳芸,我同刘队长谈件事。你到客堂间去吧,别跟妈妈说我有客人。"

艳芸拿着书,悻悻地走出亭子间,随手把门砰地一关。"你妹妹脾气好大呀!"她听见刘庆强在屋里说她,她忿忿地哼了一声:真是一个暴发户,一点也不讲礼貌,这样对你算客气的呢!

姐姐有什么事同这素不相识的刘庆强谈呢?她有点纳闷。可能是为郑珊办病残证明的事吧,要办这类证明,驻医院的工宣队长权是很大的,难怪这家伙那么得意洋洋。

走进客堂间,妈妈午睡已经起床,正要去居委会开会,交代她准备点菜肴,以备叶铭下午再来时,留他在家吃晚饭。艳芸知道,爸爸和妈妈都很喜欢叶铭,尽管她平时最恨上菜场,最恨排队,她还是提着菜篮子出去了。

艳芸从街上买菜回来,心里仍觉憋得慌,蹑手蹑脚地走到双亭子间门口,想听一听那个讨厌的刘庆强走了没有。刚把耳朵贴近门,便听得屋里传出刘庆强严厉的声音:

"……不管怎么样,你不能说!……"

接着,又听到姐姐哽咽的抽泣声:

"这么一来,……呜呜……叫我怎么办哪!……"

他们在谈些什么呀!艳芸只觉得脑袋要胀裂开来,真想开门进去,把这个头头轰走。可不知为什么,姐姐那苍白的脸,失神的眼睛,又在她眼前浮现出来。要是她这会儿突然闯进去,姐姐会怎么样呢?想到姐姐刚才还把她支开亭子间呢,艳芸拿不定主意了。她犹豫了一会儿,终于到灶披间准备晚饭去了。

不久,妈妈回家了。母女俩正闲话居委会开会的事,笃笃笃,灶披间响起了礼貌的敲门声。开门一看,是叶铭。看来是中午很好休息了一晌,在顾萍和艳芸的眼里,叶铭的精神比上午焕发多了。他长得端正匀称,神态有些峻厉,可一举一动都显得温文尔雅,一点也不像弄堂里那些插队落户回来的青年。艳芸热情地招呼着他,向楼上嚷了一声:"姐姐!"心想这下可好了,叶铭一来,该把那不速之客赶走了。

"怎么,艳茹下午没来看你?"顾萍惊奇地问。她的个儿矮小,打量起叶铭,得仰起脸来。

艳芸瞅瞅叶铭,有点为难地解释说:"姐姐感冒了,有点发烧。她是准备午休后就去的,刚要出门,就有人来找她……"

"谁来找她?"顾萍问。

艳芸愣了愣,含混地说:"是爸爸医院里的……"

话音未落,楼梯上一阵脚步声响,刘庆强下楼来了。大家抬头望去,刚到的叶铭不由愣了一下,这不是中学里女同学刘小扣的哥哥吗?他还没开口,刘庆强已经热情地伸出一双大手,几大步走过来,紧紧地抓住叶铭的双手摇晃着笑呵呵地招呼道:

"叶铭,你回上海了吗?我还不知道呢,我们是多年不见了啊!见到你哥哥了吗?我和他是老朋友了。你和高艳茹在一起插队的吧,你是来看她,是么?"

刘庆强抓着叶铭的手,不住地使劲摇着,滔滔不绝的话,简直

使叶铭无从回答。待他说完,叶铭才说了一句:

"我被医学院录取了。"

"啊,太好了,太好了!是我们工宣队进驻的医学院吗?好,值得祝贺。什么时候请老阿哥我喝一杯啊?你们工农兵学员可是新生事物啊!告诉你,我们医院就是医学院的附属医院,你姐姐叶勤,也在我们医院工宣队,都是老熟人,这下好,凑在一起了。"刘庆强满面春风地和叶铭寒暄过后,才转过身来对顾萍微笑道,"这是高医生的爱人顾老师吗?早想登门拜访。我叫刘庆强。"

一直在注视着这个陌生人的顾萍,见他招呼自己,淡淡一笑说:"刘师傅是来找艳茹的吗?"

"找她了解一点情况,没什么事,你放心吧。"刘庆强摆动着手,换了一副正经办公事的腔调说,"我对高浩天医生的印象是不错的。他提前结束了在干校普查肝炎的工作,已经通知他回来了,还没回家吗?"

"没有。"顾萍应付着,"请上楼再坐一会儿吧。"

"不坐了,我还有事忙呢!"刘庆强扫视一下面前这三个人,"你们请留步,我告辞了。"

送走了刘庆强,艳芸回到煤气灶前,不满地哼了一声。住在底楼客堂间的邻居老张嘲讽地扬着手里的锅铲评价说:

"看来,这些造反当官的家伙,都有这么股味,酸溜溜的。"

灶间做饭的人都笑了。叶铭却没有笑,他觉得这人的言论未免偏激,他的哥哥叶乔,也是近几年来提升的干部,就没有那种傲慢的样子。

"叶铭,上楼坐吧!"顾萍客气地说道,"艳茹在亭子间呢。"

叶铭穿过灶披间上了楼。顾萍和艳芸在煤气灶旁又切又洗地忙开了。

叶铭轻手轻脚走到双亭子间门口,见门紧紧地关着,踌躇片刻,才笃笃笃地轻轻敲了几下。

"进来。"屋里传出艳茹柔弱的声音。

这声音，叶铭听来是多么熟悉而又亲切啊，终于又听到她的召唤了。他的心不由自主地急跳起来，感到有些紧张和不安。是啊，已经有半年多没有收到她的信了，是什么缘故呢？在盼信的日子里，叶铭曾经是多么焦灼，多么绝望。在收到录取通知书回上海时，他又是多么急迫，多么巴望自己能像鸟儿似的有一双翅膀，可以马上飞回上海。坐在列车上，他是怎样急不可待地偷偷瞅着艳茹的相片，希望列车早一分钟到达上海啊！这阵儿，马上就能见到朝思暮想的恋人了，他怎能不激动万分呢！他的手几乎是颤抖地推开了门，出乎意料地，屋内的艳茹紧抱着头，像要把自己埋起来似的俯在梳妆台上，听到门响，艳茹回头一见是叶铭，脸色陡地变得煞煞白，不禁轻轻地惊叫一声："啊！"

叶铭也猛吃一惊，这难道是自己时时思念的艳茹吗？十个月前，在贵州山寨的她，尽管生活很苦，时常发病，脸盘还是丰腴红润，眼睛乌光闪闪，浑身洋溢着青春的活力和蓬勃的朝气。而眼前的艳茹多瘦啊！脸色惨白，一双大眼睛透露着惶惑、惊骇的神色，看去是那样弱不禁风，好像站立不稳似的。生活在母亲身旁的她，为什么变得这样厉害啊！一股柔情从心底升起，他趋前一步，嗓音有些干哑地说："是我，艳茹。……这一回你病得不轻啊！"

高艳茹极力抑制着自己的情绪，挣扎着站了起来，仰脸看看叶铭，赶紧又把视线移开了。这是他，是他！是她时刻想见而又怕见到的亲人！他瘦了，脸色黝黑，但也显得更结实了。那双专注凝神、深邃逼人的眼睛，还是那样炯炯地闪着坚毅的光彩。啊，就是这双眼睛！艳茹多少次梦见这双眼睛瞪着她，害得她总是从梦中惊醒过来，背脊上透出冷汗，心脏急剧地跳个不停。现在他站在面前，深情地瞧着她，竟使她慌乱起来。她含糊地应了一声，嗓音微颤地招呼着："请坐吧。"便忙着去给叶铭倒水，她双手抖着，开水溅到自己手上，却不觉得烫。她把茶杯递了过去，默默地坐在屋角处，俯首盯着自己的脚尖出神，一时不知道说什么好。

艳茹的神情使得叶铭也拘谨起来，他尴尬地站在屋中央，舔着有些发干的嘴唇，沉默了一会儿，才又柔声说："艳茹，你病得这么久，怎么不给我来封信，把病情说说呢？"

艳茹的脸色不自然地泛红了。这是他的声音，虽然有些干哑，可听来是那样甜美动人！六年插队落户同甘共苦的生活中，这声音给过她多大的勇气和信心，给她带来了多少美丽的憧憬和幸福的向往啊！但近半年多来，这个温顺的姑娘却在痛苦地克制着自己，狠心地不给他写信；她甚至在自己心里筑起一道堤防，准备着承受他们见面时他势必会对她倾泻出来的谴责。她知道，叶铭虽然知书达理，但他的脾气刚烈、暴躁。一旦发作起来，什么事都敢说、敢干，她更知道，她所爱的这个人是纯洁而热情的，他有着一般正直青年那种为着理想宁可牺牲也不能忍受屈辱的激烈情绪。她不能拖累他，给他善良的心投下阴影。要是他谴责她背弃了信誓旦旦的诺言，她也准备忍受着，不作解释；她等待着在一场感情的暴风雨过后同他分手，从此把自己关在小阁楼里，默默地了此一生。然而，天哪，他一开口竟是那样温情，话音里包含着那样多的关怀和体贴，对于他心头所爱的人，对于他所敬重的人，他哪一天不是这样啊！他依然像磁铁般地吸引着自己！艳茹苦心筑起来的精神堤岸顷刻间崩溃了。

在叶铭进门的那一刹那，艳茹差一点就要扑到他怀里去，但她克制住了。此刻，叶铭走了过来，似乎想抚摩她的双肩，她却吓得站了起来，倒退一步，仿佛失去了主心骨，两脚一软跌坐在床沿上，丧魂落魄地说：

"我头痛，心悸，浑身都不好受……我，我……我不想活了……"

"什么！艳茹，你为什么这样想？"叶铭的声音像被火烫了似的发急。

"命运，叶铭，命运使我不得不这样想啊！"

"命运？"叶铭不大理解地瞪直了眼睛。他定了定神，尽可能理智地来宽慰她："你还有什么可担心的呢。你的户口回到了上海；血压过低又不是不可医治，只要身体健康了，会给你安排工作的。

现在，我也回到上海念书，我们至少可以常常见面。艳茹，你还记得吗，在山寨的时候，我们不是经常向往着，能够双双参加工作，为建设祖国出一份力，将来组织一个幸福的家庭。现在，这已经不是向往，不是憧憬，而是快要实现的现实了。你为什么还……"

叶铭突然不说话了。高艳茹听着他的倾诉，眉毛在颤动，脸颊在抽搐，咬紧的嘴唇终于抑制不住地放开来，"哇"一声，扑在被窝上哭开了。

叶铭傻呵呵地伸着双手，呆如木鸡般站着，不知所措地瞪着艳茹，讷讷地问："你，你怎么了？我又在哪儿得罪了你？"

艳茹的脑袋埋在被窝里，耸动着肩膀，什么话也不说，只是愈哭愈伤心。叶铭正惶惑着不知如何是好，门上笃笃笃清脆地响了几下，艳芸在门外尖声叫喊着：

"姐姐，叶铭，快来吃晚饭。爸爸回来啦！"

艳茹的哭泣戛然而止，屋里顿时变得死一般寂静。

二

高浩天被五七干校卫生院请去普查肝炎病人已经有几天了。在那里,他发现一个肝硬变的老人,和卫生院的医生们进行了会诊,建议把这个重病的老人转到他们医院去治疗。一般地说,上海市的医院,条件、设备总要好一些。

"你们医院有床位吗?"一个四十来岁的中年女医生问高浩天。她是高浩天一个学生的爱人。

高浩天点点头:"可以想办法。"

"你不觉得为难吗?"中年女医生又微蹙着眉头问。

"怕难还当医生!"高浩天脱口而出,把对方的话顶住了。中年女医生的目光向两旁斜视了一下,继而又有些疑惑地瞅着高浩天。这老头儿的穿着很一般,可挺着腰板,双手插在白大褂的两只方形衣袋中,端正的脸上那股气度,尤其是微秃的前额顶上那些疏朗的白发,叫人一望而知是个学识渊博的老人。

高浩天察觉到对方的神态有异,愣怔了一下,招招手,和中年女医生一起走进充满碘酒、药棉味的小值班室,悄悄问:

"怎么,这个人……"

中年女医生很敬重著名的内科医生,她往小值班室门外瞧了一眼,把高浩天拉到针筒箱边,压低嗓门悄悄告诉他:

"这个人的问题还没解决,听说是双料的'老家伙',进卫生院以前,还在监督劳动呢。"

高浩天皱了皱眉头,问:"他叫什么名字?"

"袁征。"

"医生的职责,是抢救病人。"高浩天听到袁征这个名字,断然下了决心，想一想又说："我看可以把他转到市级医院去。你们卫生院敢于担这个肩吗？"

中年女医生眼里露出钦佩的神色，毅然点头说："我们可以开转院证明。我担忧的是你……"

话没说完，电话铃响了，医学院附属医院的党委办公室通知高浩天立即赶回医院，有重要事情。

高浩天放下耳机，下决心说："这样吧，你们派个车送病人，我正好搭这个车回医院去，一举两得！"

十分钟后，袁征和高浩天已经坐在救护车里了。

坐在病人身旁，高浩天陷入了沉思。党委办公室秘书在电话里的口气很急，要他一分钟也不耽搁马上回院。医院里有什么重要的事等待着他呢！是市里哪个"新贵"得了病，还是哪个新贵的亲戚、朋友中发生了心肌梗塞？有几次深夜，高浩天不就是像这样被医院叫去的嘛！党委领导的亲友，工宣队开后门弄进来的病人，有的并没有什么大病，却也偏要他这个有点名望的内科医生出场，似乎他说的话就能保证这些人延年益寿一样。而像袁征这样真正急需抢救的病人，革命的有功之臣，却被种种限令卡着，医生为他们治病，还要担风险，多么不公平啊！

高浩天熟悉袁征这个名字。他曾是市委文卫系统的负责干部，"文化大革命"前，高浩天听过袁征的几个报告，对他很佩服。后来，运动一开始，市里的马路上就出现大字报，说他是叛徒、特务、双料的走资派。说他反对顶头上司"大鼻子"，竟敢在会议上与"大鼻子"唱反调。因此，运动开始才几个月，他就似乎成了铁杆的"走资派"，成了报上的点名批判人物。事隔八九年，已经很少再听到袁征的名字了。去年整顿时，有些老干部纷纷从干校回到市里，担任一些有职无权的"顾问"和副职，算是落实政策。就连这，袁征也没有份，似乎真成了铁定的"死老虎"。可高浩天怎么也不相信，水平这么高的老革命，会是叛徒、特务；他更不相信，光荣伟大的中国共产党里会有这么多双料的"走资派"。

公路两旁的法国梧桐、柳树的叶片，早已落光了。市郊的柏油公路，不是早晚的"高峰"期间，车辆并不多。救护车风驰电掣般开往市区。坐在车上，脑袋枕在车座的椅背上，高浩天微闭着眼一直在思考着如何尽自己的能力，抢救这个生命垂危的老人。

在他考虑再三决定把病人安排在自己得意的学生陆讷负责的病房里时，救护车驶进了医院大门。高浩天下了车，正要去寻找陆讷，医院主楼的墙上，一条标语箭似的刺进了他的眼帘，他好像被钉着一样在救护车旁站住了。墙上墨迹未干的粗体字，歪歪斜斜地分成两行：

　　向反动权威高浩天
　　　　讨还血债！

高浩天的名字上面，还打着三个大叉叉。

犹如晴天霹雳，这十几个字，就像十几颗炸弹，在他眼前爆炸。他两耳嗡嗡作响，眼里金星飞迸。几乎站立不稳。我在哪儿犯过错？我谋害过谁？我得罪了哪位头头？一连串问号，在他脑子里浮现出来。要不是救护车司机按了几声喇叭，他已经把车上的病人忘了。

高浩天三脚并作两步冲进医院大楼，急匆匆跑进内科值班室。值班室里一个抱着臂膀来回不停走动的青年医生，猛地转过身来，见到高浩天，他急切地叫着："老师，你可回来了……"

高浩天摆摆手，极力镇定着自己问："小陆，内科还有病床吗？"

"有啊！"

"我带回来一个肝硬变的病人，你赶快去安排他住下。"

"我去吧。"值班室角落里站起一个年近五旬的女医生，从脸上摘下老花眼镜，然后对陆讷说，"小陆，你陪老高坐一坐。"

值班室里只剩下高浩天和陆讷师生俩了，两人相对望了一眼，都默默无言。陆讷把眼光从眼镜片后面，移到药柜上。这年轻人，三十刚出头,个儿高高的,宽肩膀,身子却并不见壮实。说话做事,都有一股气宇轩昂的潇洒风度。他的脸略瘦,前额宽阔白皙,一副玳瑁边眼镜后面,露出一双近乎严峻的眼睛,颧骨微微往外突出,鼻梁笔挺,鼻翼略小,两片薄薄的嘴唇紧紧地闭着,更显得尖尖的下巴有点向前凸。好一阵,见老师不开腔,他才低低地问:"大字标语你看见了吗?"

高浩天默默地点了点头,皱紧了双眉。

陆讷焦急地说:"你得留神啊。"

"你这几天听到些什么?"高浩天凑近陆讷耳边问。他了解自己这个学生,聪明、能干、肯钻,不但在医学上有成就,是内科青年医生中独当一面的干将,在其他一些问题上也很敏感,敢说敢为。

陆讷摇了摇头:"大字标语是今天上班前刷出来的,来得很突然,大家都没想到。"

"这几天叶勤也没说起什么吗?"高浩天控制着内心的不安,委婉地问。他明白,女工宣队员叶勤近年来在和陆讷谈恋爱,两人已经在计划买结婚家具了,叶勤知道的情况,不会不告诉他的。

"昨天晚上和她一道去看电影,她也没说过什么。"陆讷困惑地说着,眼里闪出思索的光,"我估计,这样的行动,她一个普通工宣队员,未必知道。"

高浩天嗯了一声,赞成陆讷的分析。

见高浩天不吭气,陆讷又低声说:"总而言之,我觉得政治上的风向在转,很有可能还要搞运动。这大标语说明,有人要拿你来开刀……"

高浩天不禁打了一个寒颤,这倒不是他问心有愧,胆小怕事。实在是因为这些年来,他见到整人的事情太多了,随便找个借口,便审查、隔离、下放甚至关押,还要连累家属子女,这可不能不防啊。他这个家,这些年来,哪里过上一天安定日子。他自己受整,大女儿插队在外。只是从去年开始,才稍稍有点太平,他重新开始工作,大女儿也病退回了上海,万没想到,刚刚恢复工作半年,现在又有人找到他头上来了。

陆讷看高浩天怔怔地不出声，知道老师在担忧了，他脸上微微发红，激愤地说："你也不必怕，反正人直不怕影子歪，总不能乱诬赖人。"

高浩天望着陆讷，无声地苦笑了一下。他觉得陆讷毕竟年轻，某些方面还很幼稚，要都是那么实事求是，袁征眼前还会是这个状况吗？想到袁征，高浩天觉得应该向陆讷交代一下，免得被人撵出医院。

"陆讷，情况是这么意外，我不得不把今天带来的病人托付给你了……"

不等他说完，陆讷抢过话头说："老师，这个时候，你更应该多想到自己，防着点，至于病人你可以放心，我一定尽力医治他的病。"

高浩天感慨地叹了一口气，觉得还应该关照几句："病人叫袁征，现在问题还没解决，可是病情已经很重，生命垂危。医治这样的病人，需要有勇气。"

陆讷默默地点了点头。他敬佩自己的老师。这不但因为高浩天曾在医学院兼课教过他，也不仅仅因为高浩天医术高超，更主要的是高浩天为人正直不阿，对工作热情负责，对待病人，犹如对待自己的子女亲属。他忘不了，自己在六十年代初，刚从医学院毕业，看到高浩天抢救一个危急女社员的事情。那已是深夜了，女社员奄奄一息，内科医生们只得请高浩天去诊断一下，高浩天赶到病房，细致地观察着病人，陆讷站在一边，看得非常清楚，高浩天的脸涨红了，眼睛瞪大了，他伸手从女社员鼻孔里拔出输氧细管，举起来问：

"这氧气是哪位护士接的？"

一旁的医生答，是白班护士经手的。

"她人呢？"高浩天又问。

"下班回家了。"有人回答。

"马上把她叫来。"高浩天以命令的口气说。

身后有人嘀咕,说已经夜深,何必把人从床上拖起,再从家里赶来。高浩天只当作没听见,执意要叫女护士来。

人派出去了,高浩天及时对女社员作出了诊断,给几个中年医生分析了女社员的病情,并且预言,病虽重,但经过及时治疗、抢救,十天之内能好转过来。大伙儿绷紧的心这才松弛下来。这时候,女护士赶到了,高浩天指着女社员鼻梁上方的两个小红点,问女护士:

"这是什么?"

女护士愣怔着。

"这是你胡乱往鼻孔里插输氧管造成的。她要是你的姐姐、妹妹,你会这么干吗?"

高浩天批评了女护士一顿,女护士哭了。陆讷更受到了很深的教育。这件事,"文化革命"初,有人写出大字报,说高浩天摆专家、权威架子,而陆讷却一直认为,这正是高老师的可贵之处。高浩天见陆讷半天不说话,苦笑了一下,偏了偏头打量着陆讷身上那件大号的白褂子,伸手把他的领子拉拉平,用征询的口吻说:

"我想去党委办公室问一下……"

"我觉得那没有必要。"陆讷急促地说,"他们会讲你做贼心虚。再说,办公室那个戴志光,架子很大,一副小人得志的样子,我看见他就讨厌。"

高浩天说:"要我回院的电话,是党委办公室打的呀!我去去,还不至于……"

高浩天觉得门被推开了,便把后半句话咽了下去。

进屋的是工宣队员叶勤。她穿一件灰涤卡尖领两用衫,摊开的尖角领子里,露出一件粉红色的高领绒线衫,这是个面貌端庄瘦高个儿的女青年。她原来在自动化仪表厂当车工。七三年进驻医院以来,她时常和医生护士一起学习、谈心、开会,没什么架子,和蔼可亲,跟什么人都合得来,加上她不凭着工宣队员的地位多占票子、开后门,更引起人们对她的尊重。也不知从什么时候起,她和陆讷悄悄好上了,直到一个星期天他俩逛虹口公园时,被医院里的同事看见,这秘密才公开。为这件事,院方批评了陆讷,说他不该追求工宣队员;工宣队头头刘庆强也批评了叶勤,怪她自找麻烦,将来在医院里不好做工作。事实却相反,自从叶勤和陆讷恋爱的秘密公开以后,大家对她更亲切了,有什么事,都愿找她谈。

看到是叶勤进来,高浩天略略放了些心。叶勤踏实谦虚的作风,也赢得了这位老专家的尊敬和信任。当然,高浩天也知道叶勤的弟弟叶铭和自己的大女儿高艳茹谈了多年的恋爱。他也是喜欢那个朴实的小伙子的。半年前艳茹的户口迁回上海,而叶铭却仍在山寨,在有些老人们看来,相隔几千里路谈恋爱,似乎不大适宜了,可高浩天却并不加以干涉。正直的老知识分子认为,如果因为自己的干涉造成孩子们的痛苦,他自己的良心就会受到责难。平时高浩天又鄙薄"拉关系",所以从没主动和叶勤谈起过女儿和叶铭的事。倒是叶勤却坦率地和他讲起过叶铭和艳茹的情谊。这么一来,叶勤不但是自己的得意门生陆讷的未婚妻,而且也是女儿对象的姐姐。高浩天见到叶勤,自然也不生疏了。

"高医生,你普查肝炎回来了?"叶勤招呼着。

高浩天点点微秃的头,说:"是党委办公室打电话把我召回来的。"

"噢,"叶勤眼珠一转,联想到了全院震动的那条大字标语。虽然她还没有弄清楚是怎么回事,但看见高浩天的脸色阴沉,便安慰他道:"不用怕,事情总会水落石出的,一条大字标语打不倒人。"

"对!"陆讷也笑着点点头。

听了他们的话,高浩天略觉宽慰,他小心翼翼地问:"叶勤同志,你知道大字标语所指何事?"

"我也不清楚。"叶勤摇摇头说,"既然是党委办公室打电话召你回来的,你可以去问问他们。"

"谢谢。"高浩天见叶勤也这么说,决定到党委办公室去问一问。他向陆讷和叶勤点了点头，双手插进衣袋，低着头默默走出屋子。

党委办公室在另一幢办公楼的三层楼上。高浩天推开门，办公室主任戴志光正双腿架在大办公桌上，仰面朝天倚在皮靠椅里抽着凤凰牌过滤嘴香烟，嘴里哼啊哈呀地唱着小调，摇头晃脑一副悠然自得的神态。

"谁？"听见门响，戴志光动也不动，粗声问道。

高浩天迟疑了一下，报了自己的名字。

戴志光先从办公桌上挪下右腿，再从另一边挪下左腿，然后"咚"一下从皮靠椅里跳起来，双手撑着大办公桌，耸起肩膀尖声怪气地说：

"喔，你回来了，好啊，好啊！"

高浩天眼前这个只不过二十七八岁的小伙子，长着细高细高的身材，两肩微耸，背有些弓，刀条般的长脸上显出副少年得志的神情。他吹着"一面倒"的青年式发型，穿着新华呢上装，歪着唇红齿白的脸盘，瞪眉竖眼地盯着高浩天。高浩天看着他这副神态，不禁心里一怔。但他还是镇定地问："党委办公室召我回来，有什么事？"

"当然有事才叫你回来啰！"戴志光不客气地说，"嗳！革命群众的大标语你看到了吗？你在这儿等着，好好反省反省，我去请示一下再来跟你谈。"说着，趾高气扬地打开边上一扇门走了。

这个"请示一下"，让高浩天在办公室里等了足足两个多小时。

因为戴志光并没叫他坐，高浩天起先一直站着。他是一个老知识分子，对于礼貌往来这一套还是比较注意的。可是，半个小时过去了，戴志光没回来，高浩天两条腿站得太久，有点酸痛了，才在一把椅子上坐了下来，回味戴志光刚才所说的话。戴志光称写大标语的人是"革命群众"，那就说明，党委是支持这条标语的，不然为什么要我反省？可我什么时候，又欠了谁的血债呢？想到这些，高浩天感到浑身发热，额头上甚至渗出汗珠来了。他转脸回顾，这才发现屋角里正烧着个面盆人的电炉。电炉丝都红得发亮了。

墙上那个电钟指着五点的时候,戴志光才架子十足地回到办公室来,他看到高浩天坐在那里,伸出右手指着老医生说:

"喂!你的问题啊,我们刚才研究了。从今天起,停止你的工作,检查交代!"戴志光唾沫飞溅地宣布着。

"让我检查交代什么呀?"

"我和你捉迷藏开玩笑啊,老家伙!"戴志光鼻孔里哼一声,"闹半天,你还不知罪,想耍滑头啊!真是条老泥鳅,又奸又滑。回去好好想想吧,写完检查交到我这儿来。"

高浩天还想说什么,戴志光不耐烦地一挥手,指指电钟说:"我忙得很,没工夫和你磨牙。快走快走!"

高浩天拖着沉重的脚步走下办公楼。他看不见身旁擦身而过的人,听不到有些年轻医生轻轻招呼他的声音,他只觉得自己血往上涌,头脑发胀。戴志光的态度,证实陆讷的估计完全正确,医院又要搞运动了。大标语也好,写检查也好,都不过是拿他开第一刀的前奏。他们又要搞什么运动?他又该怎么办呢?

寒风凛冽得像刀子,直往高浩天领子里钻。他穿着棉毛裤,两条绒线裤,凡立丁呢裤,两件绒线衣外面是紧身棉袄、棉大衣,围着加长围巾,还是感到冷。尤其是从戴志光的那间很热的办公室里走出来,更觉得冷,手脚都在抖动。十年前,"文化革命"刚开始时,他也被揪斗,游街,被这样勒令交代,那是一段多么可怕的日子啊!天天有人朝身上吐唾沫,指着背脊咒骂,早晨、黄昏还要朝着毛主席像请罪,一开批斗会就要被拖去陪斗,还有人把他稀疏的头发揪得生痛生痛。随着去年夏天恢复工作,他对这些事渐渐忘却了。以为关牛棚、扫厕所、下放农村劳动的日子已经过去了。他已年近六十,多么想趁着晚年踏踏实实地工作一阵,过上几天安稳太平的日子。谁料到,新的风暴又来了,眼看他工作的权利又要无端地被剥夺,他愤怒得浑身发抖了!

他不知自己是怎样拖着疲惫不堪的脚步走出医院的,他不知自己是怎样挤上拥挤得叫人脚也无处放的公共汽车的。他也不知道自己是怎样走进居住了几十年的旧弄堂的。

顾萍和艳芸见他回来，忙接过他手里的提包，兴高采烈地告诉他一个好消息：叶铭进上海医学院读书啦！

高浩天想不到自己身遭厄运，还能听到这么个好消息。他不能扫她们的兴，不能让孩子们为他担忧。关于自己的事，只有待晚上夜深人静时，先给顾萍讲一讲。

他勉强挤出点笑容，和母女俩先后上楼去。

晚饭桌上出奇地安静。因为叶铭在高家吃晚饭，因为高浩天的归来，菜是做了不少，皮蛋，豆腐干肉丝，蹄膀汤，煎黄鱼，还有一盘白斩鸡。可高浩天发现，除了他自己食欲极差，大女儿艳茹默不作声，脸色很难看；叶铭也是心事重重的样子。除了顾萍不断地挟菜给叶铭，劝他多吃的声音外，连直率的艳芸说话也不多，只是不时偷偷地打量着姐姐和叶铭。

高浩天觉得奇怪，莫非家里人也有预感，知道他出了事么？他想想还不至于，便开口和叶铭闲谈，问他在山区农村的情况，问他进了大学有何打算。也许是他问得不那么热心，叶铭答得也很简短。

总之，这顿饭吃得很沉闷，没一点家庭情趣。高浩天只吃了一碗饭就搁了筷子，他惊异地发现，他一搁筷子，艳茹、叶铭也搁了筷子。

晚饭后，高浩天又累又乏，连连打哈欠，他想起白天的事，不由得皱紧了眉头。

可能是叶铭看出他的困倦，没坐多久，就提出告辞了。高浩天感到抱歉，以为是自己情不自禁露出的愁容，使小伙子难堪了。他瞧瞧叶铭，坦率地说：

"小叶，别过意，今天我精神欠佳。以后有空，常来玩。"看到叶铭毫不介意地笑笑，高浩天把脸转向呆坐在一旁的艳茹说，"艳茹，小叶要走，你送送他吧！"

叶铭期待地望着艳茹，顾萍和艳芸也用目光在催促艳茹。艳茹垂着头思忖了片刻，才犹豫着默默地站起来，和叶铭一前一后走出屋去。

"他俩在闹矛盾?"顾萍探询地问艳芸。

艳芸明知母亲的眼光厉害，但姐姐关照过她，她怎么能如实说呢。只好回答说："我怎么知道?"

高浩天坐直了身子，茫然不解地瞪着顾萍和艳芸，讷讷地问："怎么……他们也……"

他喟然长叹一声，眼睛直瞪瞪地望着女儿和叶铭走出去的那扇门。

三

上海的冬夜是寒冷的。

尤其是一九七六年春节之前的那些日子里，人们的心沉浸在冰水之中。总理逝世了，祖国的政治生活里又出现了新的阴影，人们更觉冬夜的严酷和寒冽。僻静的长乐路两旁，那些高高低低的居民住房，一幢幢窗户紧闭，拉上了窗帘。有些人家，还早早地熄了灯。平坦的柏油马路上，不知又是为了铺下水道管子呢，还是新安装煤气管子，又挖开了一段路面，污水泥浆流得满地都是。路灯的光影里，只偶尔驶过几辆自行车。

叶铭的家在西藏路，应该往东走，但他却往西走了过去，艳茹知道叶铭要同她一起散步，便默默地跟在叶铭身后。

人行道上的梧桐树，剩下光秃秃的枝丫在冷风中颤抖。艳茹走出家门的时候，忘了戴口罩，只好用淡黄色的尼龙围巾遮住嘴巴，抵挡寒风。在走过一家上海人叫做夫妻老婆店的烟纸铺时，叶铭几大步跑过去买了一个口罩递给了她。

艳茹伸出冰冷的手接过口罩。她不敢正视叶铭的脸。他还像过去一样细心，一样留神她生活中的细枝末节。这种无微不至的体贴，在那偏僻的山村，曾使艳茹既羞涩又兴奋，陶醉在幸福和自豪之中。她茫然地捧着口罩，忧闷而又有神采的双眼中，看到的不是洁白的纱布，而是一提篮蘑菇；是啊，是蘑菇，雨后在砂锅寨，叶铭常去树林里采蘑菇香蕈，别的知识青年也去采摘，可就是没有他采得多，采得好。而每一次，他都把采摘来的最好的蘑菇、香蕈选出来，装满一提篮，送给她。要是她不在，要是她的门关着，他会在离女知青茅屋不远的青杠树林里等着，一边等，一边唱歌！啊，那歌声仿佛也在艳茹的耳边响起来了，那么低柔，那么深沉，像潺潺的细流，像舒放的云彩，像翩翩飘飞的羽毛，在青杠林子的周围回荡着，缭绕着。把艳茹的心也唱得热了。常常是不等他唱完，她就跑出去了，从他的手里接过提篮，连她也能认出来了，最好的是鸡枞菌，其次是白色的冬菇，是青杠菌。她收了他的蘑菇，就请他留在女知青屋里吃饭。他岂止能采蘑菇、香蕈，他岂止会唱动听的歌，他还会修理半导体，女知青中有人的半导体坏了，他常常一边等着吃饭，一边和人聊天，一边就把坏了的半导体收音机修好了。光为这，好几个女知青都喜欢他，而他似乎不知道似的，老是一往情深地凝视着艳茹，和艳茹好。可今天，捧着他买的口罩，除了使她感到一股暖流流过，自己的心仿佛被一枚针狠狠地刺痛了。她没有权利再接受他的爱了呀。

"你戴上吧。"看她捧着雪白的口罩久久地站在路边出神，叶铭低声劝道。

"你也冷，你戴吧。"艳茹回看他一眼，声音有些颤抖。

叶铭微笑地摇摇头说："你忘了，再冷的日子，我都是不戴口罩的。"

艳茹低下头，默默地戴上口罩。她闻到一股洁净的白纱布的香味，心里甜丝丝的。口罩几乎遮住了她的脸，只露出额头和一双眼睛。她离他半尺，等待着他开口说话，等待着他问她为什么半年不写信。从知道叶铭回来时起，她知道她是回避不了这个问题的。

艳茹的沉默使叶铭一时也无从开口。他想起了许多往事，在山寨，赶场天他们总是相约着到山上去采野果，到树林里去捡茶果。那时，他会听到她银铃般的笑声。可现在，她沉默了。三年前，他们双双回上海探亲，看完第四场电影回家，她总要挽着他的臂膀，在马路上慢慢散步回去。可此刻，她不再来挽着他了。半年来她没有给他一句解释，究竟出了什么事情呢？叶铭无从知道。看来，连艳茹的爸爸妈妈、妹妹也不知道。是她不爱他了么？为什么她不干脆拒绝陪他出来散步？如果她仍然爱他，又为什么如此冷淡地同他保持着距离?为什么十个月的相思没有在她眼睛里燃烧起炽热的火花?为什么她的眼光那样忧郁?刚才又为什么痛哭得那样伤心?

两人默默地走过风刮得很大的锦江饭店那一段马路,快到陕西南路口了。那儿,在红房子西餐馆旁边,有一个小花园。叶铭指着那儿,提议说:"不要走很远了,我们到那儿站一会儿吧!"

艳茹服从地跟着他走了过去。

冬夜的小花园,也很冷落,几乎没有什么游人。他们走到小花园中间停下来,这儿风小多了,树丛遮住了远远射来的路灯光,四周一片昏暗。叶铭倚着绕铁丝的栏杆,终于开口了:

"你身子不舒服,冷吗?"

听见询问,艳茹心头一紧,摇了摇头。

叶铭两眼深情地凝视着她,低低的略带局促地叫着:"艳茹,你知道,我……半年来,我天天想念你,为什么……"

"别说了。"艳茹听到那痛苦的声音,眼里一下又涌出了泪水。她像怕被抓住似的,沿着铁栏杆,急急地往一边走去,目光根本不敢朝叶铭瞅一眼。

叶铭慌了,紧走两步,跑到艳茹的前面,拦住了她的去路,提高了声音问:

"你……你到底怎么了,艳茹!"

艳茹的胸脯起伏着,扭转身去,不敢正视叶铭,只是埋下头,梦呓般地说,"铭,我不值得你思念,不值得你爱,不值得!真的,不值得!"

"为什么?"叶铭两条眉毛倏地紧蹙在一起了。

艳茹仿佛什么也没听见,只顾喃喃地往下说:

"把我忘记吧,铭!我不是你应该爱的人,我不配!这半年来,你的每一封信,都使我痛哭一场。……原谅我没有给你回信,你不知道,我是不配给你回信啊!你是那样好,那样忠实于爱情,那样正直高尚,而我……呜呜……"她又一下子扑到铁栏杆上,泣不成声了。

叶铭再次不知所措了,伸手扶住艳茹耸动着的肩膀说:

"艳茹,艳茹,快别哭了,告诉我,你出了什么事?也许,我还可以帮助你……"

"别管我,铭,你千万别管我。"艳茹忽然直起腰来,闪到一边,泪流满面地说,"我求求你,把我忘记吧,铭!今天是最后一次,你再也别到我家来,再也别来找我,再也……我不配……我……我再也不会理你了……"

如果艳茹冷若冰霜,铁铮铮地说出这番话来,叶铭肯定会毅然决然地离开她。可是,艳茹是那样悲伤地说出这话的,叶铭怎么能相信那是她内心的语言?他只觉得心乱如麻,掏出手帕递过去:"艳茹,快别哭了,把泪擦干净,你晓得,这不是在家里啊!"

艳茹接过手帕,胡乱擦拭了一下脸上的泪,双手往铁栏杆上一架,头埋在臂弯里又哭起来。

叶铭伫立在那里,只觉得浑身冰冷,头脑也像被严寒冻住了。他不明白,艳茹为什么尽说一些不明不白的话,更不能理解,曾经那么信任他的高艳茹,现在怎么会变成这个样子?是她的病情恶化了,她不想拖累我?不,低血压症还不至于严重到这个程度。是她在这半年中,有了新的朋友?更不会,她对我的感情,曾是那么真诚,那么深厚。叶铭怎么可能忘记,那一次,是黄昏,他们收工后在溪水边相遇,她的锄头支在沟渠上,人坐在青石板上,双脚打着水,让带着温热的溪水在她脚背上淌过。太阳落山了,雀儿啼鸣着飞回林子,叶铭指着压上山头的暮霭,催她回集体户去。她摆着头,不想走。

"天黑了,山岭里有老虎、豹子,要吃掉你的!"他吓唬她。

她呵呵笑着:"我不怕!"

"为什么?"

"因为你在我身旁。"

"你怎么知道我就不走?"

"我知道,只要我不走,你就不会走,是么?"

叶铭点了点头，不作声了。星星出来了，在天幕上眨着眼，溪水的流动真像是在轻吟低唱。叶铭快看不清艳茹的脸了，只看见她那双波光四溢的眼睛。忽然，她说："叶铭，我真愿意我们老这样，你和我的生活，像这条小溪一样快活。"

不待叶铭把这句话的味道全咀嚼出来，她猛地站起身子，撒开光脚丫，顺着碧草如茵的田埂跑远了，他只得带上她的锄头追上去。这是多么美好的回忆，可此时此刻，竟会是……

风摇动着小花园的树枝沙啦啦发响，陕西南路上一辆24路电车隆隆地开过去，一切又复归于静寂。经过一番回忆，叶铭冷静些了，等艳茹的哭声稍稍轻些，他思忖着说："艳茹，请你告诉我，过去，你对我所说的话，是不是全在骗人？"

"……忘……忘记过去吧，铭，把过去全埋葬吧……"

"不，我忘不了，永远忘不了！"叶铭语气沉重，"即使我们必须分手，你也得把话说明白啊！"

"你为什么还要来找我？为什么还要在我的伤口上面再刺一刀？"一听叶铭那沉重的口吻，艳茹忽然抬起头来，扯去了口罩，又哭了起来。

叶铭真正惊骇了。他的胸膛在起伏，举起一只手叫道：

"六年，艳茹，我们整整好了六年！就是这要我来找你的！你说，一个人的青春岁月中有几个六年？你说，你说呀！你就不知道我这心上也给你捅了一个伤口吗？"

叶铭的话，使艳茹惊愕地张大了嘴巴，呆痴地愣住了，她的两眼扑闪扑闪，泪珠儿又像断了线的珍珠样扑落落滚下来。她紧咬住嘴唇，侧转了脸。

艳茹转过了脸，又使叶铭的心往下沉了一沉，他轻吁了一声，放缓了口气说："好吧，事情已经这样了，看来你也不会同我说什么的。既然你不愿意再见我，我就如你的愿，只有离开你了。"他痛苦地望了艳茹一眼，转过身子，向小花园外走去。

艳茹看到叶铭的眼角上闪着晶亮的泪花，愣怔得拉长了脸，眼

里闪过错乱的目光。她再也抑制不住了,紧追上两步,伸出一只手叫着:

"铭,叶铭,你回来!"

叶铭还在往外走。

艳茹疯了似的追出去,拦住他的去路,用衰弱无力的哭音说:"铭,你听我说,听我说呀!"

叶铭站住了。她瞥见他痛楚的眼神,张了张嘴,一个字也没吐出来,浑身瘫软地倒在他怀里。

一棵白杨树的枝干,正好遮住了路灯的光。风刮着小花园外人行道上的一张面包纸,嗤嗤地往前卷去。长乐路上一个骑自行车的人,哼着这些年来不许上演的沪剧唱词,飞了过去。

> 一年来,
> 我整天沉醉在爱情里,
> 日夜思想小家庭,
> 满以为就此能幸福。
> ……

直到那哼着沪剧的声音飘得很远了,艳茹才偷偷地从叶铭的肩膀上抬起头来,柔声细气地问:

"脚踏车拐弯了?"

"嗯。"叶铭点点头,同样低低地说,"你听,声音也没了。"

这当儿,叶铭感到温情的暖流又在他年轻的胸怀里奔腾起来了,只觉脸上发热,眼睛不好意思去望艳茹,只是在内心深处,感到一阵不可抑制的欣喜。

艳茹双手抓着叶铭的两肩,心头怦怦直跳,她稍稍偏离叶铭一点,垂着眼睑说:

"铭,看你多瘦啊,这半年多,你受苦了。"

叶铭摆摆头凑近艳茹耳边低语着:"这不算什么,只要你好,只要你快活,我瘦点,以后会胖起来。"

"叶铭……"

"听我说,艳茹,你真愿意把我们过去的生活都忘掉?"

"唉,要是真能忘记,那就好了。"

"我知道你不会轻易忘记的。"

"铭,你真好……"

艳茹满含深情地凝视着叶铭。这是她的叶铭,她心上的叶铭。青春的火焰又在艳茹的心头燃烧起来了,她忘记了忧患,忘记了这半年多来的悲哀和压抑。她又依偎在爱人的身旁了,又像过去一样对他说话了。这样的幸福,哪怕是一分钟,也是多么叫人快活,叫人心花怒放啊!只是,今天和过去毕竟不一样了。过去艳茹在叶铭身旁,感到充实、信赖和由衷的幸福。今天却不同,哪怕是此刻,她也感到惶惑,感到不安,感到不踏实,仿佛这幸福是偷来的,这是偷来的吗?为什么她会有这种感觉呢?

叶铭细细地打量着艳茹,她的眼睛像珍珠那样晶莹闪光,她的脸消瘦而又俏丽,她额头上由于兴奋泛出一层红光。叶铭觉得,过去的艳茹又回来了,他心中的冰块被突如其来的亲热融化了。他似乎不相信似的捏捏艳茹的手指,是的,这确实是她,刚才她的手还是冰冷冰冷的,现在却温热起来。叶铭瞅着艳茹灼灼闪亮的双眼,微笑着说:

"艳茹,你能告诉我了吧,为什么这么久不写信给我?"

艳茹的眼睛一下又变得阴暗了。仿佛从虚幻迷蒙的梦境中跌到鲜血淋漓的现实中来,她顿时垂下眼睑,避开叶铭正在搜索的目光,耳语般地说:

"铭,你相信我吗?"

叶铭点头。

"我的心头非常乱。"艳茹踌躇着,一个字一个字地说,"让我想想,让我好好想想,好吗?让我好好想过之后再跟你说,行吗?铭。"

叶铭觉得，艳茹不像是在对他说话，倒像是在对她内心中的声音讲话。他问："你让我等多久呢？"

"多久？"艳茹咬了咬嘴唇，"等到下一次见面的时候吧。"

"可以的。"叶铭说。下一次见面，难道还等不及吗？他明天就能去找她。

艳茹并没因为叶铭同意了她的要求而高兴，她神态漠然地说：

"铭，你给我讲讲你的生活吧。天气好冷啊，我们别站在这里了，边走边谈吧。"

叶铭和艳茹取得了暂时的一致，两人并肩走出小花园，沿着长乐路走去。

四

叶铭送艳茹回家,然后赶回自己家中,已经是夜里十点了。

他上了三楼,推开屋门,意外地发现,这么晚了,家里还大开着四十八瓦的日光灯,把屋子映得亮晃晃的。屋子里坐着一个二十七八岁的姑娘,愁容满面地垂着头,眼圈红红的,显出忧郁寡欢的样子。见叶铭进来,妈妈李文娟指着他给陌生的姑娘介绍:"这是叶乔的弟弟叶铭,刚回家来。他被医学院录取了。真不容易啊,插队落户,一出去就是六年。我退休回到家,整天闲着没事,就是想这小儿子。嗨,这下心上的石头算落地了。"

妈妈的个头高,老来发福,更显得红光满面,精神甚好。夜已深了,她还毫无倦意,说起话来唠叨个没完。

陌生的姑娘勉强笑着站起来,向叶铭略点一点头。这姑娘衣着朴素,五官端正,算不得漂亮,但一眼看去很有修养。

"她是汪秀玲,哥哥的朋友。"姐姐叶勤在侧边补充了一句。

噢,原来是哥哥的对象!叶铭从早上到家,整整一天了,还没见哥哥的面呢,便问:

"哥哥还没回家?"

李文娟皱紧眉头说:"没回来。他明知道秀玲今天休息,晚上要来,至今还不回。我也真不知他脑子里想些啥。儿子大了,鬼点子也多了,啥话也不对当妈的讲。小铭,你以后可不准学叶乔的样!"

汪秀玲好像有些不安,看了看表说:"快十点钟了,妈,我该走了。"

"你再坐坐吧,说不定你刚走,哥哥就回来了。"叶勤挽留她。

汪秀玲踌躇地瞅了他们一眼，迟疑不决。

正在这时，房门被推开，叶乔回来了。他的个儿、身架都要比叶铭高大壮实，冬天的夜晚他穿一条海军呢裤子，披一件厚实的军大衣，脸庞英俊，浓长的眉毛，乌黑的眼珠，睫毛长长的，思考起问题来，一对眼睛特别明亮，他显得生气勃勃，看上去比叶铭成熟多了。看见汪秀玲，他微微一笑说：

"你来好久了吧？对不起，我去衡山宾馆开一个重要会议，这么迟才回来。坐吧，坐这边椅子上舒服些。"

他顺手给汪秀玲拉过一把椅子，等汪秀玲坐下，他回过头来，笑呵呵地面对招呼他的弟弟："小铭，几时回来的？这次回沪，是出差还是探亲啊？"母亲说叶铭是回沪读书，他脸上露出欣喜的神情，连声道好，"来念医学院，好极了！我们国家需要许许多多年轻的医生呢。这几天你就在家好好歇歇吧，一开学，恐怕就紧张了。"

叶铭看到哥哥精神焕发，脸色红通通的，比他三年前回上海时还年轻些，心里也挺高兴。他简短地说：

"有空细谈吧。你陪她坐坐。"

叶铭嘴角往汪秀玲那儿一努，便转身走出屋子。李文娟和叶勤也随后出来了。母子三人走进隔壁的房间，关上门，叶铭好奇地问妈妈："哥哥快结婚了吧？"

李文娟"唉"了一声沉下了脸，小声咕噜着，怕被隔壁听到："都三十冒头了，也不知昏忙个啥？我一和他提成家的事，他就说早、早、早呢！还直跟我宣传晚恋晚婚，计划生育。我都六十多岁的老太婆了，他说话也不看对象。"姐姐叶勤接着道："还结婚呢，他想把小汪甩了，另外找！"

"什么？"叶铭吃了一惊，从刚才哥哥对汪秀玲那温文尔雅的态度看，怎么可能呢？他两眼盯着姐姐："哥哥不是已经三十一岁了吗？他不怕自己年龄大，不好找对象？"

"是啊，年龄这么大，都和小汪谈了好几年了。"李文娟缓慢地说,"我看小汪人品不错,知书达理的,哪点不合他的心?真是,越大越叫人摸不透。"

叶勤说:"哥哥这几年什么都好,就是不知怎么搞的,近半年来,他对小汪越来越冷淡了。"

叶铭也不禁感叹了一声。他也不顾妈妈又在啰啰嗦嗦嘀咕些什么,只管自己暗忖着:唉,人间真是充满了矛盾。他为了艳茹,总是焦灼不宁,甚至痛苦失眠。而哥哥呢,人家对他好,他却又要冷淡人家。不可理解,真是不可理解!他一抬眼望见了墙上大镜框里那张合家欢。照片上五个人,爸爸妈妈哥哥姐姐和他。叶铭记得,这张照片是他念小学二年级时拍的。第二年,在钢铁厂当炉长的爸爸,因为车间里出事故,奋不顾身地抢救工人,自己被钢水烫伤为公殉了职。那时候,哥哥姐姐都在念中学,只有妈妈一个人在纱厂工作,家庭经济挺困难的。党和国家对他家特别照顾,帮助他们克服了多少困难,现在,妈妈已经退休,哥哥姐姐都已工作,他自己在农村入了党,又考上大学,可以说一切都改观了,谁料到还有这么一些苦恼。

从妈妈和姐姐的言语神态,叶铭看出来,在哥哥和汪秀玲的关系上,她俩是站在汪秀玲一边的。他觉得这样背着哥哥议论不好,便转换话题问:

"姐姐,哥哥不忙着结婚,那么你呢?"

叶勤笑笑说:"对你也没啥好保密的,我和医院的陆医生很合得来,我们商量过,再过一年就办事情。妈妈你说好不好?"

谈起未来的女婿,李文娟脸上的皱纹舒展开了,笑眯眯地说:"你姐姐那个对象啊,活是个书呆子!我看他除了给人看个病,怕什么也不会做了。上次他到我家来吃饭,你姐姐拿个瓶子让他去买辣酱油,他把那个能装一斤半的大瓶子打满了回来,叫人又好气又好笑。在上海住着,还是个医生,连辣酱油买多了要挥发也不知道,真是!"

"哈哈哈!"叶勤被母亲说得放声大笑起来。看得出,她对陆讷的书生气不但不恼,相反还挺喜欢。

叶铭瞅着姐姐笑得前倾后仰,也高兴地说:"那准是个老实人。"

"真是个老实人。"李文娟连连点头,"头回来我家,我备了点黄酒请他喝。他明明不会喝酒,但见你哥哥一个劲地劝他,他也一杯一杯都喝下去了。结果,脸喝得像个关公,险些呕吐。把我都吓着了。"

叶勤又止不住笑开了。她贬中有褒地道:"俗话说,老实人也有犟脾气。碰上看不惯的事情,陆讷发作起来,也是很厉害的。"

"那你就要管住他呀!"叶铭笑嘻嘻地和姐姐开玩笑,"可别让他的脾气像我……"

"谁像你,发起脾气来摔板凳、踢痰盂,一个屋里被你掀翻半个!"叶勤也老实不客气,揭着叶铭小时候的短。

母子三人正谈笑得欢,李文娟突然给两人递了个眼色,低声说:"听,没谈多久,小汪走了。"

三个人竖起耳朵,果然听到走廊里有脚步声和低低的说话声。

"我给妈妈打声招呼吧。"这是汪秀玲压低了嗓门在说话。

"不必了!"叶乔的声音有点不耐烦,"平时她睡得早,可能早睡了,下楼吧。"

听了他们的对话,李文娟阴沉着脸说:

"看你们的哥哥,不知在说些什么。"

叶勤的脸上也露出愠怒之色,有点为汪秀玲抱不平。

叶铭也听出了哥哥对汪秀玲确实很淡漠,话语中没一点感情。自己就不可能用这种口气对艳茹讲话。

"你呢,你和高艳茹现在还好吗?"叶铭正在沉思,叶勤关切地问。

叶铭转过脸来,反问道:"我么?……"他真不知该如何回答。

"这姑娘人长得真好看,"李文娟插嘴说,"就是娇气一些。今天你到她家去,怎么样?"

叶铭见姐姐和妈妈都盯着他,只得嗫嗫嚅嚅地说:

"她吗?我也说不清楚……这个……总之,我看她像有点,有点心事似的……"

"什么心事呢?"叶勤又追问一句。

叶铭摇了摇头,摊着双手说:"她没有跟我说。她说,下一次见面的时候再跟我说。"

"我提醒你呀,小铭,你有空常去看看她。"叶勤像所有的姐姐一样关心弟弟的终身大事,"我在高艳茹她爸爸的医院里当工宣队,陆讷又是她爸爸的学生。有几次遇到高医生,我都问起艳茹。听他爸爸的口气,这个姑娘整天闷闷不乐地把自己关在家里,显出心神不定的样子。我猜测啊,她长得漂亮,一回到上海,很可能有人在追求她。即使没人追求她,街坊邻居也会有人出来给她介绍对象。上海可不同于插队落户的地方,一共只几个知青,上海滩上什么样好条件的人家都有,而那些阿姨、大姐,又特别喜欢做媒人搭桥。介绍朋友的事,可是极普遍的。面对这种局面,她可能也有些动摇,所以半年多没有到我家来。她啊,感情与理智在斗争哩。这次你回来读大学,那就好办了,多陪着她玩玩,你们准能重新好起来,好得比过去更加牢靠。"

李文娟的看法和叶勤不同,她一拉叶铭,噘着嘴说:"你别信叶勤的话。谈恋爱找对象,图的是今后过日子,女孩子只要勤快、能干、贤惠就好,讲的是感情,倒不在相貌。哪能像打篮球那样你争我夺呢!你可别去夺啊!老俗话说,强扭的瓜不甜,夺来的瓜更不甜了!"

"妈,我哪是这个意思呢!"叶勤轻轻一推李文娟,急急地申辩说,"小铭和高艳茹本来就有感情基础嘛!我叫他多去陪她玩玩还会错吗?"

"什么事情啊,讲得这么热闹!"叶乔出人意料地推门进来,把三个人都吓了一跳。

叶勤笑笑说:"正讲小铭和艳茹的事呢。"

"进了大学，读书、参加政治活动要放在第一位，可不能丢下这些，光想着恋爱啊！"叶乔明亮的眼睛里闪出和善的光芒，循循善诱地劝导弟弟，"我和叶勤都还没结婚，你的事还早着呢！"

"你别光顾说人家了。"李文娟噔地一下在床沿上坐下，气鼓鼓地望着窗外说，"我问你，你送小汪送到哪儿？"

"18路电车站啊！"叶乔见母亲对他使气，不觉一愣怔，扬起两道漆黑的浓眉说，"怎么啦？"

李文娟向叶乔伸出一只巴掌："你倒是想想，人家小汪吃过晚饭就在这儿等你，现在已经是十点钟过了，你只送人家到车站，连送到她家门口也不愿意……"

"我要送，她不让我去。"叶乔皱紧了眉头嘟噜着说，"她……"

李文娟气呼呼地截住话头："别胡扯了！她都给我说了，这半年多，你从没有主动找过她。叶乔，你要把我当个妈，你就给我讲清楚，都三十一岁了，你还想找怎样的姑娘才称心。小汪脾气、性格、模样、人品，哪样差了？你就那么大架子，要人家的热心肠来碰你的冷背脊？"

叶勤没想到妈妈会发那么大脾气，她两边看看，劝解说："妈，有话你好好说，别发脾气啊！哥哥，你也别怪妈发脾气，晚饭后，小汪和妈妈坐在那里，把什么都给妈说了。我进门的时候，她还在妈身边哭呢！"

屋里这一闹腾，气氛有些紧张起来。看见妈发火，妹妹也站在汪秀玲的立场上，叶乔并不恼，他慢吞吞地摸出一支烟，点燃以后狠抽了两口，背着双手，来来回回踱着步子，脸色逐渐地严肃起来。

栗壳色的五斗橱上那只台钟，滴滴达达转动着，时间已是十点半了。叶乔站定下来，眼盯着那只钟，轻轻把胸前的烟雾挥去，像终于打定主意似的说了事情的原委。原来一年前，叶乔曾向领导上打报告申请同汪秀玲结婚。申请久久未批，叶乔去询问，得到的是含糊其辞的答复。后来，他那任市委常委的顶头上司，找他去谈话，表示组织上不同意他们结婚。据说是因为汪秀玲的一个舅舅还在劳动改造，刑期都没满，汪秀玲的父亲是摘帽右派。那个常委还提醒要他珍惜自己的政治前途。讲到最后，叶乔的话音里甚至有些愤慨了："这件事以后，我思想斗争了很久，直到快过了半年，我才把事情真相告诉汪秀玲，并且表示我们应该停止来往。谁知她那么不甘心呢，还经常来找我。作为我来说，除了对她客客气气，还能怎么样呢？妈，你说说，你碰到这种情况，怎么处理呢？"

李文娟两眼盯着叶乔，说："你娶的是汪秀玲，又不是她的爸爸和舅舅！"

叶乔惊叫起来："妈妈，难道你愿意我们有这样一门亲戚？难道你愿意由于我的关系将来再影响叶勤和小铭？"

"我就不明白，为什么要这样对待家庭出身不好的人！这太不公平了。"叶勤忿忿地说。

叶铭听到这儿，也对妈妈说："哥哥碰到这种事，是很难处理。"

李文娟扫了三个子女一眼，撇了撇嘴没吭气。屋里的空气有些沉闷。

叶乔伸起双臂，舒展了一下筋骨，严肃地说："事情既已说明了，今后汪秀玲再到我家来，你们都可以不接待她。省得以后纠缠不清，让组织上了解了，还以为我是藕断丝连，玩两面派手法呢！"

叶乔说出这句话来，三个人都暗觉惊愕，没有答腔。

叶乔见屋里的气氛有些僵，眼珠转了转，笑眯眯地问叶铭："小铭，你哪天报到？"

"后天。报到以后，还有好些日子空闲呢！"

"噢，我倒忘了。"李文娟接过话头，对叶铭说，"听说你回来了，弄堂里的退休工人张伯，提了只半导体收音机，让你给他修一下呢！街道乡办的王阿姨，买米时碰见我，也说要请你去乡办开座谈会，给那些还没抽调的知青讲讲。"

"行啊！"叶铭一口答应，"明天我就帮张伯修半导体。王阿姨那儿，我抽空去。"

叶勤不以为然地挥着手说:"小铭,你也别尽把时间耗在这些事情上!插队落户六年,功课都忘了,马上要进大学,有空还是复习复习吧!"

叶铭点头道:"这倒也是。"

"更主要的,还是要注意形势,抬头看路线,把准政治上的方向。"叶乔掸掸烟灰,对弟弟说:"现在需要大量的年轻干部。跟你说吧,我搞过一段组织工作,在上海,要找像我们这样家庭出身的人,还不那么好找呢!老工人,为公殉职,首先根子就站得住。小铭,你个人条件也很好,党员,年轻的大学生,前程大得很哪!可不要稀里糊涂混时间。"

"那是当然啰!"叶铭在山寨插队多年,已经好久没有听到这样正正经经的话了,他问道,"哥哥,你最近工作忙吧?"

"忙得有些紧张呢,"叶乔肩上好像卸去了沉重的负担,边脱下军大衣,边大声说,"要不,还能这么晚回家?这几天,都在衡山宾馆开会。叶勤,你们医院最近怎么样?考虑到你们医院这几年尽出怪事,市里要派我带工作组来呢!"

"派你,那太好了!"话题转到医院,叶勤高兴起来,"哥哥,你到医院来,可得好好把医院整顿整顿!"

"到了医院再看吧!"叶乔神秘地笑着。李文娟和叶铭站在一边,只见他嘴里轻轻地吐出一口烟圈。

五

回到上海的第三天，叶铭去医学院报到。办完手续，意得志满地走出大门。从很小的时候起，他就向往着跨进大学的校门，他为此曾勤奋学习，争取各门功课都在九十分以上。初中毕业那一年，"文化大革命"开始了，闹了近三年的"革命"，随后到山寨插队落户，生活转向了另一条轨道。正当他决心放弃这多年的向往的时候，大学开始招收工农兵学员了，这种愿望又重新抬了头。可是，开始群众推荐他的时候，他被卡住了，据说是因为他担任的赤脚医生工作没人接手，为此，他还闹了一阵子情绪。他这人表现不错，但从不唱"扎根农村干一辈子革命"的高调。和艳茹单独相处时，他俩虽然出身不同，经历也不一样，但对偏僻山寨的看法却是一致的。他们都感到寨上的农民直率、朴实、勤劳，也都感到山区农村的闭塞、落后和贫困。很久很久，他们都不习惯周围的环境，牛栏、猪圈、马厩、草粪、猪尿、山灰、虱子、跳蚤、苍蝇、蚊子，一年中有大半日子要吃拌了包谷的甑子饭，天亮起来上坡去挥锄挖土，擦黑回屋赶着点火煮饭。尤其不能忍受的，是自小喝惯有着一股漂白粉味道的自来水的上海知识青年，到山寨之后，因水土不服发了浑身痛痒难忍的红紫块块，几年都不好。这一切，都促使着叶铭和艳茹思忖着离开寨子。在后来的几年中，叶铭一边给大队里的社员看小痛小病，一边物色了两个青年当他的助手，逐渐能够接替他的工作。当这回大学又招收工农兵学员时，他终于如愿以偿，离开了山寨，跨进了学校的大门。虽说他已二十六岁，进大学读书，晚了一些，但他相信只要努力学习，专心致志，还是能学到很多东西的。

过了春节才正式开学，还有一段时间可以由他自由支配。自下乡以来，他难得有这样闲暇的日子，因此他的心情格外轻松、愉快。

从医学院出来，迎头碰到了刘庆强。十几步外，刘庆强就向他笑着，快步走了过来，拉着他的手说："小叶，真巧啊，又碰上你了。报到了吗？那天回家，我都把你进大学的好消息告诉妹妹了，她听了也很高兴，邀你去我家玩呢。"

"她好吗？"叶铭眼前浮现出一张圆胖圆胖的脸，轻松地问，"她在哪儿工作？"

"前几年她在崇明农场，后来调到市公交公司，先是卖票，现在开车。"

"那好啊！"叶铭随口应道，不想和刘庆强多聊。刘庆强拉着他，七拉八扯地聊了一阵，突然想起什么似的，伸手在上衣口袋里掏摸着，问叶铭，"你看过内部电影吗？"

叶铭苦笑着摇摇头。他在山区时，别说是内部电影，就是全国公演的片子，一年也难得看几场。

"正好，我这儿有一张票子，你拿去开开眼界吧！"

叶铭接过票子问："什么电影？"

"我也记不清了，反正很好看，你去看了就知道。"

叶铭马上联想到艳茹，笑着问："你还有票子吗？"

"哎呀，你不早点说，这是身上最后一张了。"刘庆强摸着后脑勺说。

叶铭谢过刘庆强，和他分手了。虽然是内部电影票，可叫他一个人去看，他也没啥胃口。走了几十步，他立刻有了新主意，艳茹在家闲得无聊，何不把电影票给她送去，也好解解她的闷愁。唉，这些年，尽放些样板戏电影，真叫人腻味了。叶铭看看黄颜色的电影票，是今晚第四场，在北京影剧院看。他又看看表，快十一点了，他决定回家吃了午饭再给艳茹送去。

前天晚上，他们分手的时候，曾约好叶铭报到的第二天，也就是明天晚上七点钟在南京东路外滩见面。现在又增加了一次和艳茹见面的机会，叶铭很兴奋，他兴冲冲地搭电车回家去。到家门口的时候，妈妈李文娟正在楼梯口晒台上用竹丫扫帚清扫晒台，一边清扫一边嘴里在唠叨：

"真是的，只有人把晒台搞脏，没有人把晒台扫干净。有精力杀鸡破肚皮，倒没有力气扫鸡毛。都扔在晒台上，风一吹，四处飘，还了得嘛！"

叶铭听到妈妈的嘟哝，笑眯眯地走上了晒台。他知道，妈妈历来就是这么个脾气，好事情她抢来干了，但邻居隔壁的人也被她数落到了。好在都是多年的老邻居了，大家都知道她的性格，谁也不来接她的腔。

看见小儿子报到回来了，李文娟匆匆把鸡毛、垃圾扫进畚箕，洗净了手，给儿子端菜、舀饭吃。

饭桌上，只有母子俩，李文娟往叶铭跟前凑凑，悄声问：

"小铭，这回读大学，要念几年书？"

"四年。"

"啊，那你大学毕业就三十岁了。"李文娟有些沮丧地说。继而，她又睁大双眼问："在大学里能结婚吗？"

"怎么，妈，你想孙子了？"叶铭今天的情绪很好，故意和妈妈开玩笑。

"咋不想，你们三兄妹白天一出门，这里里外外三间屋，就我一个退休老婆子，多冷清啊！"妈妈倒是一脸认真，"小铭啊，要在大学里也能扯结婚证，你就扯一张，和高艳茹把事情办了。"

妈妈把偌大的事情看得这么简单，叶铭不由暗暗好笑。不过，他看母亲一脸严肃，也正正经经听着，不时点着头。

陪妈妈说着话，吃完了午饭，争着洗了碗，叶铭看看时间已是一点多钟，就到艳茹家去了。不是上下班时间，公共汽车一点也不挤，叶铭顺顺当当到了高家后门口。他推开灶披间虚掩着的门，穿过一条光线暗淡的走廊，上楼来到双亭子间门口。他故意放慢了脚步，想听听艳茹是不是在屋里。门紧紧闭着，里面一丁点声音也没有。叶铭有些失望，他正要往客堂间走，忽听到那里传来艳茹的说话声：

"你要听我的话，就别搞病退，别搞！"

"为什么？"另一个声音低柔的姑娘问，"你不是通过病退把户口迁回来了吗？"

"我，我那是……唉，别谈了。"这又是艳茹的声音。

叶铭推开虚掩着的客堂门，两个姑娘不约而同地转过身来。看见艳茹的眼睛里露出喜疑交织的神色，叶铭忙解释说："我是给你送电影票来的。"

艳茹略点点头，指着身边的姑娘说："她叫郑珊，是我小学里的同学。"又对郑珊介绍叶铭，"我们曾在一起插队。"

郑珊和艳茹年龄相仿，有些近视，看人总是眯着眼睛。她淡淡一笑，向叶铭点了点头。虽说两人是头一次见面，可都知道对方和艳茹的关系。叶铭知道郑珊是大资本家郑大康的女儿，在江西插队落户，艳茹在贵州时她们还经常通信。郑珊也明白，叶铭是艳茹的什么人。

叶铭见艳茹的妈妈不在，便在一张椅子上坐下，客气地对郑珊说："你们谈吧。"

凡是插队落户的知识青年，都不怎么陌生。郑珊转过脸去，面对艳茹说："我就向你打听一下，办理病退的具体手续。你不是一关一关都过来了吗？"

艳茹叹了一口气，瞥了叶铭一眼，跟郑珊说："办病退手续，你先得回生产队去，从那儿开始，证明你有病不适宜参加农业劳动，然后通过大队、公社、区、县一级一级审查，盖章，经县医院检查确认你有病，开了证明，转给县知青办，再把这些材料寄到上海区乡办，又转到街道乡办。街道乡办审查之后，才通知你去区乡办指定的医院复查。如果复查证明你有病，符合病退条例，街道乡办再把你的材料汇总，送区乡办审批，批准了才能给你发调令。你的材料到了无论哪一级，你都要经常去催。要不，拖个一星期、两星期，一月、两月不算什么稀奇事。"

"哎呀，怎么要这样繁杂的手续啊！"郑珊叫了起来："我们出去的时候，为什么只要迁个户口就行了呢？"

艳茹苦笑了，没有回答。

郑珊偷偷瞅了旁边坐着的叶铭一眼，咬了咬嘴唇说："手续再多，我也得去办啊！你们男知青不是经常说，人生一搏嘛！我也要去搏一回了！过了春节，我马上回江西去。"

两个姑娘在商量事情，叶铭独坐一旁有点不耐烦。他原以为郑珊打听完了病退手续就会知趣地告辞，不料她却拉着艳茹的袖子，津津乐道地讲起另外一件事情来。

"艳茹，你还记得我家隔壁那个风流标致的陶三妹吗？她最近出事了，闹了大笑话，整条弄堂都在传。"

"出了什么事？"艳茹不经心地问。

"陶三妹元旦结婚，还没到一个月，她丈夫就同她大吵大闹，擂桌子摔花瓶，要闹离婚呢。"

"这是为啥？"叶铭插了一句。

郑珊喋喋不休地细说着："陶三妹现在这个丈夫，和她认识才四个月就结婚了。婚后才发现陶三妹肚子里有了孩子。那男的气得狠揍了她一顿还不解气，偏要闹离婚。这回，陶三妹真是出足丑了，想想她前两年那个神气样子，一点也不把我们插队的人放在眼里，开口闭口就叫我们'阿乡'。现在，哼！"

"哎唷，快别说了！"艳茹的脸臊得通红，伸手掩住郑珊的嘴，"你不想想，她现在很可怜嘛！"

"可怜她个屁，活该她倒霉！"郑珊刻薄地说，"谁叫她在我们面前做出那副趾高气扬的样子！"

艳茹辩解道："也许，她原先也是上当受骗的。"

"她会上当受骗？除了打扮自己，就是只想轧朋友，一会儿和这个好，一会儿和那个好！"郑珊鄙弃地说，"家里明明很穷，偏要一天翻两套行头。艳茹，你过去不也很瞧不起她吗？现在怎么反倒同情起她来，这种人根本不值得同情！"

艳茹一时答不出话来，停顿了一会儿，才说："可恨的不是她，而是侮辱了她的人。再说，事情已经出了，她现在的处境，不是很艰难、很痛苦吗？我们再要……叶铭，你说呢？"

叶铭正出神地听着两个姑娘的议论，从朝南的窗户那儿，射进来一缕冬日的阳光，正照在叶铭那棱角分明的脸上，使得他不能睁大眼平视艳茹和郑珊。听到问话，他双手一背，往椅背上一靠，不假思索地说："这种人就是自作自受，有什么可同情的！"

"对呀！对呀！"郑珊朝叶铭点了点头，非常满意叶铭的答复，她紧跟着说，"正正经经的姑娘，哪会做出这种事来！"

艳茹期待地瞅着叶铭的目光，顿时暗淡下去了。她咬了咬嘴唇，瞥了叶铭一眼说："我倒不是专指陶三妹这类人。我是说，有时候，社会上也有一些姑娘，出于无奈，犯了过失，结果社会舆论又不能轻饶她，甚至还要责怪她的不是。这样可怜的人，不很值得同情吗？"

"那也没什么值得同情的。"自以为对这个问题看得很准的叶铭把手一挥，不以为然地说，"好好的姑娘，怎么可能去同那些流氓同流合污呢？她和这类人混在一起，总是希望得到点甜头，总想讨点便宜，或是得到点廉价的好处吧。"

"就是。"郑珊极口赞同叶铭的观点，"我们插队落户的那个县，凡是出事情的姑娘，平时都和那些小流氓很合得来，一同出去游山玩水啊，一道回上海啊，吃吃喝喝，嘻嘻哈哈。人是活的嘛，她思想上坚定不移，怎么可能让人家……"

叶铭和郑珊这一席话，使艳茹的脸色顿时变了。为了掩饰自己，她顺手从床上拿过一本医学杂志，随便翻着，仿佛屋子里只有她一个人。哗啦哗啦的翻书声，使得叶铭和郑珊都感到有些难堪，不说话了。

艳茹的目光不离开杂志，伸手抓过一杯已经凉了的开水，仰起脖子，咕噜咕噜一口气喝下肚去。

叶铭从侧面看见她瘦削惨白的脸，尖尖的下巴，一滴水珠，沾在她的嘴唇上,也顾不上抹去。她胸脯起伏着,显然十分悲愤。

屋里照进了阳光,稍有了点暖和的气息。按说,这正是聊天闲谈的好机会,可由于艳茹的异样神情,客堂间里显得格外静。

大家都沉默着,郑珊心知该告辞了。她站起来,推了推艳茹的肩膀:"艳茹,我走了,有空你和他来我家玩。"说罢用手指头点点叶铭,表示心中已明白他们的关系。

艳茹利索地把杂志往枕头边一甩,跟着站起来,望也不望叶铭,说:"我陪你去走走,我在家也闷得慌。你刚才不是说要去扯鞋面布吗?"

艳茹这话一出口,叶铭心头一怔。这不是有意要撇开他吗?他连忙站起来,走到艳茹身旁:

"艳茹,我给你带了张票子来。是内部电影。"

"谢谢,我不看!"艳茹冷冷地回答。

叶铭伸进衣袋里拿票子的手凝住了。他这才看清艳茹的眼神里闪着怨恼的光芒。他只觉得自己被人戏弄了,心头的怒火直往上冒,浑身的血液涌上了脸膛。他横起怒目,一股盲目的力量使他冲动地说道:

"那我走了!"

不等答复,他大步走到门边,呼一声拉开门,"蹬蹬蹬"冲下楼去了。

楼梯声消失了,吓呆了的郑珊,惊异地望着好友:"艳茹,你今天是怎么啦?叶铭,不正是你那相好六年的男朋友吗?你们……"

不等郑珊说完,艳茹扑在她的身上,哇的一声爆发似的哭了。

六

叶铭走在人行道上，高艳茹那冷冰冰的脸和淡漠的眼睛，还不时在他眼前晃动。他的脸色铁青，眼神直勾勾的，发了狂一般往前疾走。他的自尊心受到了极大的损伤，气得双手发抖，忿忿地命令自己，以后再也不去找高艳茹了。跟她一刀两断，埋头用功读书。人在气头上，脑子里产生的念头总是偏激的。尤其是一个正当血气方刚年纪的小伙子受了刺激的时候，更会做出绝对的事情来。

叶铭一回家，便把自己锁进一间屋子里，仰面朝天躺在床上，眼睛一眨不眨地望着白色的天花板。他岂止是愤怒啊，简直悲痛得想放声大哭。回想往事，艳茹在他的面前，历来是个温柔、体贴，从来不把冷淡放在脸上的人。为了他刚烈的脾性，在林间散步时，艳茹不知劝慰过他多少次。她常说，要万事都能理解别人，事事都该尊重自己，那能减去多少烦恼啊！如今，说这个话的艳茹，到哪儿去了？在和艳茹六年的爱恋中，虽然有时为些小事口角，也没有如此令他伤心。而且，每次口角过后，都是艳茹主动来找他，给他缝补破了的衣裳，故意找些话来问他，或是请他一起到松棒林里去捡干枯的松果来发火。直到他的情绪变好，她才默默离去。可现在，这么个艳茹到哪里去了？她为啥变得这么快！她回上海仅仅十个多月啊！她怎么能知道，叶铭有多少难言的苦闷，她怎么能知道，在砂锅寨上，没有她的信，他是怎样地度日如年！每次，看到乡邮员朝他摇头，或是对他开玩笑说，你的信还在路上呢，他是怎样瞪直了眼，要在那棵团团如圆盖的大核桃树脚，站好久好久。他回上海了，照理，他完全能责问她，为什么不给我写信，可她躲闪着，回避着，说等下一次再说，他忍下了。可下一次，下一次还没等到，她竟如此无理地对待他,而且是当着头一回见到的郑珊的面!他扪心自问,给她送电影票去,有什么错?为什么对我如此冷漠?莫非姐姐猜对了,在她的天平上还站着另外一个小伙子?要是那样,呸,我才不来讨好你呢!

心中的那团火烧灼得他坐卧不宁,焦躁不安。他憋不住了,一下从床上撑了起来,决定给她写一封绝交的信。

他找出纸笔,在胸中已憋了半年之久的那股非发泄不可的闷气,推助着他奋笔疾书,激怒、气恼、责问甚至带着咒骂意味的语言倾泻而出,一气就写了三张纸。写完之后,他也不想看第二遍,就把信笺折好,塞进信封,跑到邮局去投寄了。他满以为发泄了满腔的忿恨之情,心头会轻松一些,哪知信刚投进邮筒,一阵惆怅袭来,竟使他感到格外空虚,茫然不知所措,连回家的方向也搞错了!

夕阳西斜,那一抹余晖照射在朝西的楼房窗子上,闪闪地反射出一道道金光。西藏路上,车水马龙,人来人往络绎不绝。汽车嘀嘀嘀、叭叭叭、嘟嘟嘟的喇叭声,自行车丁铃铃的铃声,汇合成喧嚣的声浪,灌进叶铭的耳朵里。

回上海三天了,他头一次觉得故乡上海的马路上竟是这样的嘈杂,吵得他心头像塞了团乱麻,简直想把两只耳朵塞上。

他呆痴痴地望着身旁前后左右匆匆而过的行人,心想,人人都有生活的目标,每个人都是那么忙碌,而我呢,在这三个星期的空闲里,干些什么呢?他觉得心头少了点什么,叶铭并不是爱情至上主义者,他生活态度严肃,有自己的理想。但是,他毕竟同艳茹有六年的感情,难道能在一瞬间割断么?他这才感到,和艳茹决裂,对他来说,并不是那么容易的。

天黑了,路灯亮了,高楼、商店门外的霓虹灯,一闪一闪地变换着颜色。叶铭怅然若失地回到家里,独自木然地坐着,竟感觉不到天快黑了,妈妈已经摆出了碗筷。

晚饭桌上,只有母亲、姐姐和叶铭三个人。叶勤一边扒着饭,一边神采焕发地说:

"哥哥今天带着工作组进驻我们医院了。他跟我说,为了彻底扭转医院的现状,他决定从今天起,不回家来了,吃、住都在医院里,非要干出点名堂来才罢休。"

母亲不以为然地说:"也不能忙得没日没夜,连个吃饭喝水时间也没有啊!叶乔这些年来也不知从哪儿学的,一有点事干,总是不回家。我和你们爸爸都当过劳动模范,从来没忙得像他那个样。"

开朗的叶勤笑了笑:

"妈,你也真是的,哥哥和汪秀玲没结婚,你好像总对他抱啥成见一样。其实,情况摆明了,也怪不得哥哥。"

"我对他抱啥成见?"李文娟把碗朝桌子上一搁,捋捋银白的鬓发说,"手心手背都是肉,我还能错待他?只是,我总觉着,他这几年来忙得有些特别,在外头干些什么,回家也不讲讲。"

叶勤"咯咯咯"地笑着放了碗筷,头往左边一偏,双手合在一起说:

"妈,哥哥都三十一岁了,你还把他当小孩子啊,什么事回家都要给你讲!"

叶铭有心事,妈妈和姐姐说话,他一句也没接嘴,只是埋着头吃饭。咀嚼的时候,两眼凝望着汤锅上飘起的缕缕热气出神。饭菜是什么味道,他毫无察觉。细心的叶勤一眼就看出弟弟的神色异常,她用筷子点点叶铭问:

"小铭,你怎么愁眉苦脸的?是不是分的系科不理想?"

叶铭摇头不答,眼睛愣愣地盯着桌上一锅肉圆菠菜汤。

"那么是和高艳茹闹别扭了?"叶勤又关切地盯住弟弟的脸问。

叶铭还是不吭声。

叶勤说:"要真是闹别扭,我明天要去高浩天家,顺便可以帮你个忙。"

"不用。"叶铭想到自己已经写了那么一封信,姐姐出面也是白搭,还不如不说的好。他放下碗筷,走出了屋子。

李文娟和叶勤互相看了一眼,望着叶铭的背影,都有些不解。

李文娟拉拉叶勤的袖子，轻声地说：

"嗳，我说你呀，明天真要去高家，一定找找艳茹。依我看，他俩准有些啥疙瘩解不开哩，你给我放在心上啊！唉，也真是的。人老是没个安心的时候，满好回上海读书了，又和艳茹系上疙瘩了。叶勤，你是姐姐，得多操心着点。"说着，又用嘴角向叶铭关紧的房门那边努了努。

叶勤完全明白母亲偏爱叶铭的心理，使劲点点头，悄悄地答应着："忘不了，你放心吧！"

李文娟咧开嘴，无声地笑了。

叶铭关了门，脑子里翻江倒海，怎么也平静不下来。哥哥叶乔忙得家也不回，姐姐的生活过得那么有规律，连妈妈这个退休工人，也是家里、居委会，每天都有事干，唯有他，闲得发慌。邻居张伯拿来的七管半导体收音机，昨天他就修好送回去了。乡办王阿姨那儿，说座谈会将在春节期间开。他干些什么好呢？他强迫自己不去想艳茹的事，便去翻书架上的书。也不知哥哥从哪儿弄来那么多的学习材料，不是批林批孔参考资料，就是评法批儒的首长讲话，再不就是社论汇编，还有什么评《水浒》、批宋江的册子，一本又一本。叶铭真搞不懂，哥哥现在怎么会看得进这些东西。他还记得小时候听哥哥说过，最不爱看干巴巴的理论文章，哥哥喜欢的，是寓意深刻的格言警句，是情节生动的侦探小说，是韵味隽永的散文。可是，他现今搜集的这些学习材料，比大块大块的理论文章更枯燥无味。尤其使叶铭感到意外的是，差不多每篇文章哥哥都看了，有几篇上还画了红杠杠，或是加了惊叹号、重点号。看到满书架的这类东西，叶铭不知怎么想到他插队的砂锅寨耕读小学的学生们，有钱买不到方格本和算术簿，到了开学的时候，往往没有新书。一打听，总说是纸张紧张。此刻他不由得忿忿地想，有那么多纸印这类没多少人看的学习材料，有那么多纸在马路两旁书写大幅标语，书写大字报，不如多印些本子，赶印些书啊！

他把书架上的纱布遮帘用劲拉上，又躺到床上去了。好不容易熬到七点半钟，他想起衣袋里那张电影票，就打开屋门，向妈妈、姐姐打个招呼，悻悻地出了门。

叶铭到达北京影剧院门口时，第四场电影快开映了。电影院门口和对面的静安书园大门外，声浪喧嚣，聚满了小青年。高音喇叭里，一个疾言厉色的嗓门正在嚷嚷："坚决取缔非法贩卖电影票、戏票……"等退票的人，手里拿着几张角币，缩着脑袋，对每一个迎面走来的行人，都要低问一声："有退票吗？"看见叶铭向着电影院走来，马上有个十八九岁的小伙子快步跑上来，手里扬着一张两块钱的人民币，压低了嗓门对他说：

"老师傅，你有票吗？有票退给我，翻几个跟头也行。"

叶铭莫名其妙，反问他："翻什么跟头？"

"啊哈！"那小伙子油滑地一仰脸，知道叶铭不懂场面上的"切口"话，便换了一副笑脸，说，"老师傅，你不懂翻跟头，没关系。你要有票子，我拿两块钱买一张，要不四张上海音乐厅的音乐会票子和你换一张。"说着掏出四张蓝色的票子来。

这下明白了。他没想到刘庆强送给他的这张内部电影票这么热门。他向对方摇摇头，径直向影剧院里面走去。

影剧院场子里，连走廊上都挤满了人。扩音喇叭正在播放贝司很足的音乐。

叶铭看看票子，十七排一座，是看电影最好的位置之一。他刚走到座位上坐下来，就感到身旁有个人盯着他望，还低声地叫他的名字："叶铭！"

叶铭转脸看见剪着游泳头的姑娘，穿件大红棉袄，围条三色围巾，个子差不多和自己一样高，健壮结实，睁着对大大的杏子眼，正笑吟吟地瞅着自己。叶铭只觉得面熟，一时记不起她是谁了，只得歉疚地说：

"你是……"

"哈，你认不出我了！"那姑娘快活地说，"我是刘小扣啊！"

噢！叶铭一下子恍然大悟，怪不得脸庞这么熟悉，原来她就是中学里的同学刘小扣。也难怪叶铭认不出她来，在他的记忆里，刘小扣原是个矮壮的姑娘，胖圆胖圆的脸。一晃七八年，她长得高多了，脸也瘦多了，下巴尖尖的，秀气了许多，也成熟了许多。怎么能认出来啊！他连声说：

"哎呀，你长得这么高，我根本认不出了。怎么样，现在工作好吗？"

"无所谓。"刘小扣一扬头，兴奋地说，"反正天天开车，也习惯了。你这回才好呢，一下从农村回上海读大学，混几年，就是大学毕业生了！听哥哥说你回沪读书，我都替你高兴。"

两个人没说上几句话，场子黑暗下来，帷幕拉开，音乐声起，电影开始了。这是一部外国影片，描写一对情深意长的情侣，在第二次世界大战那动荡的岁月里的爱情遭遇，写出了好几个不同类型的欧洲青年形象。主人公的命运深深地吸引了叶铭，影片女主角对爱情的忠贞更令他感动。看着看着，他就沉浸到那悲欢离合的故事中去了。

看电影中间，他依稀闻到一股玫瑰香味，也隐约感到身旁的刘小扣，不时地挨到他身旁，凑近他耳朵说：

"我旁边那个男的有点不三不四……"

多少年了，叶铭没看过这类令人动情的影片，他被银幕上的形象深深地吸引住了，只顾看电影，也没细听刘小扣在耳语些啥。直到电影放完了，他才发现，刘小扣一直紧挨着他身子坐着。他不由得瞅了刘小扣一眼，她脸色绯红，拉着叶铭的胳膊，指指从一旁走开去的那个青年背影说：

"这个人看电影不老实，总把手往我座位这儿放。"

叶铭瞧瞧她指的那人背影，说："社会上总有那么极少数坏家伙。"

顺着散场时的人流，两人走出影剧院，叶铭看看表，十点差五分了。他问刘小扣：

"你坐几路车回家？"

刘小扣向他眨着眼睛，说："叶铭，我家早搬了，现在住陕西南路，那儿一到夜间就很僻静，前几天，一个姑娘上中班回家，还被流氓抢去了手表呢。我想请你……请你送我一下……行吗？"

人家已经提出来了，你能拒绝吗？叶铭略一迟疑，答应下来了："好吧！"

"那太谢谢你了！"刘小扣喜形于色地说。她走上一步，当着电影院散场时那么多观众，很自然地挽着叶铭的胳膊，沿着人行道走去。

叶铭的内心惊愕不已，刘小扣怎么这样大胆啊！十九岁就离开上海的他，近七年在贵州山寨的生活，使他渐渐习惯了和山区农民打交道。他会讲一口流利的贵州话，熟悉山区农民的言语谈吐，生活习惯，山寨男女青年之间那种拘谨、疏远的关系，他也看惯了。而对大城市生活反倒陌生了，对上海滩上二十多岁的姑娘们更是不熟悉、不了解。在他心目中，男女之间挽着胳膊在路上走，至少要确实相爱了才成。而刘小扣仅仅是他中学里的同学，八九年没见面了，怎么才看一场电影，就对他表示这么信任和亲热呢。他的心"别剥别剥"跳得凶起来，脸颊上也自觉烫乎乎的，同行路人的目光，仿佛也在朝他脸上转过来。叶铭太不习惯了。

他慢慢往前走，企图把刘小扣挽住的手臂不易觉察地挣脱，但是刘小扣很自然地挽着他朝前走，他一点办法也没有。

拐上南京路，没走好远就是陕西北路。路口平安电影院的第四场电影，也正巧散场，观众们纷纷跑向周围的20路、24路、27路电车站头，叶铭问："你坐24路电车吗？"

"坐电车反比走路慢，我们走吧。"刘小扣用手往南指着一辆刚开过去的24路电车，补充说，"你看，车子上多挤呀！"

叶铭只得陪着刘小扣向南走去。一路上他们胡乱谈着电影和这几年发生的事，喜欢咯咯发笑的刘小扣突然感慨地说："这些年来，我只知道卖票、开车，对政治不那么感兴趣了。"

刘小扣说的"政治"是指她当年做红卫兵头头而言。叶铭还记得，学校成立红卫兵时，刘小扣是红卫兵团的常委，穿一身绿军装，戴一顶黄军帽，腰里还扎一根宽皮带，着实神气过一番呢。那一阵，正是"老子英雄儿好汉，老子反动儿混蛋"那两句对联在社会上盛行之时，学校里一些"红五类"子女，在刘小扣等人的带领下，对那些"黑七类"子女采取了行动。他们让"黑七类"子女公开表态，和家庭划清界限，还要这些子女检查受家庭影响的具体内容，写思想小结。对拒绝这么做的同学，不客气地进行批判、审讯、罚跪，乃至关在学校里不放回家。这个全校范围内的表态正搞得热火朝天、登峰造极的时候，比他们低一年级的高艳茹家里被抄了，因为高浩天是反动学术权威，又在德国柏林求过学，还有特务嫌疑。消息传来，红卫兵团立刻对一夜之间变成"狗崽子"的高艳茹采取了果断行动，派人去她家勒令她到学校检查。

高艳茹按时到了学校，红卫兵团当即盘问，怒斥她隐瞒家庭成分，包庇反动父亲，想混进"红五类"队伍，光凭这点，罪就不轻。谁知高艳茹从小就有些娇气，也胆小怕事，面对用课桌团团围起审讯她的"小将"们，她只是垂着头哭，既不认罪，更不愿写检查，做交代。红卫兵团的一些头头对她拍桌子打板凳，她班上几个尖嘴利舌的姑娘又朝她吐口水，说她脸生得白，眉毛生得弯，相貌漂亮，十足是个妖娆的资产阶级小姐，还举出例子说，春游时，一条刺毛虫落在她头上，她吓得尖声大叫，足可以证明她是个娇滴滴的臭小姐。一个矮小黑脸的姑娘，还掀动着薄嘴唇，对她大声地念了江青讲的几句话："……要是革命你就站起来，要是不革命，就滚他妈的蛋！"对这些，高艳茹只是低头啜泣，一声也不吭。红卫兵们说她故意装傻，别想滑过关去。头头们便决定，罚她在洗衣板上跪两小时，并关押一夜，交给女常委刘小扣具体执行。

听到这些情况，那时和高艳茹素不相识的叶铭，手里已经拿到了中午去北京串连的火车票，马上把票让给了另一个同学，推迟了出去串连的日期，特地找到刘小扣，对她说这样干不行，要求她允许高艳茹站起来，并放她回家去。听完叶铭的话，刘小扣问："你不怕同学们说你丧失立场?"

"这不是丧失立场。"叶铭很冷静地说,"党的政策不允许罚跪和随便关押人。"

叶铭还记得,抖索索跪在洗衣板上嘤嘤抽泣的高艳茹,在他说话时,回头向他投来感激的目光。他也是第一次在那眨眨眼皮的时间里,惊奇地发现,高艳茹长得娇美清丽。

结果,刘小扣听从了叶铭的意见,把高艳茹放了。

一九六八年底,动员知识青年到农村,号召工农革干子弟要带头,叶铭主动要求去插队落户,把班上的一些工矿、近郊农场的名额,让给家庭困难的同学。这时,刘小扣跑来找到叶铭,直截了当地对他说,要是他想改变主意,她是红卫兵团常委,还有办法弄到一个名额,他们可以一起去崇明农场。到农场,也是上山下乡,也是务农,但是,却是离家近,每月多少还有二十几块工资。不比插队落户,既没收入,又远离上海。正直的叶铭觉得自己既已表了态,怎么能偷偷耍小动作呢,便婉言谢绝了。

这些往事已如烟云,早已在叶铭的记忆里消散了,但此刻却被唤醒过来,使他感到刘小扣对自己的亲热举动的背后,似乎隐藏着什么。他记起来了。刘小扣是个成熟比较早的姑娘,念中学的时候,她就注意自己的衣着打扮,也愿意和男同学在一起谈笑。她的学习成绩不好,尤其是英语和代数,经常不及格。她常带着代数本子和英语书,来找自己;自己当年的学习成绩在班上是数一数二的,见她问上门来,也不回避,很爽快地教了她。也可能正是由于这个原因,叶铭去请她放了高艳茹时,她才答应了呢!

叶铭不声不响地回忆着。刘小扣依然挽着他。两人并肩走到一个单开间的点心店门口,店堂里的日光灯开得雪亮。刘小扣摇了摇叶铭的手臂说:

"下了班,我就跑去看电影,晚饭也来不及吃,你能陪我吃点东西吗?"

叶铭晚饭只吃了一小碗,这时也有点饿了,但他匆匆出来看电影，身上只揣了几毛钱车费，为难地说：

"你吃吧，我在外面等你。"

"为啥？"

"这……"叶铭犹豫了几秒钟，涨红了脸苦笑说，"我没有带钱。"

"哈哈哈！"刘小扣放声大笑起来，"没见你这样的人，开口就叫没有钱。你呀，下了几年乡，真有点阿乡味道了，我告诉你呀！和女朋友出去逛马路，可不兴这么说。你不会说肚子不饿吗？真笨！走，我有钱！"说着，刘小扣掏出一块钱递给叶铭道，"去买两碗馄饨。"

一碗馄饨，叶铭没用上五分钟就吃光了。刘小扣却吃得极慢，一只馄饨她要分三口吃，一边吃，还一边七拉八扯地找出些话来和叶铭聊着。

离点心店不远，有一家兼卖糖果零食的小店，当叶铭和刘小扣吃过馄饨走过这家小店时，从店堂里走出一个姑娘，朝他俩的背影足足望了两分钟。待他俩走远了，那姑娘从身上掏出钥匙，开了店门口的自行车锁，骑上车，往长乐路方向踏去。她骑到叶铭和刘小扣前面，又气呼呼地回过头来张望。叶铭正和刘小扣边走边聊，见一辆自行车驶过，无意间一抬头，猛地怔住了。车上的姑娘，不正是艳芸嘛！他眼睁睁地望着远去的自行车，讲到一半的话也忘了往下说。

"你不是说电影中的人物性格展示得很鲜明吗？"刘小扣拉拉他的袖子，挨近他问，"你说他正直，还有什么？你怎么不说下去了？"

"啊？"叶铭被刘小扣一拉一问，才发觉自己刚才有些失态。艳芸看到自己和一个姑娘在逛马路，回去告诉艳茹，艳茹会怎么想呢？这思想顽固地闯进叶铭的脑子，使得他陷入了一种惶乱的境地。尽管自己气冲冲地给艳茹写了信，似乎和她分了手，但是，这个高艳茹，在他心上占着多么大的比重啊！叶铭只觉得一股什么力量冲袭他的神经,脑子里惶惶悚悚,谈话的兴致骤然消失了。他结结巴巴地说:"这个,人物性格嘛……就是鲜明哪!"

刘小扣立刻发现叶铭神色异样,偏过头来,关心地问:"你怎么啦?"

"没什么。"叶铭掩饰着内心的不安,支支吾吾地说,"我只是,这个……"

"什么这个那个的,人家瞧你一眼,你就心慌了!真是个地道的阿乡!跟你说,男女一起在马路上走走,有什么了不起的!又不是谈恋爱。"刘小扣倒是大方自如,"像我,人家给我介绍过几个,都没谈成。我看上的,人家看不上我;人家看中我的,我又看不起人家,就是那么回事!你呢,谈过吗?"

刘小扣这样爽直坦率,倒使叶铭有点难为情了,他思忖了一下说:"插队落户的时候,我谈过一个……"

"我知道嘛,插队落户青年,抽烟、喝酒、偷鸡摸狗、谈恋爱是常事。我一看到你就注意了,你手指不黄,看来没染上抽烟喝酒的毛病。谈恋爱嘛,在农村都是儿戏。等到女的一调到工矿,马上就吹,是不是啊!"刘小扣一双杏子眼毫不放松地盯着叶铭,"你插队时的女朋友,是不是也和你吹了?"

叶铭被刘小扣机关枪发射似的话头讲得有些尴尬,他涨红了脸,口笨嘴拙地说:"也可以这么说吧……"

"嘀嘀嘀,我就猜出是那么回事!"刘小扣开心地大笑起来,"你刚坐在座位上,我瞧着你的脸色,心里就说,他有心事,怕是恋爱不顺利。给我猜着了吧?"

叶铭不屑辩解,默默地走着,只求快些把她送回家。而刘小扣则不同,她走得很慢,兴致很好,话也特别多。表面上,她显得直率爽朗,可内心深处,她也有她的想法。她没有告诉叶铭,平时对她很少关心的哥哥刘庆强,今天怎么兴高采烈地赶回家中,要她今晚请几小时假来看内部电影;她也没有告诉叶铭,当前两天哥哥告诉她叶铭回上海读大学时,还说了,叶铭不像有女朋友的样子,要是妹妹和叶铭好，倒是很相配的一对。经过今天看一场电影，刘小扣探听明白了，叶铭确实没有对象，她的心里由衷地振奋起来。她觉得，她和叶铭好的希望是极大的。她本人有工作，家庭条件嘛，是目前上海第一流的，相貌呢，也不差。不是还有些厚颜无耻的男子给她写情书嘛。而她对叶铭呢，也是中意的，无论是他刚刚戴上的那顶大学生的桂冠，无论是他的家庭条件，他的相貌，都是她所渴望的男子。他们要好起来，既不用愁金钱，也不必等分配房子，现在唯一缺的，就是感情。而感情，是需要通过接触来逐步培养的，她怎么不希望和叶铭在一起多处一会儿呢！只可惜，路太短了，没走上半里路，家就到了。

穿过黑漆漆的弄堂，走到最里面一扇门前，叶铭借着楼房里射出来的灯光，发现刘小扣家住的是花园洋房！半人高的围墙上，水泥牢牢地沾着小颗小颗光滑溜净的石溜子，打开铁门，一条块石铺砌成的甬道，通向一座两层的小洋房台阶，甬道两旁的花园里，环绕着一圈刷齐的冬青树。望着刘小扣的家，叶铭心想，她家怎么搬到这么好的地方来？读中学的时候，叶铭曾去过刘小扣家，那时她家老小七口人，住在一个三层阁楼上，那是一幢三十年代建造的老式楼房，低矮的三层阁统共也只有二十来个平方米，平时都得打地铺睡觉。现在却搬到高级小洋房来住了。世界上的事变化真是大呀！

叶铭正在沉思，刘小扣笑吟吟地说：" 你进去坐一会儿吗？"

叶铭表示天太晚，不去了。刘小扣从衣袋里摸出一张电影票，笑着说：

"今天多亏了你，真不知怎么感谢。你爱看电影，我这儿还多一张《创业》的票，你大概没看过，喏，拿着。"她把票硬塞到叶铭的手里，目光闪闪地望着叶铭说，"你知道我家了，有空来玩吧！"

七

自从五七干校回来，高浩天的心头总是沉甸甸的，像压着一坨铅块。在三层阁的藤椅上一坐，就是几个小时。他没有抽烟的嗜好，可近两天，却抽了三四包烟。他平时喜欢品尝点红茶，可顾萍给他沏好的茶，他总等茶冷了，也没想到去呷一口。他明显地消瘦下去，双眼凹陷，额上、脸颊上的皱纹又增添了几条，疏朗的头发，仅仅才几天啊，竟像扑了一层霜花样，急遽地花白了。白天他咽不下饭，夜晚他睡不着觉，常常到了下半夜，他能听到壁钟敲两点、三点、四点……害得原来就患有高血压病的顾萍血压也直线上升了。今天，高浩天从医院回家，心情稍微好一些。这是因为新进驻医院的工作组负责人叶乔，在下午四点钟左右找他去谈了一次话。

叶乔虽然年轻，可他一点也不像刘庆强那样粗鲁，也不像戴志光那样骄横。他见高浩天应约走进自己的办公室，立即离开座位，迎了过去，主动拉过一张椅子，请他坐下。

老人坐在椅子上，看到办公室虽小却很整洁，一张单人床，一张办公桌，几把椅子。作为医院的最高领导，屋里既没有沙发、茶几，也没有取暖的电炉和作装饰的字画。和戴志光、刘庆强的办公室绝然不同。

再看相貌，刘庆强矮壮粗实，像个码头上的工头，蛮横无理。戴志光瘦得像根竹竿，带鱼脸，耸肩膀弓背脊，矫揉造作。而眼前的叶乔呢，五官端正，一表堂堂，稳重踏实，第一眼的印象就和前面两位不同。还没说话，叶乔已给高浩天留下很深的印象。

叶乔给高浩天送上一杯开水，顺便拖一只方凳在他身旁坐下，心平气和地说：

"高医生,你知道,我是带着工作组初到这儿。我们听说,医院里这几年来尽出事。一进来,欢迎我们的就是墙上那条大标语,点了你的名。我不能不过问,了解了一下,这大标语上说的血债,指的是半年前的一次医疗事故,请你回忆一下,给我们详细讲讲好吗?"

"能,能。"高浩天经叶乔这一提醒,也猛然想到医院半年前出过一桩人命事故,他心头踏实了些,连连点头说,"事情是这样的。去年初夏,具体日子大概是五月份,我那时刚恢复工作,被当时在我们医院学习的红医班医师请去看一个病人,这病人才十三四岁,是个漂亮姑娘,叫许春珠。这可爱的女孩子是四月底进院的,已有十多天了。我去看她时,孩子已是昏迷状态。我检查以后,确诊她患的是大叶性肺炎,肺炎双球菌已严重侵蚀了两个肺叶。我拿起诊断记录细细翻阅,不由大吃一惊,来学习的红医班医师竟把许春珠当流行性感冒患者处理,用药量极大,十多天来,高烧不退。直到她生命垂危,他们才来找我。当时我就明确表示,这是误诊所致,医院方面要向家属说明原因,赔礼道歉,如果病人不幸去世,医院方面要负全部责任。而对造成这次误诊的红医班医师,应作出严肃的处理。不过,我还是尽力抢救。可惜太晚了,刚按照我的治疗方案施用了药物,不到两个小时,她便去世了。事情经过就是这样。"说到这件事,高浩天的语气仍很沉痛,话也说得很慢。叶乔双眉紧蹙,专注地听着高医生的讲叙,听完后,他同情地"噢"了一声,点了点头,凝神思考了片刻,又问:"后来呢?"

"后来,我从一个医生的责任感出发,把这件事详细写了一份报告,送交党委。事后,病人家属到医院贴过大字报,闹过几次,我听说那红医班医师是刘庆强的私人关系弄进医院来实习的,刘庆强表态说,红医班是革命的新生事物,不能往那上面抹黑。因此,党委出面做了工作,家属就没再来闹了。怎么,难道对这件事,还有人怀疑?还有人说我是害死孩子的凶手?"

"大字标语可能是这个意思。"叶乔轻声说。

"叶乔同志，难道你也相信……"

"我正在调查这件事。"叶乔合起工作手册，用钢笔轻轻敲着手册的封面，思索着说，"高医生，为了慎重起见，你是不是把这次事情的经过，再详细写一份材料给我。"

"可以的。"高浩天双手扶膝，一口答应。

"不要紧张，高医生，你要相信党、相信群众。"叶乔亲切地望着对方，"我们决不会冤枉一个好人的。"

"嗳，嗳，"高浩天见叶乔和颜悦色，说出话来，水平很高，心头宽慰了许多，便又趁机申明说，"叶乔同志，前天党委办公室的戴志光笼统地要我停职反省，由于我没想到许春珠的事情，没有写检查，你看……"

"这没关系。"叶乔摆手截住他的话，"你只要把我请你写的材料写好就成了。明天不用来上班，我让叶勤去拿吧。"

"好。"高浩天心中一块石头落了地，站起身想告辞。叶乔招手说："你再坐坐。"

"还有事么？"高浩天问。

叶乔垂下眼睑，在办公桌旁坐定，问起了第二件事："听说你在普查肝炎时带回了一个病人……"

"有这件事。"

"他叫什么名字？"

"袁征。"

"噢。"叶乔睁大眼睛，瞥了高浩天一眼，随即从桌上拿过一张纸，抽出笔，低头在纸上写着什么，继续问，"他害的什么病？"

"肝硬变。"

"病情严重到必须送进我们医院吗？"

"我觉得是这样。"高浩天解释着。这些天来，他本人处在停职检查的状况下，还时常想起袁征。他说："病人的肝机能已经严重不全，进入腹水期。起病至少有三四年了。在干校卫生院，病人多次发生肝昏迷，如不及时抢救，发展下去，就是肝癌，你知道，一患肝癌，便将危及生命。"

"危及生命？"叶乔又问一遍。

"危及生命。"

叶乔迅速地写完几个字，抬起头来又问：

"过去你认识袁征吗？"

高浩天摇摇头，避而不谈他在卫生院听到的情况。

叶乔坐直了身子，双手支着桌沿说："很好，看来你是个很负责的老医生。确实啊，医生就要有这样的责任感。"

高浩天听了这话，几天来头一次笑了。

离开叶乔朴素的办公室，他心里说，这才是真正值得称道的新干部，稳重，细致，善于思考，接近群众。刘庆强和戴志光，怎么能和叶乔相比呢！天壤之别，天壤之别。心里一轻松，高浩天自然而然想到了袁征，进医院第三天了，这个老干部的病情怎样了呢？高浩天找到正在巡视病房的陆讷，请他陪自己到袁征病房去看看。

陆讷见到自己崇敬的老师，连忙关切地低声问："你的事情有发展吗？"高浩天边同陆讷并肩沿着走廊急急走去，边悄声细语地把同叶乔谈话的情况告诉了陆讷，连声称赞："看来，这个领导还对我们医务工作者的口味。"

"叶勤也这么告诉我，她这位哥哥，正直，稳重，最讲实事求是，人也非常正派。"

"这就对了。我接触下来，也有这个感觉。"高浩天点头道。

陆讷嘴角上显出一丝笑纹道："但愿真是如此。不过，他带工作组来干什么呢？"

高浩天想想叶乔刚才谈话时的一举一动，对陆讷的疑虑，不以为然地摇了摇头："小陆，你年纪轻轻，怎么也变得疑神疑鬼的！"

陆讷见老师不甚介意，把他拉到一旁，压低嗓门说："别大意啊！总理逝世后，好些迹象都证明，我们国家要经受暴风雨的考验。有空你最好多留神一下近来的报纸。"

"呃……"高浩天听陆讷这么一说，不觉心情又沉重起来，没再说什么了。

两人来到袁征的病床边上，袁征正在看报纸。经过陆讷两三天的治疗护理，他已经醒过来了，尽管仍是肝病面容，蜡黄，浮肿，眼泡松弛，但气色比两天前好了一些。能勉强讲话，也能支持着读一点东西。陆讷为袁征介绍了自己的老师之后，袁征扬了扬手掌发红的右手，声音衰弱地说："谢谢你，高医生，原来我总以为，很快要追随总理而去了。没想到，会遇到你们二位，看来，你们并不怕我是个双料的……"

高浩天急忙向他摆摆手，阻止他往下说，笑微微地安慰道："你放心吧，好好在这里养病。陆医生的本领，比我还强些。另外，你的情况，我也向新进驻医院的工作组头头讲过了。看来，他很支持我。"

"噢，"袁征略感意外地扬起两道浓眉，"这领导叫什么名字？"

"是个新干部，叫叶乔。"高浩天微笑着说。

袁征朝满室躺着、坐着、陪着探望亲人说话的病员们瞥视了一眼，想说什么，一用劲双眼一瞪，嘴巴张了张，说不出话来，只是脸色泛白，双手颤抖，额上直冒汗。病又发作了。高浩天赶忙拿过陆讷的听诊器替他检查，袁征又渐渐平静下来，喘了口气说：

"把你们吓着了吧，没关系，我都快习惯了。"他凝神望了高浩天一阵，含笑说，"善良的老医生，谢谢你的关照。叶乔嘛……"

陆讷俯身问："你们过去认识？"

"打过交道。"袁征笑笑说，"他知道我的情况，没什么。"

高浩天内心有些惊愕。原来叶乔还是很熟悉袁征情况的啊！他和我说话时，可一点也没露口风呢。这个年轻干部，真有涵养。他想，叶乔既然知道袁征，想必也很关心他，刚才他不是赞扬了我的责任感吗！这么看来，把袁征带来医院，是做对了。叶乔这样一个新干部掌着舵，让这个老干部住在医院，该不会有什么问题的。在劝过袁征安心休息、积极配合治疗、争取逐渐恢复健康以后，高浩天离开病房，直接回到家里。

一到家，高浩天便笑吟吟地把情况有所好转的消息告诉老伴，顾萍听完之后，好像早就料到一样，说：

"我早跟你说，心中无鬼，不怕半夜敲门。你这两天紧张个啥，叫你安心睡，安心睡，你老是失眠。"

高浩天不好意思地笑了，笑得很舒畅。

"跟上你真是倒霉，一有点事，就坐卧不安。"顾萍的心情轻松下来，也嗔怪般朝高浩天道，"连我的血压，也高得怕人，整天头昏眼花的。"

高浩天顶真道："说真的，你的高血压，倒是要时时留神哪！要不要陪你去公园散散步？"

"算了吧，这么冷的天，还上公园！"顾萍不由又乐了，"你放心，久病成良医，我这血压，只要你一没事，马上就降。倒是你，今晚早点睡，别再在椅子上呆坐了！"

"今晚也早睡不成啊！"高浩天叹了口气道，"还得赶写叶乔要的材料呢！"

"这年头，实在不叫人有个安生的日子过。"顾萍轻声地嘀咕着，"一会儿这个运动，一会儿那个运动，运动得菜场上买菜排长队，南货店里啥也缺。买糖要糖票，买肥皂要肥皂票，买香烟要香烟票。百果、桂圆、莲心、玉兰笋，什么也看不到。"

高浩天摇了摇头，感慨地唉叹了两声，凝望着顾萍，什么话也说不出来。老伴说的虽是牢骚话，可也是实际情况啊！几十年了，上海的生活改善了多少？人口猛增，住房紧张，不说别的，就是他们居住的这条弄堂，粪池月月要顶起盖子溢出来，谁管过！有那么多人力、物力搞运动，为何不给人民盖些房子！不知不觉间，人就进入了老年。原先纤弱小巧的顾萍，现在也成了头发花白的老太婆了。确实，这些年来，她为自己、为两个女儿，不知操了多少心啊！高浩天不愿再想下去，默默地扶着下颏，闭上了眼睛。

吃晚饭的时候，高浩天叫艳芸给自己倒了一小杯酒，看到坐在对面的大女儿艳茹郁郁寡欢、吃不下饭的神情，他不免奇怪，叶铭回上海读大学,她该高兴才是啊!为啥老是愁眉苦脸呢?他呷了口酒,望着艳茹惨白的脸色,不禁问:"你哪儿不舒服?去医院检查一下吧,脸色很难看啊!"

"没,没什么,爸爸!"艳茹急忙否认,避开父亲的目光,"我只是晚上睡不好。"

"睡不好?"高浩天满腹狐疑地望着女儿的脸,他依稀记得,艳茹心情抑郁,不是一天两天的事了,只因自己实在太忙,从没顾上细问问。今晚经艳茹这一说,他把身子凑近大女儿,关切地问:"艳茹,为什么睡不好?你有什么心事?叶铭怎么不来玩了?三年前你们回来探亲,不是天天碰头,玩得挺乐的吗!"

"他下午来过。"艳茹极力忍住眼泪,保持语调的镇定。她怎么可能把叶铭断然走出客堂的情形告诉家人呢。

高浩天委婉地说:"叶铭这青年,看去是很正派的。你过去不是说他,不抽烟、不喝酒,连粗话也从来不讲吗?"

"是的,爸爸。"艳茹的泪水已经忍不住涌满了眼眶。

"你也不小了,艳茹。我和你妈妈都觉得叶铭这青年不错。"高浩天点着头,"如果你们有什么打算……"

"我明天去看看他。"艳茹埋下了头。

顾萍从一旁看到女儿的眼睛亮晶晶地闪着泪光,听到丈夫的询问也觉得艳茹肯定有着心事。她近几个月里只顾着治高血压,总以为艳茹情绪不好,是没有工作所致。现在看来不会是那么回事,得抽个空,好好问问她,也耐心地劝慰劝慰她,让她定下心来先养好病。这么想着,顾萍忙给丈夫使个眼色。高浩天住了嘴,愣愣地望着女儿。

高艳茹碗里还有小半碗米饭,她怎么也咽不下去了。父母亲一再讲到叶铭,句句话都像针扎似的刺着她的心。下午,叶铭走后,她足足哭了一个多小时,郑珊不时地用话问她,为什么莫名其妙地赶叶铭走,她怎么说得清呢?就连她自己,也说不清是一种什么心理驱使她这么做的。郑珊走了,她茫然若失地跑进双亭子间,觉得心慌意乱，一头倒在床上。一个又一个念头在她头脑里往来如梭，直到吃晚饭的时候，她才决定明天到叶铭家去找他，向他认错。就这样失去叶铭，是她的心灵受不了的啊！此刻，父母亲关切的询问如同一条条鞭子抽打在她身上，她再吃不下一口饭了。她搁下碗筷，离开饭桌，突然决定说：

"我到叶铭家去。"

高浩天被女儿突如其来的行动弄得手足无措，一贯柔顺的女儿，今天怎么变得疯了似的。他瞪大了一对眼睛，望着老伴，又瞅瞅艳芸，把自己面前的半杯酒往边上一挪，双臂交叉着靠着桌沿，对顾萍道：

"我真老糊涂了，这几个月来，只是在医院、市郊的五七干校来回跑，回到家来，又赶着著书，没空顾及到艳茹。细细想来，她刚从贵州回上海的那几个月，还不是这副样子的。她沉默寡言，精神恍惚，也有一段日子了。我估计，她会不会有什么难言的事？"

"是啊，平时间，我问她也不是一次两次了，她总是摇头否认，说什么事也没有！"顾萍也搁下了碗筷，担忧地叹了口气，"认真想想，她能出什么事呢，整天待在家里，不是翻书就是看报，也没和外人有什么接触。可这几天，越看她神情越不对了！"

高浩天拧紧了眉毛，把脸转向小女儿："艳芸，你发现姐姐有啥迹象吗？"

二十一岁的艳芸手里持一双筷子摆弄着，大睁着一对眼睛说："我只是感到，姐姐不像过去那样了，过去她什么话都对我讲，还常跟我说插队落户的事情和贵州苗族的风俗，可现在，和她坐在一起，她能好几个小时不说话。也不知怎么搞的！"

"姑娘大了，越来越难捉摸。"顾萍喃喃地道，"我还满以为她的户口已经转回，该安下心来了。"

高浩天始终锁着眉头，沉吟了好一阵才说："原来没注意到，往后我们得多留点神，和她谈谈心，开导开导她，艳芸，你休息天，也搞些电影票、戏票陪姐姐去看看。"

艳芸点头应是。顾萍像下了决心似的说:"你这一讲,我倒真要好好盘根究底问问她了。"

"该问的,当然要问。"高浩天说着,把余剩在杯子里的半杯酒,一口喝干了。

爸爸妈妈在茫无目标地猜测,艳芸的心头,倒是有点数目的,只因为姐姐关照过她,她不跟父母讲。她隐隐约约感到,姐姐的心事,和叶铭有关,和刘庆强也有关,究竟是怎么个有关法,她说不上来。另外,她几次发现,姐姐除了有低血压症,肠胃好像也有病,好几次姐姐恶心得吐清水,只是生怕患高血压的妈妈着急,怕忙碌得团团转的爸爸分心,艳芸才没有讲出来。这阵儿,爸爸和妈妈在长吁短叹,艳芸脑子里又在暗忖着:"姐姐到叶铭家去,会讲些什么呢?"

八

"我要跟他说，把一切都说出来，说出来！"

艳茹一边朝叶铭家走去，一边下定了决心。她再也不能这样自暴自弃地活下去了，她要把半年多来的屈辱、忧愁、痛苦、失望和悲愤统统向亲爱的人倾诉出来，即使她是个罪人，她也愿意接受他的审判，由他来决定自己的命运。

她太熟悉叶铭了。这个人性格坚毅，脾气刚烈到了极点，在插队落户的日子里，为点小事起了口角，他都要生很长时间的闷气，高艳茹不去主动找他，他就会无休止地闷闷不乐，表示他的孤傲、自尊。像今天下午那样受了侮辱，断然离去之后，得不到解释，他是绝对不会再踏进高家屋门的。艳茹戴着叶铭给她买的口罩，急匆匆地从下班的人群中穿过，挤上了去西藏路的公共汽车。她的心上只有一个念头，快快地看到叶铭，把一切向他端出来，全部端出来，一点也不保留，她怕错过了这个晚上，自己又将失去勇气。下了汽车，她的脚步更急了，想到马上将见到叶铭，猜测着他将怎样对待自己，她的心咚咚地急速跳动起来。

到了叶家，叶铭的妈妈和姐姐又惊又喜，连忙把她迎进屋里，李文娟去抓糖果和瓜子，叶勤给她倒了一杯喷香的花茶。母女俩告诉她，叶铭刚刚出去看电影了。

艳茹骤然间感到一阵失望。她好不容易下决心来了，叶铭却不在。她望着放满什锦软糖的玻璃果盘，望着茶杯里飘起来的缕缕热气，呆呆地出神。

李文娟喜不自胜地瞅着艳茹，她的眉眼、鼻子、嘴巴、身材，包括她穿的衣服，都多么吸引人啊！李文娟亲热地款待她，怪她许久没有来了，叶勤紧挨她坐着，双手扶住她的肩，不住问这问那，说她瘦了，可也白了，更逗人爱了。艳茹听着，只是凄然一笑。在这个家庭里，艳茹感受到的温暖，并不是今天才有的。每次到这里来，叶铭一家人都对她那么热情、体贴。她曾经怀着少女的羞涩，暗暗想过，如果她真和叶铭结合了，他们可以生活得非常美满。她甚至还想过，叶铭家有房子，她不必像上海的许多姑娘结婚时那样，为房子发愁。而现在，所有这些倏忽间的设想，都好像离自己很远很远了！

艳茹心事重重，有一句没一句地回答李文娟、叶勤的问话。

既然来了，她就决定等叶铭回来，他看的是第四场电影，再有一个多小时，就该回家了。反正他家有三间屋，谈话谈得再晚，不会影响叶妈妈和勤姐睡觉的。打定了主意，艳茹安心一些了。半年不见面，谈谈讲讲，倒也有很多话可说，一忽儿就过了两个小时，叶铭家这幢五层楼房上下，已经显得相当寂静。一不说话的当儿，屋里静得什么声音也没有。即使是白天车辆不绝的西藏路上，这时也只偶尔传来汽车喇叭的鸣叫声。

艳茹看看表，十点二十分了。叶铭早该看完了电影，可还没有回来。艳茹在心里唉叹着：也许，命运真不允许我有这样的机会，好不容易鼓足勇气来了，惶惶不宁地等了他这么长时间，他却迟迟不归！谁知还会等多久呢？她犹豫了一阵，终于起身告辞。李文娟和叶勤留她再坐一会儿，她谢绝了，只是对母女俩说：

"我天天在家里，请叶铭来玩。"

回家的路上，艳茹的脚步又缓慢又沉重，根本没有了来时的急迫感和仅有的一点信心。到家时，快近十一点了。听到她的脚步声，妈妈给她端来一碗红枣桂圆汤，轻声问她：

"艳茹，你吃了爸爸的安眠药没有？"

"吃，吃了。"艳茹招认道，随手把围巾扔在床上。

"哎呀呀，你年纪轻轻的姑娘家，怎么靠安眠药睡觉呢！"顾萍的脸皱成一团。她这么晚没睡，显然是在等女儿回家来："你爸爸写了材料,想安安稳稳睡一觉,打开抽屉找安眠药,找来找去找不到,我和艳芸都不吃,肯定是你拿来吃了,嗨,看你明天怎么向爸爸交代。"

艳茹闭着嘴不说话,待母亲说完了,她才纳闷地说:

"药我吃了,晚上总睡不好。爸爸要,我明天给他去买点。妈,艳芸到哪儿去了?"

顾萍原来想从安眠药谈起,掏出女儿肚里的心事,找出她神经反常,忧郁愁闷的原因,现在女儿显然不想说什么,她觉得女儿大了,和自己隔心了,不由暗暗叹气说:

"我煮了红枣桂圆汤,你爸爸嫌不甜,家里的糖都吃完了,我叫艳芸买糖去了。"

说话间,楼梯上一阵脚步声,顾萍打开双亭子间的门,艳芸一脚跨进来,把两包糖塞在母亲怀里。顾萍打开纸袋,给艳茹的碗里加了一匙糖,转脸问艳芸:"你要喝一碗吗?"

"我不吃,妈,你快给爸爸加糖去吧。"艳芸一边说一边往外推着顾萍。

顾萍原打算趁着夜深人静,和艳茹单独好好谈一谈的念头,又给冲走了。她只得哀惶地瞅了艳茹一眼,磨磨蹭蹭走出两个女儿的双亭子间。

妈妈一出去,艳芸就砰的一声关上了房门,转过身来,背靠在门上,两手放在背后,目不转睛地望着艳茹。艳芸的古怪神态,使艳茹不由得有些心慌,小心翼翼地问:

"艳芸,好妹妹,出了什么事?"

听到姐姐的询问,艳芸眼里刹那间呈现出一股极度怜悯的神色,两个鼻翼,也在一张一鼓地翕动着。她的嘴巴嚅动了一下,却讲不出话来,只是顺势用牙齿紧咬着嘴唇。

艳芸今年才二十一岁。她生活的道路,可以说没有经过什么坎坷。"文化大革命"初期爸爸受冲击的时候,她还只晓得跳橡皮筋,懂事不多。等到她成了中学生,开始懂事了,需要红卫兵们冲冲杀杀的岁月已经过去了。她在"读书无用"的浪潮中结束了自己的学生时代。因为姐姐已经下乡，她被分配到一个茶叶店做营业员。小小的茶叶店，最多两个人就可以对付过的。他们却有七八个营业员。清闲的柜台生活又消磨了她三年的青春。整天站柜台，一两个钟头才来几个顾客。这生活诚然也乏味，但她有办法找到书看。她也不管是不是"毒草"，是不是"封、资、修"的破烂货，都看得津津有味，而且好像也增加了不少生活知识，引起她对社会和人生的思考。说来也怪，她离变幻莫测的风云愈远，对那些整天高喊革命口号的人就越不相信。但她毕竟单纯、直率，也是幼稚的。她从未谈过恋爱，在她纯真的心里爱情是个很严肃、很神圣的东西。因此可以想见，当艳芸买了砂糖出来，无意中发现姐姐的男朋友叶铭，在夜里十点多钟，和另外一个姑娘逛马路，会是多么愤怒，多么震惊。当她经过两次观察，确确实实认清是叶铭的时候，她就像吞吃了一把苍蝇那样恶心。她忿忿地蹬着自行车，飞速向家驶来。她愤怒地想着：姐姐到他家去了，他却在外头和另一个姑娘逛马路！他欺骗姐姐，也欺骗了那个姑娘！他是个两面派，伪君子，我还一直很尊敬他，连爸爸妈妈也说他正派呢，我们都上这个家伙当了。不，我要揭露他，撕下他的画皮。他下次到我家来，我先狠狠地给他点颜色看看，然后再当着众人把他赶走！可是骑车跑了一段路，经冷风一吹，她又想到另外一些事情：姐姐为什么半年多没有给叶铭写信；刘庆强到我家来，姐姐又为什么显得那么异样，还不准我给妈妈讲；还有，姐姐这几个月来寡言少语的奇怪脾气，尤其是这几天来，她特别爱哭……所有这些，都使她觉得蹊跷，觉得扑朔迷离，简直是一团谜。她又想回家后要彻底地盘问姐姐，解开这乱麻一样的疑团。但一掩上门，看见姐姐那副无限幽怨、哀伤的样子，一路上准备好的那番刨根问底的话却又不忍心说出来了，她觉得姐姐很可怜。她爱怜地望着姐姐，望着望着，忍不住一头扑进姐姐的怀里，眼睛里也滚出两行热泪，颤声叫着：

"姐姐，我苦命的姐姐啊！我知道，你到叶铭家去，没碰到叶铭,他不在家……"

"你怎么知道的?"艳茹好生奇怪。

艳芸哭着说:"……他,他在和另一个姑娘逛马路,我亲眼看见的,亲眼!那姑娘个头高高的,你们俩到底在干些啥呀?"

啊!听到这消息,高艳茹像遭到轰雷猛击一般,眼前一黑,几乎晕倒了。

这一夜,艳芸好几次被姐姐低沉的、揪心的哭声惊醒。她用被子捂着脑袋,只是懊恼地想,早知姐姐会这么伤心,真不该告诉她啊!你知道叶铭是个坏家伙,不理他,和他一刀两断就算了,为啥还那么哭呢?

年轻幼稚的艳芸啊,你怎么能知道艳茹心灵上的悲痛啊!乍听说叶铭和别的姑娘在马路上兜圈子,艳茹头一个念头就是叶铭在报复她,在用行动惩罚她,像一个已经落水的人失去了救生圈,她刚刚闪现出的一丝希望的光破灭了。她想给叶铭倾诉的念头消失了。她仿佛感到自己在惊涛骇浪中往下沉、往下沉,沉到可怕的深渊里去。能怪谁呢?只能怪自己刺伤了他的心!……

下半夜,气温急骤地下降了。风在屋外吼啸,晒台上的几根竹竿被风吹得嘎嘎响着滚动起来。关严了的窗户,像有一只无形的手在摇撼着。天快亮的时候,艳茹迷迷糊糊地睡着了。睡梦中,她不时发出几声低泣和呻吟,听去像被人毒打了一顿。艳茹只觉得自己越睡越冷,裹紧了的被子,好像是一层冰。她的心口闷,喉咙里好像有团火,口渴得难受。迷糊中,她支起身子,连喝了几口昨夜没有喝完的、已经冰冷的红枣桂圆汤。天亮之后,她觉得头痛、眩晕、浑身无力,手无意间摸着额头,额头烫得和沸水锅一样。她病了。

早起的艳芸给爸爸热了牛奶鸡蛋,买回了油条,煮好了稀饭,正要招呼一家人吃早饭,头班邮递员送来了当天的《文汇报》,还有两封信。

艳芸一看,两封信都是姐姐的,一封是那个虚伪的叶铭写给她的,艳芸认得出笔迹;叶铭在乡下时,差不多每个星期都有一封信来，连她都看熟了。另一封是爸爸医院里寄来的，奇怪的是，这封信不寄给爸爸，却寄给姐姐。艳芸拿着信和报纸冲进双亭子间，朝睡在床上的姐姐喊：

"有你的两封信。"

随着她的话音，两封信放在艳茹的枕头上，艳芸转身关上门，跑到客堂里去了。

艳茹躺在被窝里拿起两封信，一认笔迹，她看出，一封信是叶铭寄来的，另一封是那个可憎的刘庆强写来的。她拿着叶铭写来的信，细细端详着，信封上熟悉的字迹，每一笔都遒劲有力，每一个字都端正好看，像他的性格一样。分离的十个月中，艳茹差不多每个星期都收到他的信。每当拿起他写来的信，她都觉得像捧着一团火，这团火烧灼着她的心，使得她失眠、悔恨、思念、焦愁。可今天，这封信将给她捎来的是什么呢，是凶还是吉呢？

她双手颤抖着，"嘶"的一声，信封撕歪了。艳茹抽出三张信纸，急不可待地读着：

艳茹：

　　我万万没有想到，你是这样一个人，一个无理的、冷酷无情的人！我万万没有想到，你会这样子对待我，对待一个你曾发誓将要终身热爱的人。

　　在我的记忆中，你不是这样的人。在我们艰苦的插队落户生活里，我身旁的艳茹，是一个温柔、体贴、聪明而又美丽的姑娘。我把她看成自己生命航程中一盏不灭的灯，她鼓舞着我、鞭策着我，使我不断努力学习和工作，尽可能适应山区农村的生活。也许你还记得，刚到农村那年，山洪水淹没了我们集体户，我们的铺盖、日常生活用具和身旁的一切，都被大水冲走了。我坐在山头上，面对谷地里的大水，面对灰蒙蒙的天空，我绝望了，我支持不住了，我想回上海来。这时候，邻队的你走到我的眼前，用你那双美丽得惊人的大眼睛，凝视着我，轻轻地说:"没关系,大水会退去。大队已经答应,在高处新盖集体户。县领导也决定给你们送来铺盖和生活用具,艰苦不了几天,我们还能开始新的生活。"正是这极普通的话,驱散了我心头的乌云,使我重新振作起来。也许你还记得,十个月前,在你即将离开砂锅寨的时候,我陪着你在寨子四周的树林田坝间散步,你说你要对每一座山头、每一块田土和树林,都细细地看一遍,牢牢地记在心里,因为你一生中那段艰苦的岁月,因为你青春时期,纯洁美好的初恋,都是在那儿度过的。啊,早春时节的空气清新极了,带着泥土的潮味,也带着油菜花浓郁的香味。我曾问你,你若回到上海,顺利地办成了病退,你会不理我吗?当时你是怎样妩媚地朝我一笑啊,我一辈子也忘不了那动人的笑靥。我静听着你的表白,你说:"哪怕你永远留在山寨,永远当一个农民,我还要同你好下去!"人都说蜜是甜的,那时候,我听了你这话,比喝了蜜还甜!也正是这几句话,使得我坚信,你会有一颗忠贞的心,会对我们的初恋,有一种使命般的责任感。也许你还记得,那一夜,我一个人在晚秋的山坡茅棚子里看包谷,你像知道我的心事一样,亮着一只手电筒,走了三里地到茅棚子里来陪我。至今我还记得那晚上的月亮,明澈的月夜啊,多么富有诗意。我们先是由明月谈起上海,由上海谈起我们的童年生活,学生时代;由过去了的日子,再谈到我们一代人的青春和未来。我们坐在一起,仰望着繁星点点的夜空,憧憬着美好的未来。秋夜有些寒冷,我们两人只披着一件棉衣,可是我们的心,那青春的心啊,是火热火热的。风吹着包谷叶子沙沙地响,你不知不觉地偎依在我的怀里,借着月光,我瞅着你红润丰腴的脸,惶惑不安地向你交出我的心。我轻轻地说:"艳茹,我爱你,你……"你那偎在我胸前的脸温热温热的,贴得更紧了,喃喃地说:"铭,我早盼着你对我这么说了……"啊,那一晚呀,群山是那么沉静,月光是那么皎洁,整个世界,都由于你对我说了这一句话,变得明净起来。我们发誓,要永远地相亲相爱,永远地互相体贴关怀。我记得,你羞怯怯地对我说:"铭,我决不会对你说一句重话,决不会惹你不愉快。我们都要尽力做到,活着就要使对方有更多的精力去学习和工作,好吗?"要不是值下半个夜班的社员走来,那一夜,我们一定会在茅棚子边上不知不觉地坐下去,讲下去。也许你还记得……

不,我不再想往事了。想起那些往事,只会使我更痛苦、更难受。时间,是多么无情啊,就是今天,距你离开我回到上海,统共也只十个月呀!还不到十个月,哈哈,你就无耻地欺骗了我。你用一个漂亮姑娘的柔情骗取了我对你的钟爱,骗去了我的心。这难道是过去那个艳茹做出的事吗?正是那个艳茹做的。正因为是同一个艳茹做出这样的事,才愈加不可饶恕,愈加可恨!

自从你户口迁回上海,你就忘记了你的诺言,一封信、一个字也不再写给我。尽管我不知道是什么原因,但我相信:我的艳茹不是浅薄的人,也许是她病重了吧。我遵守我们的诺言,继续给你写信。在我回来读书的头一天,我就到你家来探望你。可是我太无知、太愚蠢了!虽然,你让我有了两天的平静和安宁的心境,但是,这不过是一场骗局,你终于露出了你的丑恶面目!我总算看清你了,虽然迟了一些,但还不算太晚。我愿意借此机会向你宣布,我俩的关系,由于你的种种作为,是彻底地结束了。用一句常说的话来表示,也许更简单明确,那就是一刀两断!从今以后,就算你不认识我,我也不认识你。我咬着牙下了这样的决心,总算遂了你的愿了吧,总算成全你了吧!你再不会因为看见我而憎厌,以至发展到撵我出门了。

……

每一个字,都像是一支箭,射中了艳茹的心窝;每一句话,都像是一把刀,砍到了艳茹的身上。艳茹泪流满面地读完了信,她绝

望地拿着信纸,身子在床上乱滚乱翻,盖在被窝上的毯子,滑到了地板上,她也不知道,只是大张着嘴,发出谁也听不明白的声音:

"喔……喔……喔唷……"

九

叶勤作为工宣队员进驻医院以后，医院里曾发生过两件骇人的事情。

七三年夏天的一个下半夜，病房大楼上下、医院内外都显得非常平静，花园里小虫子在嚯嚯鸣叫，风儿轻轻吹拂着细篾竹帘，各间病房的病人都已进入了梦乡。一个值夜班的护士，正坐在值班室里打瞌睡。她为了使自己能随时警醒，尽管迷迷糊糊躺在供小憩的木床上，但仍大开着日光灯，开着摇头电扇，以便病房里有急需时可随时喊醒她。突然，日光灯熄灭了。一个黑影扑向躺在木床上的年轻护士。她就在这种状况下被蹂躏了。等她嚎哭着从昏迷中惊醒过来，重又打开日光灯的时候，黑影早就不见踪迹了。只有摇头电扇仍在呜呜旋转着。

这件事发生以后，护士们都不愿意上夜班了。直到医院里决定每个值班室安排两名护士，年轻护士们的骚动才平息下去。

全院职工和病人纷纷要求追查罪犯。党委和工宣队开了好几次会，排疑点、研究分析，但因毫无线索，连罪犯是本院职工、还是医院周围的居民都没搞清楚。

此案只得暂且搁置起来。

七四年的一个夏夜，同样的事件又发生了一次。这次，值班的有两名护士，但因白天病房送进一名重病人，一个护士陪着陆讷医生在病人身旁守夜观察，另一个护士在值班室休息，致使罪犯有机可乘。

第二次事件发生之后，问题清楚了，罪犯肯定是本院职工，而且很熟悉本院当天的情况。但是，会议开得比第一次还多，甚至还怀疑到某某公务员，某某历史上有问题的医生，但终因没有证据，被害人也讲不出对方是啥模样，只得又一次把案子搁置在一边。

尽管这样，有一点是大家公认的，那就是两次作案的罪犯，是同一个人。

叶勤曾为不能破这案子大为烦恼。她觉得这个医院的阶级斗争是太复杂了。你看，案子搁了这么几年，还不能破，甚至连一点线索也没有，真叫人生气。她和好些护士谈过心，深深知道，不破此案，即使有两名护士在值班室，姑娘们还是很担忧的。这多影响病房的工作啊！但她能力有限，根本无法破这个案子。这使她很感不安。但是，哥哥叶乔带着工作组进驻医院之后，下决心要把这两个案子查清。而且，叶乔把这个任务交给了妹妹叶勤，他肯定地说，罪犯就在医院里，要把眼光放远一点，注意的范围大一点，不要有什么条条框框。好像他心目中已经知道罪犯是谁一样。

叶勤是信任自己这个哥哥的。在她的记忆中，叶乔总是对的，他说的话、他做的事，后来都被事实证明是正确的，仿佛他有某种预见一样。叶勤知道，叶乔个性深沉，但又和蔼可亲；他聪明过人，却不咄咄逼人。因此，无论什么人，都会对他留下一个良好的印象。她照着叶乔的吩咐，先到全院职工中搜集反映。一提到这件事，人们还是那样愤怒，不论是诊断室、化验室、治疗室、注射室、药房间、挂号处，不论是医生、护士、公务员，大家纷纷要求新来的工作组下决心查出罪犯来。叶勤心想，叶乔可能已听到了群众的呼声，他敢于破疑案，群众一定会更加拥护他。

在上班的路上，叶勤骑着自行车，正和也是骑车上班的陆讷相遇。正是上班时分，公共汽车是高峰期间，慢车道上的自行车，也像潮水似的朝前涌去。自行车铃声可以掩盖人行道上的说话声。两人并肩骑着车，陆讷问她这两天干些什么，叶勤颇有些自豪地说："干什么，查奸污护士的流氓罪犯！我哥哥算是看准了，一下抓住了这医院的要害问题。你看着吧，在我哥的主持下，这罪犯准能清查出来！"

"要能把罪犯查出来，那当然令人高兴。"陆讷听了叶勤热烈赞扬哥哥的话，沉思地说，"不过，你想想，在这种时候派工作组到医院来，难道是为了破案么?"

"不就是要把医院这副摊子收拾好嘛?"叶勤白了陆讷一眼，心里有些不快，"就你，整天怀疑这怀疑那的!"

"那倒不一定。"陆讷见叶勤的车子蹬快了，忙用劲蹬了几下，追上了她，委婉地低声说，"文化大革命都搞九年多了，难道你还没取得经验?这段时期的报纸，很值得注意，周总理的名字已经见不到了，有人却在批什么'奇谈怪论'，究竟要干什么?"

叶勤转脸瞅了陆讷一眼，嘴角露出一丝笑意。陆讷的话没错，她也有这样的想法，但那是国家大事。而他们谈的，是医院里的事啊!她也放缓了口气说：

"你和叶乔打交道不多，不了解他。我哥哥不是专门整人的干部。以后接触多了，你就会明白。"

"我也希望这样。"陆讷笑着说。

前面在修马路，公共汽车和电车开得像虫爬，骑自行车的人都纷纷下车推着前行。人多车挤，路堵住了，陆讷和叶勤只得把车推到人行道一棵梧桐树旁等着。

叶勤手扶着车座，瞅着陆讷说："你怎么总是那样敏感，敏感得有点神经质了，好像一搞运动，会伤害到你似的。"

"你怎么总是那么单纯，二十八九的人了，还单纯得那么可爱。"陆讷见叶勤微微一笑，知道她以为自己在半开玩笑半恭维她，便严肃地说，"难道你没看见医院大墙上的标语，对高老师指名道姓，气势汹汹吗?"

叶勤微微蹙起了眉头，把围巾围得紧些。冬晨的风冷得侵骨，她跺了跺脚，马上想到叶铭正和艳茹恋爱，叶乔怎么会整高浩天，便说：

"别为你的老师发愁了，哥哥还叫我今天去高医生家拿他写的材料呢!你总以为工宣队、工作组是整人的，有什么依据，又听到什么风声了?"

"风声很紧呢,叶勤。"陆讷紧锁着双眉,挺神秘地走近叶勤身旁,压低了嗓门,左右瞥了两眼,见没人注意到他俩,才悄悄说,"总理逝世了,人们都在议论,谁当总理。我听说,张春桥伸长了脖子盯得很紧呢。南京路上,不是有些人贴出什么'坚决要求张春桥当总理'的大字标语吗?这气势,不有点像林彪抢班夺权的味道吗?"

叶勤听了这话,不禁有些愕然,木然地站着。从心眼里说,她对这个"四眼狗"也没什么好感,在电视上看到他,总觉得他阴阳怪气,不舒服。

见叶勤不吭气,陆讷又接着补充道:"当然啰,我是个医生,干好本职工作,是第一位的事情。但是,对这些国家大事,不关心不行哪!经过这些年的'大革命',我觉得像我这样的人,最大的收获就是,我再也不会任人操纵,盲目地被人愚弄了。我想,很多人的想法,和我是一样的。"

"我不是认为你说的没有道理,"叶勤信任地瞅着自己的未婚夫,同样声调放得低低地说,"我是在想,你的思想这一年来怎么变得那么敏锐呢?"

陆讷淡淡地一笑,从衣袋里掏出一封信,说:"这是我同学从北京寄来的信,你看看,北京的年轻人目光多么锐利,思想多么敏感,信上的话多么激动人心。比较起来,上海的年轻人即使看到了他们谈的那些问题,也不像他们那样义愤填膺。"

叶勤接过信,展开来看着。信不很长,却用激愤的语气谈到:有些人又想借"教育革命"这个题目,来刮一股反击风,值得警惕;信上还用犀利的语言,揭露了那几个窃踞要位的"上海帮"头目,在总理逝世后的一系列丑恶表演,嬉笑怒骂,淋漓尽致。信中说:他们以为掌握了舆论工具,就可以遮天下人的耳目,殊不知人民有着雪亮的眼睛。蔑视人民的丑类,一定会被人民埋葬!

读着这封信,叶勤忘记了自己是在人行道上,她的眼睛熠熠闪光,浑身热血沸腾。信上的话简单明了,发人深思。许多日子来,心中模模糊糊感觉到的一些问题,都让这封信给挑明了。我们国家这些年办什么事情都难,不就是有那么些窃踞了高位的坏家伙在折腾吗?

她叠起信,仰起脸来望着陆讷,痛快地喘了口气说:"写得真好,我还要好好看看,看完了静下心来好好想想,信暂时留在我这儿,好吗?"

"行。"见叶勤看了信之后,脸上泛出红光,陆讷心里明白,她完全赞同信上的那些话。他无声地笑了,眼镜后面那双明亮的眼睛,闪出满意和欣悦的光彩。

有人推着自行车往前走去了。陆讷和叶勤踮起脚向前方看了看,堵塞的通道已经畅通了,他俩也推着自行车,向前走去。

到了医院,陆讷去换衣服上班,叶勤径直往哥哥的办公室走去,她要向叶乔汇报一下群众要求查清那两件疑案的呼声,并问问他,她去高家还有些什么事需要办。

叶乔端端正正地坐在办公桌旁看着一份内部文件。叶勤来了之后,他放下文件,全神贯注地听着妹妹汇报。

叶勤在哥哥面前毫不拘束。她自己倒了一杯茶,边喝边讲,讲完之后,她问。

"你看,下一步怎么办呢?"

"你心中有底吗,谁是罪犯?"叶乔听完叶勤的话,不动声色地问。

叶勤摊开双手,坦白地供认:"我可不是福尔摩斯。"

"我倒有个线索。"叶乔不等叶勤说完,敏捷地站起来,离开办公桌,走过去把门重重地关上,落了锁,放低了声音说:"一个很有价值的线索。"

"你……"叶勤又惊又喜,哥哥才到医院几天,就有线索啦,真是神奇。她迫不及待地问:"什么线索?"

"我了解到,"叶乔仍用很小的声音说,"有人在老城隍庙豫园,看见刘庆强和一个穿着很招摇的姑娘在拍照片……"

"刘……"

叶乔做了一个手势阻止了叶勤的惊呼,继续低声细语地说:"就是他。据了解,这个姑娘在安徽插队落户,是个女流氓,她通过刘庆强之手,伪造了医疗证明,病退回到了上海。回沪之后,还常和刘庆强勾勾搭搭。看戏、看电影、逛公园、上饭店、听音乐会,还时常去刘庆强家里。"

叶勤相信有这样的事情。刘庆强时常利用自己的地位和职权,为他的朋友、亲戚、小兄弟大开方便之门,从开后门安排床位,到买高级药品,托医生在复查某某病退知青时高抬贵手,借公车私用,等等,等等。他本人没有结婚,为自己的对象搞张假证明病退回沪,也做得出来。聪明的叶勤注视着哥哥犀利的目光,轻声地问:

"可你有什么事实根据呢?"

"当然有根据。"

"呃……"叶勤没话说了。在调查这两起案子时,曾经把范围缩小到出事晚上在医院的人身上,当时,刘庆强也确是在医院过夜的人之一。可谁会怀疑到他头上去呢。他是一把手啊!

叶乔接着说:"刘庆强的办公室,离护士值班室很近。而且,有人说,出事的那个晚上,他住的屋子一直亮着灯光。还有人在下半夜看到他在窗口上的身影。不知你想过没有,头一次出事之后,追查得颇紧,但后来却不了了之了;第二次出事之后,起先兴师动众,到最后也无人过问了。这是什么原因啊?"

"第一次,是因为十大召开了,刘庆强说要在全院学习十大文件,其他事统统让道,追查就松懈了。"叶勤仰着脸望着哥哥,皱起眉头追忆着说,"第二次,也是刘庆强强调,'评法批儒'是首要任务,一切都要以此为中心,不能以任何借口冲淡这任务,几个查案子的人被抽到写作组去,整天跑上海图书馆,查皇帝、宰相们是法家还是儒家去了。案子就那么搁置起来了。"

叶乔背着双手在叶勤身旁踱来踱去,听着她的回忆,听完后,他冷笑一声：

"然后，他又借口照顾两个受害者的名誉，把她们都调出了医院，一个调到区医院，一个调去当厂医，是么？哼，他想用这套办法来瞒天过海，欺骗群众。可他骗得了别人，骗不了我！叶勤，你以为两个受害者都没认出害她们的是谁吗？我已经亲自出马找到这两个护士，其中一个，确实是因为受惊吓，昏迷过去，没认出人来。那第二个受害者，经我一再做工作，已经承认，罪犯就是刘庆强！"

"啊！"叶勤不由得短促地叫了一声。她也想起来了，当初，问到两个受害者时，头一个人只是懊悔自己胆小怕死，恼恨罪犯关了灯，看不见。而第二个人呢，每当问到她，她总是面色发白，惊惶失措，只是哭泣，一句话也不回答。唉，那时候为什么不多打几个问号呢？

叶乔走到办公桌旁，掏钥匙打开抽屉，拿出两片纸，递到叶勤手里。叶勤接过一看，正是那受害的护士写的揭发材料。她气忿得圆睁双目，咬着牙怒斥道：

"真是个披着人皮的野兽！"

"这种家伙，爬得越高，跌得越重。"叶乔鄙视地说，"就是这样的流氓，六九年吐故纳新时，还装腔作势地给我小鞋穿呢！"

"对了，哥哥，你们不是还打过交道吗？"

"就是因为打过交道，他玩的伎俩才逃不过我的眼睛呢。"叶乔忿忿地说，"我们的事业里，有了这样的败类，岂不叫人怒火中烧。好多事情，就是叫这类人搞坏啦！"

叶勤更加敬佩自己的哥哥了。你看他，才进医院两三天，就把一桩拖了两年半的疑案，搞出了头绪。怪不得，他要住在医院里不回家呢。看他一双眼睛，虽然炯炯有神，但眼窝深了，下眼圈略微发黑，一定是废寝忘食，过分劳累了。想到这儿，叶勤觉得自己应该尽力协助哥哥，多干些工作。她问道："哥哥，一会儿我去高医生家，你还有什么事要吩咐吗？"

叶乔思忖了一阵，说："关于刘庆强的材料，还要继续了解。

高医生的材料交给你以后,你可以和他聊聊,他对这个家伙有什么看法。另外,那个和刘庆强勾搭的女流氓,听说也是高医生他们那个街道的,那个街道的知青病退复查,都在我们这个医院。嗳,高艳茹不也搞过病退吗,你也可以了解一下,和她同时搞病退的女知青中,是不是也有人吃过刘庆强的亏。"

"行,我和艳茹还算熟,她昨晚还来我们家呢。"叶勤站起身来,把手伸进衣袋里。她的手触摸到陆讷那封信,忍不住兴奋,一看门锁着,便把信拿出来,说:"哥哥,你最近听到什么消息吗?"

"小道消息吗?"叶乔含笑转过身来,目光落在叶勤手里的信上,两条俊眉扬了扬,"你听到了什么?"

"看,这是北京来信。"

"北京来信?"叶乔露出浓厚的兴趣,"我看看。"

叶勤把信递给哥哥,注意着他读信时的神态,叶乔坐得端端正正,眉头微锁,双唇紧闭,目光顺着一行行字,不叫人觉察地移动着。叶勤心里想,哥哥看完信,肯定也会像我一样感到振奋的。果然,叶乔看完了信,笑吟吟地说:"很有意思,留在我这儿,多看看,好吗?"

叶勤噘起嘴说:"我还没细看呢!"

"没关系,你只放这儿一两天,我细琢磨琢磨就给你。"

"可得好好保存。"叶勤拗不过哥哥,只得笑着叮咛一句,看着哥哥慎重地把信锁进抽屉里,才走出办公室。

昨天下半夜气温骤降,从早晨起太阳就没出来,西北风足有五级以上,迎风蹬车很费劲。花了二十来分钟,叶勤才到达高家,她把自行车停在后门口,上了锁,脱下手套,拎着黑色提包,走进灶披间,看见一个容颜端正的老太太,纤弱小巧,正在煤气灶旁用药罐滗药汤出来,叶勤客气地打听道:

"请问,高医生住哪儿?"

"你是……"老人正是顾萍,睐眼打量着她。

叶勤笑了笑说:"我是医院来的。"

"噢,那快请,请上楼,请上二楼。"顾萍听说是医院来的,连忙放下药罐,三脚并作两步走过去。恰在这时,另一只煤气灶上的饭开了,顾萍又忙转身去照料锅儿。叶勤见状,伸手拉着老人说:"你不用忙,我自己上楼。"

叶勤径直上了楼,来到双亭子间外,门正半开着。她往里一望,只见高艳茹斜躺在床上,便跨进门去,朗声招呼道:"小高。"

高艳茹听见人喊,撑起身来,没想到面前站着的竟是叶勤。折磨了她一夜一早的痛苦,像没有愈合的伤口突然裂开了。她猛地扑过去,带着哭声叫道:

"勤姐,你……我……呜哇……"

这突如其来的凄苦的哭叫,使叶勤吓了一大跳,她这才看清艳茹脸色发青,眼泡红肿,一夜不见仿佛就老了好几岁。她顺手带上门,托住艳茹抖动的肩头,柔声地问:

"怎么了?艳茹。"

艳茹只是伤心地哭着,顺从地让叶勤搀扶着坐在床沿上。昨天晚上艳芸告诉她的消息和今天早上叶铭的信带给她的伤痛,一直压在心底,现在以汹涌的势头奔泻出来了。她拿起叶铭写来的信,递到叶勤手上,抽抽泣泣地说:

"勤姐,这是叶铭写的,你看,你看啊……"

叶勤疑讶地接过信来,匆匆看了一遍,转脸望望无声地淌着热泪的艳茹,心里顿时抽紧了。平时最易同情弱者的叶勤,霎时明白了,艳茹突然老了好几岁,就是因莽撞的弟弟发了这么一封信。她激动起来,气呼呼地说:

"这个小铭,怎么能写这样的信。艳茹,你别伤心,把信交给我,我去质问他!"

"不,不……"

"为什么?"

"勤姐,你不知道,他心目中已经没有我了!"艳茹唉叹着说。

"不会的,艳茹,你别胡思乱想,小铭他……"

"勤姐，艳芸昨天晚上亲眼看见，他，他和人家在逛马路。"艳茹的泪水又像断了线的珠子一样直淌下来。

叶勤连忙解释道："艳茹，你别误会。昨夜他老晚回家我问他了，那是他看电影时遇到了老同学刘小扣，……"

"刘小扣？"艳茹恐惧地瞪大了双眼，显然，这个当年带着红卫兵罚她跪在搓衣板上的人，艳茹还记得清清楚楚，"她，她碰到叶铭了？"

"是啊，"叶勤耐心地帮弟弟说着话，"刘小扣害怕一个人走回家碰到流氓，要求他送她回去。你可不要怀疑，那姑娘从来没到我家来过。"

"噢，"艳茹锁紧的眉头略微舒展开了，目光呆滞地凝望着窗户，半晌才畏葸地问，"勤姐，你说，叶铭他还会理我吗？"

"会，一定会！"叶勤见艳茹挂着泪痕的眼角闪烁出一丝希望的光，使劲地点着头说："小铭这人心地还是很好的，难道你不明白？"

艳茹默默地点着头，但仍然心思缭乱，竭力想从烦闷的深坑中自拔出来。她陡地抓紧叶勤的手，低声问：

"勤姐，你说，一个人犯了点过失，能改过来吗？"

"能啊！"叶勤照自己的理解回答说。

"那么，那么我对叶铭犯了点过失，他会原谅我吗？"

"他一定会原谅你的。"

"真的吗？"

"我敢担保。"

"勤姐，我的好姐姐。"艳茹扑在叶勤的怀里，双臂紧紧地搂着她的肩头。叶勤心里说，这姑娘，多么爱小铭啊！这个小铭，真是个傻瓜，有什么疙瘩解不开，非要写那样一封信呢？唉，恋爱啊恋爱，真是折磨人！

艳茹蓄积在心头的苦闷和愁思，渐渐消散融化了，那双微显肿泡的大眼睛，此刻又变得波光闪闪，闪射出充满热望的光。她睨视

着叶勤,既像是对叶勤说,又像是在自言自语:

"唉,要是叶铭真能原谅我,那,那我们该多么好啊!"

望着艳茹眼中满是憧憬的光彩,叶勤真挚地说:"艳茹,你们一定会很幸福的。告诉我,你想见小铭吗?"

艳茹苍白的脸上飞起一朵红云。她回避着叶勤的眼睛,低叹着说:

"原来,约好今晚在外滩见面的。可他这封信……"

"没关系,你今晚上仍到外滩去。我回家一定让小铭来,按时来!"叶勤满有把握地说。

"勤姐……"艳茹感动得说不下去了。

两人只顾说话,忽听楼梯下顾萍朗声叫道:"浩天,浩天,你们医院的刘师傅来啦!"

跟着,传来刘庆强瓮声瓮气的干笑:"这儿我熟,我自己上去。你去炒你的肉片吧!"

叶勤不觉一震,警觉地站了起来,拧起了眉毛吃惊地自问着:

"这个家伙,他到高家来干啥?"

时间已不允许叶勤多作考虑,她转过脸来,低声而果断地对艳茹说:

"艳茹,你去看看,刘庆强来干啥,不要让他知道我在这儿。"

叶勤只顾着自己紧张地思忖,没发现艳茹的脸已倏然阴沉下来,脸色白里泛青,胸脯微微地一起一伏。艳茹像要镇定自己似的,好容易控制住自己手脚的颤抖,在屋中央站了一会儿才低声道:"好,你在这儿坐,我去看看。"说完,急促地走出了亭子间。

叶勤神情有些焦灼,脑子里嗡嗡发响,人也坐立不安。她听到客堂间的门开,高浩天招呼刘庆强的声音,也听见刘庆强问高艳茹在不在家,高艳茹冷冷地回答他的声音,然后又听见他们一齐走进客堂间的脚步声。

叶勤寻思着,这家伙窜到高家来干什么呢?也许,他已经预感到,哥哥带着工作组到医院,对他是大大的不利,他也在千方百计地堵塞漏洞，搞反调查。像他这种家伙，什么手段耍不出来啊！现在，必须耐心地等待一阵，等他离开高家，打听一下，他说了些什么。

这么想着，叶勤开始逐渐冷静下来。她想到哥哥在遇事时的镇定沉着，不由得暗笑自己沉不住气。叶勤打量了一下屋子，从艳芸床上拿了一本书翻着。这是《基督山恩仇记》第二册，封面已经发皱卷角了，纸张也是蜡黄的。她一边翻书，一边用耳朵捕捉室外的响动。先是从灶间传来炒菜和自来水龙头冲洗什么的声音；接着听到弄堂里有人在高声喊："甜酒酿买哦？甜酒酿买哦？"再后来什么声音也听不见了。她勉强耐起心肠读了两页书，忽然间，从客堂间里传出"咚"一下擂桌子的响声，紧接着听见了刘庆强的怒吼：

"……娘×，我×你的娘哟，你们想恐吓老子啊……"

这个粗蛮无礼的家伙，跑到人家里来拍桌子骂人了，太像话！叶勤坐不住了，跳起来走到亭子间门口，又听到刘庆强的恶骂：

"老子天不怕地不怕，还怕你们两个灰孙子……"

叶勤分明感到发生了什么事。她气愤刘庆强这种流氓行径，更鄙视这家伙无耻之尤的手段。看来，高医生和艳茹都压不住他。面对这个大耍流氓腔的恶棍，叶勤觉得自己必须挺身而出。她呼地一下拉开房门，一步跨出亭子间，镇定了片刻，快步向客堂间走去……

十

　　昨夜因送刘小扣，叶铭到家已十一点了。听姐姐说高艳茹来过，他颇感意外，暗暗忖量着，艳茹一定是来向他赔礼道歉的。早知她要来，即使内部电影再好看，他也会放弃而在家里等待她的。他上床的时候，心中有些懊悔，白天写给艳茹的那封绝交信，毕竟太偏激了，可此刻已经迟了。她明天看到这封信，会想些什么呢？

　　为这问题，叶铭久久不能入睡。他盖着两条被子还嫌冷，木棉枕头舒适柔软，他却感到脑袋一点也不安适。近半夜了，尽管很疲倦，眼皮沉重地直往下扯，还是睡不着。他思索着，该如何挽救和艳茹之间的关系。写信的时候，他心里掀起一阵阵狂怒，事后又惘然若失。听说艳茹来过，她过去对他的关切和爱护，一幕一幕很自然地掠过脑际，哪怕是一点极细微的小事，他也记得那么清楚。那年在雨中挑煤炭，叶铭淋雨着了寒，发高烧躺倒在床，同集体户的知青都出工去了，艳茹却从邻队请假来守在他床边。早上她煮鸡蛋汤给他喝，下午她冲麦乳精送到他嘴边。他一天到晚睡着，闷得发慌，她不知从哪儿找来一本普希金的小说《杜布罗夫斯基》，一段一段念给他听。病后衰弱，她陪着他到寨边的田埂上、青杠树林子里去散步……

　　她曾经对自己那么好，可自己却狠狠地往她心上刺了一刀，这样对吗？

　　叶铭感到不安了。可事已发展至此，再懊悔也无法了。他想撇开一切念头，沉入酣睡中去。他闭紧了眼睛，无论躯体怎么疲惫，头脑怎么昏沉，他的意识还是清醒的。由于烦恼，由于睡不着，他那有些刺痛感的神经反而更加兴奋起来。不知咋搞的，艳茹哀婉动人的神态，老在他脑海里晃悠悠浮现出来。是啊，他们下乡后头一回相识，她不也是那副样子嘛。不就是她的这副样子，使得叶铭对她产生了强烈的爱怜之心吗！那是一个雨天，叶铭去东牛铺下伸店打煤油，去的时候天阴着，没下大雨，只是飘着贵州常下的细毛雨，叶铭嫌一手拿煤油瓶、一手打伞麻烦，没带雨具就出门了。谁知回来的半路上雨下大了，他只得躲进艳茹插队的杨柳寨避雨。一在杨柳寨集体户坐下来，雨干脆越下越大，不愿停了。叶铭和杨柳寨的男知青们正聊天，艳茹从女生寝室走出来了。他们刚一打照面，差不多同时都认出对方来了。叶铭一眼就认出，这个美丽得有些哀怨之情的姑娘，就是刘小扣罚跪的六七届女生。而艳茹也一下子看清了，这个外队知青，正是当年劝说刘小扣让她从搓衣板上起来的同校男生。他们只对视了那么一二秒钟，就相对微微一笑，仿佛他们原先就认识，而由这微笑开始，艳茹也就端条小板凳，坐到灶屋里来，陪叶铭闲谈。

雨不停，天却快黑了。叶铭想到同户的知青在等他的煤油，急着要回砂锅寨。不待男知青们表态，艳茹抢着说她有多余的伞，她可以送他。当时叶铭还心疑，看去这么柔弱娴静的姑娘，为什么对他这么热心。待到了路上，他才明白那是有缘故的。

叶铭打着伞，艳茹穿着苹果绿的塑料雨衣送他。雨点打在黑布伞面子上，咚咚作响；脚底下泥泞的水沫溅起来，落在叶铭裤子上；风很大，不时把伞吹歪，凉凉的雨水不时灌进叶铭的脖子。这一切，他都没去顾及，他只是专心致志地听着艳茹向他叙述一件令人震惊的事。

艳茹的美貌是全县出名的，县里面一个大名鼎鼎的流氓"小黄鱼"慕名而来，住在隔壁一个大队，给艳茹递过一封情书来，约她在周末之夜，到鱼嘴峰边的狮溪拱桥上幽会。信末写道，如果她敢于像对其他给她递情书的人一样，拒不理睬的话，"小黄鱼"就要立即采取行动，破她的相。

"小黄鱼"的野蛮和霸道叶铭是有所闻的，他有说出话就要奏

效的名声。插队没多久,他已被县公安局拘留过两个星期了。听了艳茹的话,他不由问道:

"你怎么办呢?"

"我有啥办法,我差不多已经绝望了。突然遇到了你,我想到你当初……"

叶铭打断了她的话,他知道她将要说什么,而这个,会使他难堪的,他匆匆截住她的话说:

"要是没遇到我呢,你准备怎么办?"

"只有去了……"

"去?"

"是啊,'小黄鱼'打群架时经常用刀子捅人,他要在我脸上划一刀,还不是轻而易举的事。"

"你就不能把这事跟同户的知青说说,跟队里的社员说说?"

艳茹凄苦地一笑:"说了有用吗?知青们谁也不愿出头得罪'小黄鱼',社员们会认为我这是瞎胡诌……"

"那么我就有办法了吗?"叶铭这话说得轻极了。

"我知道你的为人,你是看不得世间不平的事的。"艳茹大口喘着气,身子在塑料布雨衣里面打抖,费劲地说完上半句话,下半句话带着哭泣、哀求的可怜声调,"人们都在这么传。我想你能……能……救我……救救我吧,叶铭,你要知道,我爸爸是反动学术权威,我遭人欺侮了,谁也不会同情。甚至还要遭人鄙视!"

艳茹急得哭了,泪水和从雨帽上滴下的雨水混在一起,顺着她光亮白皙的脸庞往下流淌。

叶铭的呼吸急促了,他一手拿着伞,一手拿着煤油瓶,站定在一棵皂角树脚,沉默了片刻,说:"你去吧……"

"去?"艳茹惊骇地张大了嘴。

"去吧,去吧!"叶铭重复着这两个字,重重地点着头,他的脸色使得艳茹惊惶未定的心渐渐平息下来。

事情解决得既巧妙又富有喜剧味。叶铭向砂锅寨上的护林老汉讨了一副套野狐、灰狼、麂子的竹兽夹子，在"小黄鱼"那一晚要走向狮溪拱桥所必经的林间小径置放停当，竹夹子弹伤了"小黄鱼"的脚踝骨，痛得他呲牙咧嘴走也走不得，坐倒在寨外的半坡林子里粗声嚎叫。而叶铭跑到狮溪拱桥上，把刚刚走到的艳茹送回了杨柳寨。艳茹听了事情的过程，又笑又感激，从这以后，他们两个就相熟起来了。

躺在冰冷的床上，唯独想到这件往事，叶铭的心"怦怦怦"跳起来了。回上海几天来，头一回恐怖地想着：艳茹半年多没写信，见到他又是那么反常、失态，既显出了情意绵绵，又似乎要割断情思，会不会又受了害呢？她是那么软弱，那么可欺，那么没有自卫的能力……

被窝里冰冰凉，而叶铭的手心里，竟握出了两手冷汗。他像被重棒击伤了的病人，凝然不动了。他在自责、在懊悔，也在费神地猜测。

夜深了，匆匆脱衣上床，忘记拉上棱形花布窗帘，一缕清冷的月光射进叶铭的屋内，更显出一股冷森森的气氛。叶铭的脑子里更乱了，他一会儿想着变化悬殊的艳茹，一会儿想着在山寨度过的艰苦但又带有甜味的生活，一会儿又想到老同学刘小扣，那么热情，那么直爽大胆，是什么意思呢？她对自己有好感，那是一眼就看得出的，可是为啥看电影偏偏遇上她呢？……叶铭思绪万端，终于朦朦胧胧地睡着了。

夜里睡得迟，第二天九点多钟才起床。吃过早饭，他更感到心绪烦乱，于是在三间屋里来回走着，想找点什么看看。李文娟见他心神不定的样子，叽哩咕噜唠叨着：

"昨晚上艳茹来过，等了那么久，你没事，就去看看她吧。吵了嘴，就不兴和解啦？真是，二十五六的人了，啧啧，还像在上幼儿园。"

叶铭何尝不想去看望艳茹呢，但一想到那封信，又委决不下了。艳茹肯定今天一早就读到了。他要是去了，会有什么结果呢？正因为这,他才觉得心上像有虫子爬着,痒痒的,左右都不是。

母亲是退休的老工人,姐姐不爱看小说,哥哥的屋子里尽是那些学习材料和小册子,叶铭找不到可以打发时间的书籍,只能在书架上、抽屉里四处寻找。他发现一本厚厚的"评水浒、批宋江"的资料汇编,里面有几篇关于《水浒》的材料,引起了他的兴趣。翻开书,先就看到一份圆珠笔复写的讲话记录,右上角还标着"绝密"两个字。叶铭心里好生奇怪,绝密的材料竟然用圆珠笔来复写,忍不住看了一遍。讲话人的口气很大,对七五年四届人大以后的国内形势,作了全面否定性的评价,其中点到教育部部长周荣鑫的名,说他在教育界大刮复辟风是有来头的,要追他的根子和后台老板。叶铭读到这样的讲话,脊背凉透了。在叶铭眼里,国务院教育部部长,已是高级干部了,还要追他的根,追谁呢?他再把这篇讲话读了一遍,又发现了新的问题,过去不论看谁的讲话记录,都有一个标题,即使不点明哪个说的,也要在最后标明材料来源。但这个讲话记录稿,既没有标题,也没有标明来源,真令人费解。叶铭纳闷了,哥哥是从哪儿弄来这么一份东西的呢?他为什么能得到这份所谓绝密材料呢?

叶铭对评《水浒》的材料不感兴趣了,又继续翻阅哥哥的小册子、社论汇编、学习材料集子,希望能再找到几份这样的东西,但他找了好久,也没有发现。他把翻得乱七八糟的书籍理好,母亲已叫他吃午饭了。

刚端起饭碗,有人敲门。叶铭快步跳出去开门,门口站着一位戴眼镜的陌生人,叶铭见他跑得有些气喘,把门开大,问:"你找谁?"

"你是小铭吧,我是……"

"哎呀,是小陆来啦,快进屋吧,算你有口福,饭菜刚做好。"正在舀饭的李文娟已经听出来人是谁了,转过身喜气洋洋地叫着,"叶铭,快招呼你陆哥吃饭。"

叶铭这才明白,来人是自己未来的姐夫陆讷。他见陆讷长着一张白皙的脸，五官端正，中等身材，丰韵潇洒，唯有那副黑边眼镜，给他增添了几分书生气，不禁笑了。陆讷大方地和叶铭握了握手，搂着他肩膀一同走进屋里。两人头次见面，就有一股说不出来的亲热感。

李文娟含笑地瞅着未过门的女婿，让他坐下吃饭。陆讷也不推辞，坐下就吃。

吃饭时，陆讷问："叶勤今天不回家吃饭？"

"她哪时回来哪时吃，不等她了。"李文娟扬着筷子，顺手给陆讷拣了一只尖角油豆腐，"快吃吧，吃完你和小铭聊聊，你们不是没见过面吗？叶勤吃饭总没个准时，你多坐一会儿，她就回来了。"

还是叶铭细心些，他偏着头问："你找姐姐有事吗？"

"这个……一点小事，也不急。"陆讷不便多说，张嘴咬了一口油豆腐，不防油豆腐的汁水飞出来，弹在他眼镜片子上，引得李文娟和叶铭都笑起来，他也滑稽地做了一个鬼脸，乐呵呵地掏出手帕，除下眼镜擦擦镜片，若无其事地问叶铭：

"小铭，你们贵州山区农村情况怎么样？"

"不妙啊！"叶铭摇摇头，"农村经济政策不落实，乱七八糟的土政策不少，年年还要上缴些过头粮，墟场上的米价高达六七角，连包谷也要三角几分钱一斤，遇到青黄不接的时候，老百姓……"

"老百姓日子不好过。"陆讷戴上眼镜，一针见血地说，"岂止是农业，工业，其他各条战线，情况都不佳。火车误点了吧，还说什么，宁要社会主义的晚点，不要修正主义的正点。真是一派胡言。我倒想问问发明这些理论的人，吃饭是不是从屁股里吃进去的。"

陆讷的眼睛睁得老大，目光闪闪，一脸的愤慨。他见叶铭不解地望着他，匆匆扒完一碗饭，又问：

"去年夏天社会上的一些传闻，你在农村听说了吗？"

叶铭摇摇头："我们集体户的知青，接触的是社员，干的是农活，山寨离小小的公社所在地，也有二十多里地呢，闭塞得很。"

陆讷盛了饭坐回到桌旁，一边吃一边接着说："去年夏天那股风,吹得人心舒畅。上海滩马路两旁乘凉的,谁不在传三点水,四眼狗,姚棍子,暴发户的丑闻,到处都有人讲。真是解恨!"

"都是传些什么呀?"叶铭关注地问。他知道,陆讷说的是哪几个人。很久以前,叶铭就听到过他们丑恶历史或发家史的传闻。后来,他们爬上高位,曾经揭露过他们的人们,都遭到了残酷的迫害,特别是出了闻名全国的上海图书馆事件①,这类传闻便渐渐不大听到了,只有碰到了至亲好友,关严了窗户,确认身旁没有人会告密,人们才悄悄对这帮家伙的飞扬跋扈发表一些议论。试想,谁愿意弄一顶"攻击中央首长"的"反革命"帽子来戴呢?而现在,陆讷竟然毫无顾忌地说到他们,表现了极大的义愤。叶铭当然很想知道,去年夏天,关于这帮人又传了些什么。

陆讷在饭桌上从电影《创业》谈起,讲到毛主席对这几个家伙的批评;讲到"批林批孔"、"评法批儒"如何不得人心;讲到评《水浒》、批宋江,是为了什么造舆论;讲到全国人民对他们的愤慨和不信任。吃完饭,陆讷又和叶铭坐在里屋,谈了很久。

几年来在砂锅寨插队落户的叶铭,关心的是生产队的粮食总产量,农副业的总收入,社员们的卫生和健康状况。他和许多社员一样,为高坡田里缺水发愁,为集体的砖窑停修焦急,为试种新谷歉收不安,为山林遭到乱砍滥伐气愤……他已久未感受政治风云的变幻、听到这类叫他茅塞顿开的消息了。离开山寨的时候,叶铭想得挺天真、挺美满,到了上海,要一头扎在学业上,好好学习一点本领。可回到故乡才几天啊,他意识到,自己的想法多么幼稚。你想学习吗?看,报纸上天天在鼓吹什么大辩论,大叫大嚷要坚持教育革命方向哩。你总以为全国上下都在深深地哀悼周总理的逝世,人人都为此而痛心,偏偏又有人下令不许开追悼会,不准戴黑纱,不

---

① 上海图书馆事件——"文革"中,有几个群众组织的人员,持介绍信去上海图书馆查阅三十年代电影界的材料,查阅中,也看到了江青的一些丑史。其中很多人(如北京电影学院的几个学生),看过后并没对任何人传过,但所有查阅过材料的人,统统被抓了起来,关押多年。

准上街举行追悼活动!由陆讷讲的话,叶铭想到了近些年来社会上的种种怪现象,想到了许多插队落户期间想不通的问题。看来,陆讷的观点没错,这几个窃踞我们党和国家高位的家伙,真不是什么好东西。

一边倾听一边在思忖的叶铭,望着陆讷严肃庄重的脸,非常关心地问:

"传了他们那么多丑闻,人民都看清他们的嘴脸了,现在怎么样呢?"

陆讷明亮的眼睛刹那间暗淡了。他咬了咬嘴唇说:"最近,看样子风向在转了。"

"转了?"叶铭有些不解。

陆讷沉思一会儿说:"刚才说的那几个人物去年夹了一阵尾巴,看来现在要反扑了。小铭,我们的国家多灾多难呀!看看吧,看他们还能猖狂多久!"

叶铭的两眼望着窗外阴云密布的天空,灰暗的天幕仿佛就紧压在屋顶上。陆讷一说"我们的国家多灾多难!"叶铭的神经就急遽地跳了两跳,他的目光渐渐深沉、严峻起来,瞅着直言不讳的陆讷,他不由轻轻地问:"这么说是不是又要搞什么运动啦?"

"我看,实际上已经开始了。不过,目前主要是在造舆论。"陆讷对叶铭的反应显然很高兴,"小铭,别以为你进了医学院,户口回到了上海,就万事大吉了。得关心关心国家大事啊!"

是啊!叶铭原来总觉得,这些天来没事可干,只要休息休息,会会老同学,陪陪艳茹,就可以打发日子了。现在看来,这是多么幼稚和单纯!生活的环境变了,上海和贵州偏僻闭塞的山寨毕竟不一样,作为一个将要跨进大学校门的青年人,确实得好好留心一下形势的发展才对,应该和一些老同学交换交换看法,多多感受些时代气息。陆讷的话,使他联想到饭前看到的那份圆珠笔抄写的绝密文件。叶铭在心里猜测,哥哥叶乔对形势是怎样看的呢?

这时,李文娟走了进来,皱着眉头说:"哎,别坐着讲话了,你们看怪不怪,都一点钟了,叶勤还没回来。"

"噢,真是一点钟了。"陆讷看看手表,忙说,"妈,你别急,叶勤上午到高老师家去了,这会儿她还不回来,总有什么事,干脆我去那里看看。"

李文娟担心地说:"你下午上班不会迟到吗?"

"迟不了。"陆讷满有把握地说,"两点钟才上班呢!我骑自行车到高老师家看看再赶到医院,时间还很充足。"

李文娟急忙摆手说:"天变了,看样子要下雪,骑自行车稳着点,别横冲直闯的,撞倒了我这样的老太婆,你赔得起吗?"

陆讷不好意思地扶扶眼镜,嘿嘿地笑了。他和李文娟、叶铭道了别,下楼跨上自行车,飞快地往长乐路上的高家蹬去。

十一

高浩天家里，正被一件绝然意料不到的事所震动，突然卷起了一场风暴。

刘庆强的到来，使得艳茹顿时变了脸色，四肢僵直，脊背上一阵阵发冷，她随着父亲和刘庆强走进客堂去的时候，猛然觉得头顶心上一阵隐痛，仿佛压着一块沉重的铁板，头晕目眩，身子也站不稳了。这是她低血压病最明显的症状。两年多以前，她在山寨出早工，正背着满满一背篼包谷往寨上走，只觉得头顶心突然压上了什么，顿时昏昏沉沉，几天都不痊愈，她到公社卫生院去检查，一量血压，才知道患了低血压病。从那以后，低血压症一直折磨着她，血压总是时升时降，高的时候，不过90/60，而低的时候，只有70/50，甚至比这更低。这半年来，虽然天天去街道医院打 B_{12} 针剂，从 0.05 的浓度打到 0.5 的浓度。可是，血压几乎没往上升过，连医生也为她着急。

客堂的门关上了，高浩天招呼刘庆强："刘师傅，请往这边椅子上坐。"

刘庆强并不答理高浩天，沉着脸往椅子上一坐，身子移过来，面对着最后走进屋来的高艳茹说：

"我寄给你的信，你收到了吗？"

"信？"一旁的高浩天疑惑地望望刘庆强，又望望艳茹。他弄不明白，医院的工宣队头头到他家来，不是找他，却是找女儿，还给女儿写了什么信，这是怎么回事？

艳茹听了刘庆强的话，脸上什么表情也没有，发白的嘴唇动了动，没说出话来。

"收到信没有？"刘庆强拉长了脸，凶声恶气地问。看得出，他又气又急，心慌意乱。

艳茹声音微弱地答："收到了。"那封信，她还没拆开来看呢。

刘庆强咧了咧嘴，把一只粗大的巴掌狠狠地往前伸出来，厉声说："把信还给我。"

艳茹听了刘庆强的话，无动于衷地撇了撇嘴，不屑地瞥他一眼，讥诮地问道：

"你这么凶狠干什么？信已经发出来了，你为啥要忙着收回去？"

"把信还我！"刘庆强拒不回答艳茹的话，狂怒地喝道。

刘庆强一进门，就像条狼似的狂嗥乱嚎，好像他是这屋子的主人一般，艳茹气得脸色一阵青一阵白，她也恼了，用眼角轻蔑地扫了一眼刘庆强，道：

"你别欺人太甚了！跑到我家来，大叫大嚷干什么？"

"我跟你要信，信！"刘庆强的气势毫不减弱，脚跺得地板咚咚发响，"你要不给，小心我……"

"不要逼我，把我逼急了，你也没好下场！"艳茹打断了刘庆强的话，忿忿地说。

刘庆强愣怔了一下，大眼珠子骨碌骨碌转了一阵，冷笑一阵道：

"好啊，今天你也硬起来了，你以为有靠山了吗？高艳茹，我问你，你还要不要解决你的负担，你的包袱？"

奇怪的是，艳茹听到这话，顿时打了一个寒颤，脸变得煞煞白，人也仿佛萎缩了。她慢吞吞地把手伸进棉袄的插袋，掏出一封揉皱了的还没启封的信，拿在手里，往刘庆强那面一递，道：

"你要，就拿回去吧！"

在女儿同刘庆强谈话的过程中，高浩天越来越怀疑，越来越惊愕。这个工宣队头头原来并不是来找自己的。他同艳茹之间，发生了什么事呢？他对自己的女儿为什么如此粗暴专横？他有什么权利这么哇哇乱吼？他给女儿写了什么信？又为什么写信？艳茹的神态又为啥这样变化无常，这样懦弱？这些扑朔迷离的事情使高浩天气得双手发抖。忽然看见女儿拿出了信，他当即从横里伸出手，利索地抓过了信，转身往写字台抽屉里一放，"啪达"一声落了锁。这个突然的动作使刘庆强先是一愣，接着暴跳如雷地冲到他跟前，挥着拳头吼道：

"老家伙，把信还给我，快，把信拿来！"

艳茹的脸也吓得像一张白纸，跟着眼泪汪汪地哀求：

"爸爸，把信还给他，让他走，还给他吧！"

女儿脸上无可奈何的可怜表情，刘庆强声嘶力竭的恶骂吼叫，使老医生的疑心更重了。他把钥匙放进了衣袋，以冷峻的目光扫视了两人一眼，沉缓地说：

"要还信可以，你们得把实情告诉我！"

"爸爸……"艳茹忽然抬手捂住了脸，哭道，"爸爸，你把信还他吧，这是他……他……"

刘庆强恼羞成怒，咬牙切齿地嚷着："老家伙，看不出你还这么硬！娘皮，老子不信制服不了你，你还不还？"

高浩天冷笑一声："威胁也能吓倒人吗？"

"我以党委书记和工宣队团长的名义，命令你把信交出来！"刘庆强一挺胸脯，上前一步说。

"刘庆强，我提醒你，这不是在医院，这是在我高浩天的家里！"

"在你家里又怎么样？"

"得听我的。"

"听你的，哼，我随时都可以把你隔离审查，随时都可以下令抄你的家。老家伙……"

"放肆！"高浩天怒不可遏，"我再提醒你，现在医院里，不是你一个人说了算的日子了！工作组已经在医院开始工作了。你还想当霸王吗？"

"哈哈哈，哈哈哈！"刘庆强突然爆发出一阵令人心惊肉跳的狂笑，艳茹被他笑得神色慌张，站立不稳。笑过以后，他冷冷地说："老家伙，你以为工作组进了医院，你就有好日子过了吗？呸，别说我打不倒，就是我倒了，你老家伙也别想有好日子过。别忘了，你还有血债呢！"

面对刘庆强血口喷人，高浩天气得浑身发抖，伸手指着门，怒气冲天地喝道："你给我滚！滚出去！"

"滚？滚？"刘庆强从牙缝里吐出了这两个字，露出副凶相，一抖袖子挥动着拳头，"你老家伙敢叫我滚，你看错了人！告诉你，我刘庆强就是这儿的主人！高艳茹，快叫老家伙把信交出来，要不，谁也别想过关。"

刘庆强凶悍的样子，使得艳茹气急了，她拉长了脸，声气尖厉地嚷着：

"刘庆强，你要破罐子破摔，也别怪我不顾死活来同你拼！"

"拼，哈哈，小娘们，你用啥来同我拼？"刘庆强邪恶的目光直盯着高艳茹，"和我对打吗，我一只手就能把你打翻在地！和我打笔墨官司吗，你是什么人，我是什么人，你比我更清楚！还是老实点，叫你家老家伙把信交出来，咱们还能有个善始善终！"

艳茹鼓足的勇气，又像被针在皮球上戳了一个窟窿般，瘪下去了。她畏惧地瞅了刘庆强一眼，转而对父亲凄苦地说：

"爸爸，忍下这口气，把信交还他吧。爸爸，你就看在我的面上，把信还他！爸爸，爸爸，啊嗬嗬，爸爸……"

望着女儿和刘庆强顶不上三句话，就像只羊羔似的俯首贴耳，望着女儿那痛不欲生的神态，高浩天的两眼闪出气恼和痛苦交织的光来，他已相信那封信里一定包藏着什么丑恶的东西。他像不认识艳茹似的后退了一步，断然说道：

"不行，除非这个流氓赶快滚！"

艳茹看着爸爸那绝不让步的神情，转过身来，低声下气地请求蛮横的刘庆强："你，你先回去吧。今天，我一定，一定把信给……给你送去……"

刘庆强鼻孔里哼了一声，大嘴巴冷酷地歪了歪。眼前出现的情况，是他不曾料到的，他原以为取回那封信轻而易举，没想到高浩天竟会耍出那么一招。他能这样让步吗？不，他要让步，他要退缩，他就不是刘庆强了。

刘庆强的父亲是个三轮车工人，母亲原是家庭妇女，五八年以后在里弄生产组干活。他从小在弄堂里就是出了名的皮大王，绰号"拖鼻涕"，三天两头旷课在家，整天和一帮调皮捣蛋的孩子玩，打弹子、刮香烟牌子、打康乐球、斗蟋蟀、猜角子、赌沙哈、到人民大道买鸽子，凡是不正当的小赌博活动，他都有份。在学校里，他是个出了名的"盐书包"老留级生，和他一同踏进小学校门的同学已经在念初二了，他还在五年级里"摆大王"。好不容易熬完了小学，却没有考进中学，父母逼他到"补习班"读书。才读了几个月书，就因偷盗住宅区的空牛奶瓶子出卖，被开除了。父母为他急得要死，同学们也替他的前程担忧，他却满不在乎，在里弄里混混荡荡，做了一年多社会青年。建工局招工，当了一名泥水匠，也是三天打鱼，两天晒网，经常在社会上鬼混。久而久之，他结交了一帮打群架、赌钱的酒肉朋友，有了钱就到饭店里大吃大喝，没钱的时候就到公园茶室里打扑克、盯梢。进单位第三年，他干了一件恶事，为此，单位里给了他一个记过处分。

他家原来住在沿马路房屋的三层阁上。在这幢房子的二层前楼，住着一户人家，父亲是裁缝，母亲是小学教师，两口子只有一个独养女儿，初中毕业后分在纺织厂当艺徒。那姑娘生得眉清目秀，刘庆强每次在楼梯上见了，都死死地盯着她望，没人见的时候，还嘻嘻地朝她笑，向她献殷勤。可那姑娘知道他是弄堂里出了名的"贼坯"，不愿答理他。那一天下午，姑娘因上夜班，关上了屋门睡觉。刘庆强居然从单位里请了半天病假回来，爬上前楼后窗，跳进姑娘家，把她奸污了。姑娘的父母告到刘庆强单位里，刘庆强的恶名声更臭了。

偏偏时来运转，"文化大革命"一开始，动荡的时势使得一帮刘庆强这样的人物跳出来胡搅乱闹，给"走资派"施加压力，掀起所谓"革命"的高潮。刘庆强看准了机会，就痛哭流涕地控诉"走资派"对他的"迫害"，扯旗造反了；但在本单位没几个人追随他，他干脆就搞跨行业、跨地区的造反队，把他那批打群架、赌钱的酒肉朋友，统统网罗进来，自己当了头头。这以后的业绩，他自己倒有一句话概括："老子全靠长矛和藤帽，给自己杀出了一条官路。"在上海先后发生的"解放日报事件"、"康平路事件"和全国闻名的"安亭事件"中，他都带着自己的小兄弟参加了。他砸过《解放日报》社的办公室，打碎过康平路的玻璃，在安亭卧过铁轨，也去冲过市委，因为这些功劳，"一月夺权"以后，他当上了公司革委会主任。不久，要给知识分子成堆的地方"掺砂子"，他这颗"砂子"就掺进了医院，成了红极一时的工宣队分团团长，并被指定担任医院新党委的副书记，这时上头才发现他还不是党员，赶快突击"纳新"。他还没开始过组织生活，却早已主持医院党委的工作了。

在顺风的官路上走过一截之后，刘庆强开始注意穿戴，学会了见到人就握手、打哈哈；也多少翻翻报纸，看几份文件，记牢几句诸如"阶级斗争新动向"、"路线正确了，一切就有了"、"政治可以冲击其他"一类的话，以便在开会时即兴讲几句，作点指示。虽然他读文件常常念错字，有一回还把秘书写在页尾上的"接下页"一起读了出来，引起一阵哄堂大笑，连他自己也仰脸笑了起来。但这不过是小节，无关宏旨。重要的是：过去他想追求年轻姑娘，人家见他就避，现在小兄弟中自有人给他介绍对象，他可以随意挑拣；过去总觉得衣袋里没有什么钱，现在除了工资，还能经常拿到给他们这类新干部的补贴；过去他上下班总要挤公共汽车，现在有医院里的吉普车接送；过去他家住在三层阁上，现在他住进了原来资本家郑大康家的花园洋房。

一切都变了。唯独他的贪婪、残忍、无耻、凶狠、唯利是图没有变。这也难怪，他从小就把生活看成是一场赌博，既是赌博，要成为赢家，就得狠心，不择手段！

眼前，刘庆强就正在进行一场赌博。不过，那对手倒不是高浩天父女，而是工作组长叶乔。

刘庆强和叶乔早就打过交道。几年前，在跨行业的造反组织中，他们也曾在一起"并肩战斗"过一段日子。他深知叶乔这个人目光锐利，聪明绝顶，而且严肃认真。叶乔掌握了的材料，你想借来看一看，那就比叫守财奴打开他的钱柜还难！刘庆强为此对叶乔深为不满。早在那时，叶乔就反对打、砸、抢，反对在揪斗干部的群众大会上搞"喷气式"、罚跪、打人，反对造反派内部经济无人经管。为此，曾和刘庆强顶撞过几次，使刘庆强极为难堪，暗中指使自己手下的小兄弟不轻不重地揍了他一顿，从此两人就分了手。六九年"吐故纳新"时，卫生系统要发展叶乔入党，来征求同一条战壕"战斗"过的刘庆强有什么意见，刘庆强就说叶乔贪生怕死，对"走资派"斗争很不坚决，有讨好包庇"走资派"之嫌。以后，没有听到叶乔的消息了。他万万没料到，这小子居然混出了头，被派到医院来当工作组头头了，真是冤家路窄。刚一得悉叶乔将走马上任，刘庆强就听消息灵通的戴志光说，叶乔这些年来尽乘顺风船，市里面委派他到过几个"老大难"单位，只要他一去，那"老大难"的帽子不久就会摘掉，马上就变为先进的典型。他每到一个新单位，都是深入群众，及时解决疑难问题，同时又能领会市委意图，因此，改组"老大难"单位的党委，撤换不称职的干部，提升某些新干部，只要他的报告一上去，市委无一不是批示照办或立即处理。戴志光还告诉刘庆强，叶乔的地位之所以这么特殊，是因为他是内定的"送北京"干部。现在让他在基层多转转，多泡泡，将来出任部长、副部长，他的实际经验就丰富了。刘庆强听到这些有来头的"小道消息"，既羡慕又害怕。羡慕的是这家伙眼看要青云直上，坐"红旗"牌轿车去了。害怕的是，他一进医院这个"老大难"单位，就大刀阔斧干起来，堂而皇之地公报私仇，这样，曾经唆使小兄弟们打过他、在他入党时又阻拦过他的刘庆强，就别想在官路上往前走，甚至还极可能栽在他的手掌心里。

刘庆强当然明白他自己在医院里所干过的那些坏事,他不想让叶乔抓住把柄,便匆匆忙忙堵塞漏洞。对医院的职工,他自认为还压得住,唯一叫他担心的是高艳茹这小娘们至今不甘心受他的控制,偏偏她的男朋友又是叶乔的嫡亲弟弟,这就使他急于要封住高艳茹的嘴巴。因此他不惜暴露,前两天亲自登门威胁,好不容易有了点效果,不料却碰到了叶铭。他知道叶铭和高艳茹有六年的感情基础,更不放心,于是在玩了一系列手段之后,昨天又给高艳茹写了一封赤裸裸地威逼利诱的信,要她守口如瓶,不许对叶铭及任何人吐露真情。这一切,他都自认为是棋先一着,可是,今天一早到医院,就获悉叶乔已经找高浩天谈过话,还听说叶勤要到高家去。这真使他瞠目结舌,马上想到那封信要是落到叶乔手里,岂不是真相毕露,全盘皆输了吗?

现在,这场赌博已经到了关键时刻。想个什么办法来对付这个固执的臭老九呢?多年来,刘庆强整人逼人,吃透了一部分老知识分子的心理,他们脸皮薄,名誉心强,又最怕捅到内心深处的隐秘、最爱护家庭的荣誉。看今天这样子,也顾不得自己的面子了,必须把事实真相抖出来,必须给他致命的一击。刚才艳茹颤巍巍地来求他,他冷冷地哼了一声,反倒坐了下来,阴阳怪气地说:

"老子不走!你告诉老家伙,我是你的什么人!"

"啊!"高艳茹一声惊呼站立不稳,瘫软地倚倒在大橱玻璃上。

"说!"刘庆强忽又站了起来,逼视着艳茹。

艳茹两肩直抖,惊慌地叫着:"啊……不……不……啊,不能说!"

"好,你不说我说!"刘庆强"嘿嘿嘿"冷笑两声,双手扠腰,面朝着高浩天,粗暴地宣布道,"老家伙,你给我好好听着,你的女儿已经是我的人了!"

"天哪!"高艳茹呼号着,双手掩住了脸,全身缩成一团。

高浩天的脸倏地变得苍白了。几秒钟前他还屹立在那儿,听到刘庆强这话,他如同脸上被人劈面砍了一刀,浑身震颤着颓然倒在椅子上，说不出话来。

"你还没听清吗？"刘庆强见这一手立即就把老家伙打倒了，脸上浮现出得意的狞笑，"我再说一遍，你女儿早已经属于我所有了！"

艳茹撕心裂肠地哭得更伤心了。

高浩天目光呆滞地瞥了女儿一眼，听到刘庆强那无耻的笑声，愤怒终于使他迸出了两个字：

"畜牲！"

"嘿嘿，"刘庆强连声冷笑，"老家伙，现在再来骂人，好像是迟了一点，不管你承认不承认，我们总是一家人。要不，我怎么能这样照顾你，保护你呢！要没我，你早就作为害死病人的凶手，给揪出来示众了。懂吗？"

高浩天陡地从座椅上跳起来，凛然站在刘庆强跟前，伸手指着这个无赖的脸：

"我不在这儿跟你缠，走，跟我到工作组去！"

"好嘛！"刘庆强显得不慌不忙，摸出一支烟，眼光瞟着艳茹说，"你问问她肯不肯去？我料想她是不敢去的。说出来也无妨，我们已经是生米煮成了熟饭！"

高艳茹的双手紧紧捂住了脸，整个身子倚靠在大橱上，抽动着肩膀哭泣着。

高浩天一生中还没受到过这样的侮辱和打击，他狠狠地瞪了埋头痛哭的艳茹一眼，咬了咬牙道：

"好，你不去，我去！"

刘庆强狠命地一擂桌子，怒声如雷地骂道："娘×，我×你的娘哟，你们想恐吓老子啊！老子天不怕地不怕，还怕你们两个灰孙子，老子把话给你们挑明了……"

不堪入耳的咒骂和秽语，像脏水似的泼洒着。"嘭"一声，客堂门被重重地推开了，气不可抑的叶勤站在门口，神色庄重严厉，目光箭一般地射到刘庆强的脸上，一个字一个字地问道：

"刘庆强,你想要干什么?咹?"

正在大耍淫威的刘庆强犹如当头挨了一棒,他眨了眨眼睛,一时不知如何应付,强作镇定地说:

"不用你管!"

"不用我管?哼!有管你的人!"叶勤毫不示弱地说,"我问你,你到这儿来干啥?"

刘庆强意识到碰上不好对付的角色了。他转转眼珠,正在寻找措词,门口高艳芸端着两碗菜,顾萍端着一只饭锅,先后进来了。两人一进门就感到空气紧张,都愣住了。刘庆强见人这么多,一时更说不出话来,气氛僵冷着。

高浩天好容易喘过一口气来,他右手发抖地指着刘庆强,对叶勤说:"叶勤同志,他……"

"我把牌已经摊在桌子上了!"刘庆强粗声打断了高浩天要说的话,眼望着高艳茹道,"何去何从,由你们吧!反正我啥也不怕!"

说完,他一个箭步跳到门口,谁也不看,气冲冲地走出屋去。

"站住!"叶勤威严地喝道。

刘庆强只当没听见,甩着双臂冲出屋去。艳芸躲避不及,左手的一碗花菜炒肉片,"当啷"一声掉在地上。盛菜碗打得粉碎,花菜和肉片洒得满地皆是。她气得跺脚,朝着刘庆强背影直骂:"流氓,乌龟贼强盗!"

客堂里,除了艳茹的饮泣声,谁也没有吭气。

十二

高浩天万万料想不到，在他的晚年生活中，竟会遭到这样不可容忍的侮辱，受到这样凶残的欺凌。一刹那间，艳茹的忧郁神情、变态心理，统统都找到了解释。高浩天悔呀！悔他这半年多来为啥只顾着泡在医院里，只顾着往市郊五七干校跑，只顾着赶写他早该写出的内科临床论文。他这样卖劲工作，谁曾对他有个正确评价。领导医院的工宣队，只不过利用利用他的医术罢了。任何运动一来，他仍然是对象，是挨批挨斗的"死老虎"！他要不那么积极，他是准能及时发现艳茹的情况，及时指点她、挽救她的呀！他木然地跌坐在椅子上，失神地瞅着地板。一阵昏眩袭上来，他只觉得天花板在转动，地板在倾陷，座下的椅子晃晃欲坠。他的右手紧抓着椅背，脑袋无力地垂到胳膊上。

一九四八年，他以医学博士的身份，从德国柏林回到祖国，被重金聘请到医院当主任医师。解放以后，他眼见原是帝国主义分子把持的医院面貌一新，日渐扩大，各科新生力量逐渐增加，社会主义祖国欣欣向荣、蒸蒸日上，他异常兴奋，仿佛年轻了许多。在党的教育下，他决心把自己的一切知识和本领都献出来，为人民服务，为培养医疗战线的新一代出力。他既在医院任职，又到医学院兼课，工作时间常常超过规定的八小时，但却觉得自己像一头牛，有用不完的劲。他每天很晚回到家里，艳茹和艳芸总是上床睡了。他没有多少时间关爱她们。但他常常对妻子说，我们今天的辛苦也正是为了明天的她们。她们生长在新中国，真是幸福，无忧无虑，不需要个人奋斗，党和国家会培养她们成为有用的人。

但是，"文化大革命"使生活脱出了正轨。近十年来的一切，实在令人难忘。开初,他被打成反动学术权威,被诬为"帝国主义间谍",被关进"牛棚"。后来,下乡劳动。一段时间也曾随着巡回医疗队,到内地去跋山涉水,为山区贫下中农看病,说是"戴罪立功"。那时,他并无怨言,认为自己这样一个主任医生,过去下厂下乡是太少了,确实需要"回炉"、需要"补课"。一九七五年早春,四届人大以后,他的问题被认为是"事出有因,查无实据"。党委向全院宣布,他既非间谍,也不是反动学术权威。当然,他还是"臭老九",因为所有的知识分子都臭。他对此并不在乎,满怀信心地开始了工作。他不能再做内科主任了,被安排为"顾问",他也没有计较。内科的中青年医生,好多是他的学生,工作起来,还是顺手的。他只有一个心愿:要把损失的时间争回来,趁身体尚好,积极工作吧。

　　自然,作为一个从旧社会过来的老知识分子,一个有名望的医生,他也不是对所有事情都想得通的。比如"文革"初期批斗会上打人的凶手当了官,他就认为不合理;学校里学生谩骂老师,还拼命宣扬白卷英雄,他认为是丧失理智;还有,他心上时常想念的大女儿,跑到四五千里之遥的山区去插队落户,几年才能会上一面,也不可理解。他爱女儿,尤其日渐年老,更希望女儿回到身边来生活,他觉得这是人之常情。但这样的心里话他不敢说。几年来,像条件反射一样,他也习惯了给自己的语言和思想作分析。如果冷静下来把他那些自然的想法一"分析",背脊上都要出冷汗。你觉得造反当官的人不合理吗,那是对新干部没感情,仇恨"文化大革命";你觉得现在的学生基础太差吗,那是对教育革命不满;你对女儿下乡不理解吗,那是对伟大的上山下乡运动有抵触。这几顶现成的帽子扣上来,一个人不被压死,也要被压倒。这些年间,为讲错一句话,而遭到厄运的人,难道还少吗?

　　尽管这样,高浩天在医院总是尽自己的能力工作。并没有丧失那颗赤子之心。总理逝世了,他老泪纵横,悲痛欲绝;人家不准佩黑纱,他把陆讷给他的黑纱戴上了;人家不准开追悼大会,他主动跑到医院职工自发召开的追悼会上,在礼堂里当着一些工宣队头目的面,朝总理的遗像深深地三鞠躬;人家不准医院里的人到公共场合去,他跑到宽阔的人民广场上,去看主席台上堆放的花圈。他听说在看向总理遗体告别的电视时,邻居一个小学生看到江青不向总理遗体脱帽的镜头,尖声大叫:"把帽子脱下!"高浩天既兴奋,又暗暗为那小学生担忧,要是被那些踩着别人的脊梁往上爬的家伙听到,那小孩的父母不是要遭到迫害吗!高浩天毕竟是从他自己的生活经历来观察和评价生活的。有时候他甚至很天真。人们不能责怪他想得不深。

现在,自己心爱的女儿遭到"超级流氓"的蹂躏凌辱,确实深深刺伤了他。他用手撑着额头,让一颗一颗眼泪滴到衣襟上。

看着这情景,顾萍慌忙地放下饭锅,冲到丈夫椅子边,俯身问:"出什么事了?哎,刚才出什么事了?你们可是说话呀?"

高浩天没有回答顾萍,却慢慢从衣袋里掏出钥匙,递给艳芸:

"艳芸,你把我写字台抽屉打开,拿出你姐姐那封信来。"

艳芸犹疑地满室扫了一眼,接过钥匙,打开抽屉取出了信,询问似的望着爸爸。

"把信交给你姐姐,让她念!"

艳茹听到爸爸的这句话,一阵痉挛。她扬起满是泪水的脸,哀叫着:"爸爸,爸……"

"你给我念信。"高浩天的脸色阴沉,低哑地重复着,"把信念给大家听!"

艳茹浑身颤抖着,双肩缩得那么窄,脸上的表情是那么恐怖,她想闭起嘴巴来,可两片嘴唇怎么也合不拢。她虽然没有看过刘庆强的信,可她早已猜测到,这个万恶的流氓会在信上说些什么话,而爸爸却要她当着一家人,当着勤姐,读出那些不堪入耳的话语,她怎么能读得出口啊!一向温顺的艳茹,在刘庆强肆意咒骂和侮辱了爸爸之后,在刘庆强厚颜无耻地宣称他们之间的关系之后,已经没有勇气面对亲人和生活了。她只觉得浑身发冷,脚底心上升起一股寒气,头顶上那块无形的铁板,又在使劲压迫着她。当她的目光和爸爸也是伤痛的眼光相遇时,艳茹再也自持不住了,她往前张着瘦骨凌凌的两条手臂,"扑通"一声跪倒在地,惨哭着说:

"爸爸,爸爸啊!我,我不,不,不能念啊……爸爸!"

叶勤连忙跑到艳茹身旁,要扶她起来,艳茹只是一头扎进她怀里,放声大哭。她劝慰了艳茹几句,抬起头来,发现高医生头垂在胸前,望也不望女儿。她又柔声劝道:"高医生,出了什么事,好好坐着说嘛!看艳茹她……"

高浩天长叹一声,侧转了脸,对艳芸说:"你姐姐不念,你念,念信!"

"这是谁的信?"叶勤问艳芸。

高浩天嗓音低哑地插嘴说:"刘庆强这个超级流氓写给艳茹的。你听着吧,叶勤同志,听听你们工宣队头头怎么写的。"

艳芸痴呆呆地拿着信,望着倒在叶勤怀里的姐姐,不知如何是好。

"你还呆着干什么,快念啊!"高浩天把手伸出来,"你要不念,我来念。"

艳芸望着盛怒的父亲,默默地拆开了信,愣了一愣,舔舔干燥的嘴唇,胆怯地轻声读着:

小高,我写信再次提醒你,关于那件事情,你无论如何都不能同叶铭讲,也不能让医院工作组的任何人知道。要是有人问到,你一定要守口如瓶。要是你漏了出来,对你、对你的父亲,都没有好处。

你上次讲,我们俩的事情,已经造成了可怕的后果。那个你不用担心。眼前先得避过风头,等我把工作组打发走了,这类小事处理起来不费吹灰之力。我再警告你一声,无论什么人问到你,你都不能提到我。我要是一完蛋,你们全家也将跟着一道完蛋!

艳芸一句一句地读完了信，不禁怜悯地望着姐姐。她虽然还不明白这封信说的全部含义，但她从信上的语气，姐姐那么害怕这封信的举动，爸爸严峻的脸色，敏感到姐姐和刘庆强之间发生了什么见不得人的事，而且，这件事还将累及全家。艳芸愤恨得咬着牙，心也跟着怦怦地骤跳起来。

听着这封信，最莫名其妙的要数顾萍了。信上那严重的威胁口气，使她没有听完，脸就全然变了色，艳芸一读完，她也顾不得叶勤在场，抖颤着纤巧瘦弱的身子，跟跟跄跄几步走到艳茹身旁，唉声叫着：

"艳茹，艳茹，你不要哭了，你倒是站起来说啊，这是怎么回事，怎么回事啊？艳茹！"

屋里除了艳茹那伤心欲绝的哭声，没有其他的声音。人人的脸上都绷得紧紧的。

"咚！"高浩天重重地拍了一下桌子，厉声吼道："艳茹，回答你妈妈的话！"

"爸爸啊！……"艳茹满脸泪痕地抬起了头。

叶勤极力扶住她，在她耳边：："艳茹，好妹妹，你站起来，站起来说吧。别担心，天大的事，有党、有大家哪！"

"艳茹，你别把事闷在心里啊！别闷出病来啊！"顾萍见女儿哭成这个模样，也不由自主掉下泪来。她掏出手帕抹着泪说："你快说吧，那刘庆强信上说的是什么事呀？"

"快说，你是怎么和刘庆强那畜牲认识的！"高浩天的声调冷冰冰的，严厉得可怕。

"不，爸爸……"艳茹哭叫着，又一头扎在叶勤怀里。

这哭声使高浩天勉强支撑起来的威严也变成了痛楚。他站起来，踱了过去，缓和了口气：

"艳茹，你为什么不说呀？你难道真要在泥坑里越陷越深，你难道真愿同刘庆强那畜牲同流合污吗？趁叶勤同志在这里，你快说吧！"

"爸爸，你叫我说什么呀？"艳茹的脸仍埋在叶勤怀里。

"他信上要你守口如瓶的，是怎么回事？"高浩天这话是紧咬着牙齿，压低了嗓门说出来的。随着艳茹一声凄厉的尖叫，顾萍、艳芸、叶勤都好似听到晴天霹雳。顾萍两步奔到艳茹身旁哭喊："艳茹啊，你都干了些什么呀？"

叶勤毫无思想准备，她虽已二十九岁，但还没有结婚，陡然听到这种事情，震惊得胸脯剧烈地起伏着，两眼瞪得老大，愣愣地瞅着屋角。可恶的刘庆强，他的魔爪不但伸到医院护士身上，还伸到了职工家属身上啊！艳芸则"腾"地羞红了脸，一下扑到窗前，张眼望着窗外。窗外的飞雪正无声地扑打着玻璃。姐姐为什么那样子对待叶铭，她陡然间全明白了！

"艳茹，瞒也能瞒得住吗？快说吧，说出来了，有党、有组织，我们还得快去向领导汇报呢！"经过一阵沉默，高浩天跺着脚几乎是带着哭音催促着女儿。

艳茹长哭了几声，喃喃地低语着："爸……爸爸，我，我对不起你，我……说……我说……我把啥都讲出来。刘庆强他不是人，是一条狼啊！……"

十三

八个多月前,艳茹在附属医院经过复查,确诊是患了低血压症。量血压的医师要她放心,说这一批病退知青的复查材料,很快会转到街道乡办去。医师知道她是高浩天的女儿,还开玩笑地说:

"等你的户口转回上海,可别忘了请我吃糖啊!"

艳茹怀着欣喜,把这一情况写信告诉了叶铭。自这以后,她的心情开朗了,每天一早起床,提着篮子上小菜场买菜,回家之后,煮饭、炒菜、洗衣服、拖地板,尽可能地多做些家务,甚至艳芸换下来不及洗的衣裳,她都主动洗了。想到户口将很快转回上海,并且有希望安排工作,她有一种说不清的兴奋。

很快,一晃两个月,夏天到了。随着气候日渐暴热,艳茹渐渐焦灼起来。跟她一起搞病退复查的知青,材料都已从医院转到区乡办,快一些的,调令也已经发出去了。唯有她的复查材料,仍是杳无音信。她到街道乡办去问,接待人员淡淡地说:

"医院没有转材料来,我们怎么知道。谁知你的病是真是假!"

言下之意,艳茹是没病装病,或是病中有诈。

艳茹气得说不出话来,她满怀狐疑,跑到医院去查询。给她复查的医师说:"你是低血压,我写得很清楚,但是材料转出去之前,需经工宣队办公室过目。你去问问吧。"

"具体找哪一个人呢?"艳茹为难地问。

"找刘庆强,听说是他把你的材料卡下了。"

艳茹只好去找刘庆强。头一回,刘庆强正召集工宣队员开会,艳茹没碰到他。隔天她又去医院,刘庆强到市里开会去了。艳茹第三次去医院,据说是哪个显赫人物请客,刘庆强和他的小兄弟们到国际饭店十四层楼孔雀厅赴宴去了。直到第四次，医院党委办公室的戴志光才对她说：

"刘书记听说你来找他，留下话说，白天他实在忙，没空见你。"

"那、那我什么时候能找到他呢？"艳茹有点焦急地问，"我的病退材料……"

戴志光诡秘地一笑，压低了嗓门说："明天晚上他在办公室看文件，你明晚来吧。"

艳茹舒了口气。总算有希望见到这位书记了。

第二天晚上，恰逢夏季的雷阵雨，艳茹撑着一把黑布雨伞，赶到医院时，两条裤腿全被雨水淋湿了。

工宣队头头的办公室里很静，门虚掩着。艳茹向僻静的走廊两头看看，一手持伞，一手轻轻敲了敲门。

屋里传出一个人的回答："请进来。"

艳茹推门进屋，她的眼前出现两间里外相通的房间。外面一间漆成奶黄色，除了张大型的办公桌，还放置了一圈皮沙发。里面一间漆成乳白色，安着一张床，床边有只转椅，靠窗放着写字台。刘庆强正坐在转椅上，看着一份情况简报。听到脚步声，转椅转向门这边，看清是高艳茹一个人，刘庆强矜持地问："是你找我吗？"

"我想打听一下……"艳茹见对方直瞪瞪地盯着她，有些胆怯，小声回答说，"我想打听一下关于……"

"坐吧！"刘庆强潇洒地伸出只手臂，气派很大地指着转椅旁边的一张靠背椅。

艳茹把滴着水的雨伞在门口靠壁放稳，缓缓地走进里间，在靠背椅上坐下。

刘庆强瞅了她几眼，问道："找我有什么事啊？"

"是这样的。"艳茹一手扶膝，一手卷弄着自己的衣角，把心里温习了多少遍的话慢吞吞地说出来，"两个月前，我在医院复查身体，确诊是……"

"噢,是这个事啊!"刘庆强不客气地打断了艳茹的话,粗野贪婪的目光紧盯着她,操着官腔问,"你也想要病退回上海吗?"

艳茹讷讷地重复着:"我有病,患了低血压。按照有关病退文件,我可以……"

"病退文件也不行!"刘庆强站了起来,踱到门边,气冲冲地说,"对你不适用!"

"为什么?"

"因为你父亲是反动学术权威,是害死病人的凶手,问题严重!"刘庆强面容狰狞地说。

"你胡说……"艳茹气得说话嗓音也发抖了,"你身为领导,怎么能血口喷人?"

"哼,我血口喷人!"刘庆强冷笑两声,"嘭"一声出其不意地把里屋的门重重地关上,两步走到写字台那边,从抽屉里拿出几张报告纸,左手"笃笃笃"敲了敲纸面,洋洋得意地说,"看,这儿有证据,这是你父亲写给党委的报告。他自己供认了,在病人服用他开的药以后不到几个小时就死了。白纸黑字,想赖也赖不掉。如果我记得不错的话,这份报告还是你帮助你父亲誊写的,你的字写得很不错嘛。哎,就像你的人一样,娟秀匀称,哈哈。"

刘庆强把那份报告往写字台上一扔,又坐进了转椅。艳茹定睛望去,报告上有一段文字,用红毛笔明显地勾画着曲线,让人一目了然。

"啊!"

艳茹惊骇地轻轻叫了一声,这可怎么办哪?爸爸写这份报告的时候,只知道按照事实把经过详叙一遍,哪里料到会被人曲解。那报告是爸爸叫她誊抄的,她完全了解事情的真相,怎么能容许这样混淆黑白呢?她忍不住说:

"不,你不能这样诬陷好人。事实是有人误诊造成死亡,你为什么偏要说是我父亲害死病人?"

"我们也不能尽听一面之词啊!"刘庆强轻描淡写地对艳茹道,

"现在病人家属、红医班的医师们,都是这样向我们反映,难道我们不该尊重多数人的意见吗?群众,是真正的英雄嘛!"

艳茹紧锁两条弯眉低声自语:"病人家属、红医班的医师们都这样说……"

窗外雷鸣电闪,豆大的雨点子打得玻璃窗咚咚发响。

"事实是非常明白的!"刘庆强加重了语气。

"你知道红医班吗?这是无产阶级文化大革命中产生的新生事物。红医班医师,都是又红又专的青年医生,都是全心全意为人民服务的。"

艳茹陡地抬起头来,振振有词地问:"爸爸的事自有公论。别说他事实上没错儿,就是他确实出了差错,和我的病退又有什么关系呢?"

"你说得好轻巧。"刘庆强嘲弄地笑了几声,"你父亲若是害人凶手,你就是凶手的女儿。我们能让一个凶手的女儿回上海来吗?再说,你的病也很可疑,你父亲是这个医院的老医生,医院里又有很多医师是他的学生和同事。他们随随便便就可以证明你患了低血压症……"

"你胡说八道!"艳茹气得脸发白,忿忿地打断了刘庆强的话,"这是故意刁难人!"

"不,这是站稳立场!"

"好,你不信我的血压低,可以马上叫医生到这儿来量血压。"

"我不需要这一套!你以为我不知道,量血压也能作假!混病假条的老混客,要血压高就高,要血压低就低。"刘庆强把手一摆,"你有耐心就等吧。等到你父亲被揪了出来,我们把掌握的情况如实向乡办转去,你就老老实实再到乡下去接受再教育吧。"

艳茹目瞪口呆地坐在那儿。"文革"初期,爸爸戴着十来斤重的高帽子被押着游街、母亲被剪去头发,头上套着痰盂陪斗的情形又浮现在眼前,难道那样的悲剧又要重演了么?爸爸这么大年纪了,怎能受得住再来几年苦难的折磨!母亲就是那年受了惊吓,患了高血压,至今未曾痊愈。一碰到点什么事,她的血压就直线上升,……而自己呢,将灰溜溜地坐两天两夜火车回到山寨去,社员们问起我的情况,我答些什么?我患着低血压,整天头昏胸闷,背不动背筐,挑不动担子,爬不了高山。而构成插队落户生活的,就是这些内容。叫我怎么活啊!她仿佛看到自己背着满满一背筐灰粪在爬坡,越爬腿越软,越爬头越晕,爬到半坡上,她再也迈不动步子了,浑身一软,跌倒在地上……

艳茹闭上了眼睛,不敢往下想,喃喃自语地出了声:"这……这可怎么办啊?"

"有办法,高艳茹!"一个洪亮的声音在她耳边响起。

艳茹抬头一看,面目冷酷的刘庆强眨眼之间变得笑容可掬:

"高艳茹,我早注意你和你父亲了,难道你以为,我真要整你父亲吗?不不不,我还是有同情心的嘛,你父亲刚刚恢复工作,再说,他还帮我的亲戚看过病,没功劳也有苦劳嘛!人的心再狠,也不能对他下手嘛!"

"那你能帮我爸爸说话?"艳茹喜出望外地问。

刘庆强慢慢地点着头:"能是能,只是很难啊!"

"这有什么难的?"

"你父亲太老实了。这年头,老实人可是要吃亏的啊!"刘庆强一本正经地说,"你看,他自己已经写下了,病人是在服用了他开的药以后死的,人家抓住这一点,他就是有理也说不清了。"

艳茹睁大眼睛,瞅着刘庆强:"那你说怎么办呢?"

"我这儿有个主意。"刘庆强从写字台上烟盒里抽出一支烟,"啪"一声打燃打火机,点着了过滤嘴香烟狠吸了两口,指着写字台上那份报告说,"只要把这一段改过来,你父亲就没有责任了。"

"改?"高艳茹盯着那报告,疑虑重重地问,"这行吗?"

"怎么不行?这报告不是你抄写的嘛!我这儿有同样的报告纸,你重写一张,不就行了吗?"

高艳茹的心咚咚乱跳:"可是,怎么改呢?"

"这好办！"刘庆强掸掸烟灰，一手扶着椅把，一手拿出几张报告纸，眯缝起眼睛说，"你只要把它改成你父亲照着原红医班医师开的药处理，谁都知道红医班医师是怎么回事，谁也不会追究红医班医师的政治责任，这件事就只是一般的医疗事故了。而且，你父亲也毫无责任。"

"这……这可不符合事实啊！"高艳茹有点怕了，畏缩地不敢走向前去。

"不符合事实，但却救了你父亲，你懂吗！"刘庆强嘴里叼着烟瓮声瓮气地说，"而一般的医疗事故，是不会追究的。特别是对红医班医师来说，更不会追究，因为要保护无产阶级文化大革命的新生事物！"

"呃……"艳茹的头脑里嗡嗡作响，她简直听呆了。

刘庆强的话又冷冷地传了过来："你要不改，我就无法帮助你父亲了，也更无法替你把材料转到乡办去了。为了你们，依我之见，你还是改吧！"

说着，一张白纸，一支金星钢笔，推到了艳茹的面前。

艳茹像在发高烧，她用颤抖的手捻开笔套，就着台灯的光，照着刘庆强的意思，重新把红笔划过的那张报告纸上的内容改写了一遍。在她改写的时候，刘庆强随手拿过一本画报翻看，不时地瞟一眼台灯光影里那张秀美动人的脸庞。

艳茹改写完毕，搁下沉重的金星钢笔，舒了一口气，还不及细细看一遍，刘庆强扔下画报，双手已把她写的报告拿过去了。

艳茹抬起头来，询问似地瞅着刘庆强。

刘庆强脸上闪过一道满足的光，边看着改写的段落，边点着头说："好，好啊！这一来，事情就好办了。你的字写得真是不错，我早就说过了，哈哈！"

艳茹觉这个人的笑声真是粗野，他笑的时候，露出那一口发黄的大牙齿，令人恶心。

刘庆强不慌不忙地把那份改过的报告锁进抽屉，转过椅子来，

面向着艳茹,嬉笑着说:

"高艳茹,你已经改写了你父亲的报告。那么,我们就来谈谈条件吧!"

"条件?"

"是啊。我说过,只要你改了报告,你的父亲可以不致被揪斗、隔离,你的复查证明,也可以很快转到街道乡办,那样,用不了两个月,你的户口就能回到上海,成为一个道道地地的上海人。可我帮了你们父女大忙,难道就一点也没有报酬吗?这不是太不实惠了吗,唉?"

"你,你想要什么?"艳茹从刘庆强的话音和神态中,预感了不祥之兆,惊恐地问。

"我想要什么,你还不明白吗?"刘庆强双手扶住椅把,左眼睛眯成一条线,奸笑着说,"我要的就是你!"

"轰隆!"一声巨雷在空中滚过,跟着,一道闪电劈进屋内,倏地消失了。艳茹一声尖锐的呼喊,淹没在电闪雷鸣之中。她陡然从靠背椅上站起来,两眼气得发红,咬着牙骂道:

"卑鄙,无耻!"

说着,手一甩,就往门旁走。

"站住,高艳茹,你走晚了!"刘庆强呲牙咧嘴地喝道,"给我放明白点,你以为改写你父亲的报告那么好玩吗?只要把当天的诊断记录和你改写的报告一核对,你和你父亲就一个也逃不了!哈哈哈!"

高艳茹的脚停在门旁,听到这句话,她的头脑里轰然一声响。到这个时候,她才明白过来,自己已经不知不觉钻进了刘庆强的圈套。她气得浑身颤抖,怒斥着:

"你这个畜牲!"

"两条路,何去何从,由你选择!"刘庆强坐在转椅上,露出了一副流氓嘴脸,"实话跟你说吧,我注意你这个美女,不是一朝一夕了!"

"呸!"高艳茹狠狠唾了他一口,忿忿地骂道,"你这条恶狼,想威胁我吗,办不到!"

说着,她就伸手去开门。不等她抓住门锁,台灯"啪达"一声关上了,紧接着,刘庆强像条野牛一样扑上来,紧紧抓住了她。她全身一阵发冷,刚张大嘴巴要呼救,嘴就被猛地捂住了。

雷雨正在猛下,雨点"咚咚咚"地击打着玻璃窗,仿佛有双巨手在拍门。屋里是一片黑暗……

回到家里,艳茹痛不欲生地在床上辗转了一夜,头脑里昏昏沉沉,顾萍问她是不是病了,昨晚上去医院打听的结果怎么样,她多想一头扑进母亲的怀里,把一切都哭诉出来啊!可她不敢这么做,离开工宣队办公室时,刘庆强威胁她,如果她敢于把事情告诉父母,他这儿立即布置批斗、抄家,还要把她的材料退回乡办,说这材料是虚假的。想到母亲在文化大革命期间已经两次中风,多次一屁股坐倒在椅子上就站不起来,艳茹只得强忍住悲痛把一切都埋藏在心底。从那以后,艳茹就怀了身孕,这个世界上的一切色彩都消褪了,她整日神思恍惚,人彻底地绝望了。她觉得对不起叶铭,不配当叶铭的恋人,主动停止了给他写信。

愤恨、羞耻像灼灼的火焰般燃烧着艳茹的心。她无路可走,她只有去寻找这个制造罪恶的人。但这时候,刘庆强又有了新欢,艳茹几次去医院找他,他都避而不见。艳茹好不容易接通了他办公室的电话,他在电话里恶狠狠地说:"你父亲是医生,连这点小事也处理不了?"

艳茹在泥坑里越陷越深。她无法向父母说出已经发生的一切,她只有要刘庆强设法这一条路。

叶铭回来那天,她到医院去,也就是这个原因。可刘庆强的嗓门明明在办公室里响着,戴志光却对她说:"刘书记去市里开会去了。"

万万没有想到,早晨刘庆强这么回避她,到了午后,却主动找上门来,还一口答应,一定给她打净身孕,条件只有一个,艳茹要永远严封口风，不许把这件事对叶铭讲。艳茹掉着眼泪含恨答应了他。

可他仍不放心，今天又来了信威胁，信艳茹还没打开看，他又上门来要……

艳茹伤心地讲完了这段悲惨遭遇，顾萍猛扑到艳茹身上，搂抱着可怜的女儿，失声哭喊："天啦！我的囡啊！你怎么会撞到野兽身上去了呀！这叫人怎么活啊！"

在顾萍这个小学教师的心目中，怎么也不会想到，自己的宝贝女儿竟遇上了这样的厄运。过去，在这个家庭中，这样的事情，当母亲的是听也不允许两个女儿听的啊！现在，可怕的命运，竟使艳茹陷入到不可自拔的污坑中去了。当母亲的，怎能不心痛欲裂，怎能不大声恸哭啊！

年轻的艳芸，听完艳茹的哭诉，牙齿咬得咯咯地响。她双手扶着窗栏，额头贴在冰凉的玻璃上，两眼像喷出烈火般灼热。听见妈妈的哭叫，她狠狠地一跺脚：

"叫我啊，一剪刀捅死这头野兽！"

"天理何在，天理何在啊！"高浩天紧握拳头擂着桌子，嗓门嘶哑地吼着，"竟让这样的人骑在我们的头上，叶勤，你说说，天理何在啊？"

叶勤听高艳茹讲起那段遭遇，心胸里起伏着狂澜巨涛，她同情无辜的艳茹，愤恨无耻之极的刘庆强，恨不得立刻把这个流氓揪出来。她满脸怒气，愤懑地道：

"高医生，要不把刘庆强整治法办，叶勤我就不是共产党员！"

"叫人还能活下去吗？现在还有这种摧残人的强盗啊！"顾萍哭倒在地，伸出一只手晃着说，"杀他一千刀也不解恨呀！他要害我们好好的一家人……"

"妈，"艳茹的眼泪哭干了，勉强仰起脸说，"我，我早就不想活了呀……"

叶勤惊骇地转过身去，艳茹脸上那失望的神情，使她心头猛一抽搐。艳茹的脸上无一点血色,那双晶莹碧亮的眼睛,遮着一层忧郁的灰翳,枯涩而晦滞,生命的火光仿佛在她的眼里消失了。叶勤觉得有一副磨缠人的铁环,紧紧地箍住了艳茹的心灵,窒息着她的生机。叶勤正要上前去柔声劝慰可怜的艳茹几句,只听艳芸一声惊叫,她忙回身看去,顾萍两眼翻白,口吐白沫,平直地伸着双手直颤抖,样子可怕极了。叶勤忙跑过去协助艳芸一起,把顾萍扶抱到床上,高浩天也慌忙找来药片、针剂,给顾萍打了针、吃下药,她才喘过一口气来。一阵忙乱过后,叶勤走近艳茹劝道:

"艳茹,你不能这样想,你要坚强地活下去,勇气百倍地活下去,要和刘庆强这类恶魔斗争到底!"

说完,叶勤又转过身来,对垂着脑袋的高浩天说:"高医生,事不宜迟,赶快到医院去找我哥哥,他正在搜集刘庆强的材料,你和艳茹一起去!"

"你哥哥叶乔……"高浩天仍有些迟疑,"他能把刘庆强这个家伙揭发出来?"

"能,一定能!"叶勤满有把握,"我哥哥一贯正直可靠,他肯定能给你和艳茹伸张正义。告诉你们吧,我哥哥早就知道刘庆强是一条蛆,掌握了他很大一部分材料呢!"

"噢,"高浩天略放了点心,但还是有些疑虑,"这个刘庆强,既是工宣队头儿,又是党委副书记!"

"怕啥!"叶勤一跺脚说,"他是再大的官,犯下了这种罪,也要送他进监狱。走,我陪你们一道找哥哥去!艳茹,别哭了,和你爸爸一起去。"

高浩天想想,事到如今,这也是唯一的办法了。他穿上大衣,让艳茹把泪擦干,立即动身。

顾萍擦擦泪,硬要支撑起身子陪丈夫和女儿到医院去。高浩天怕一家人都去,太引人注目,给艳茹增加额外的精神压力,而且顾萍的身体也撑不住,就要艳芸陪着妈妈守在家里。

叶勤、高浩天、艳茹三个人,午饭也顾不上吃,下了楼梯,匆匆走出灶间。

高家出事时就开始下的雪，已渐渐大了。轻柔的雪花，飘飘悠悠地、繁密地落下来，无声地铺在弄堂里。

三个人刚走到弄堂口，迎头碰上了骑着自行车赶来的陆讷。一见他们仨，陆讷就叫道：

"老师，你们到哪儿去？"

"去医院。"高浩天简短地回答。

陆讷跳下自行车，一看三人的脸色不对，忙伸手扶扶眼镜，关切地问："出什么事了？"

艳茹低着头，眼睛红肿得像熟透的樱桃；高浩天嘴唇抖了抖，没说出话来。叶勤接过话头说：

"你怎么来了？走，一起去医院吧！"

"你们都去吗？"陆讷挨次望望三个人，预感到发生了什么事，还想问，见叶勤在向他瞪眼睛，便改了口说，"叶勤，你怎么还没回家呢，我到你家去了！"

高浩天嗓音低沉地替叶勤解释了一句："叶勤为我们的事还没吃饭呢。陆讷，先不忙问，有空叶勤再给你讲吧。"

见高浩天脸色白里泛青，眼睛也有点红，陆讷点点头，不吭气了，只是傍着叶勤推着自行车。

"你到我家去干什么？"叶勤问陆讷，"医院里有谁找我？"

"没人找，是我不放心，赶来找你。"

"什么事？"

"我上午给你的那封信呢？"

"丢不了，你放心吧！"叶勤想到信在哥哥那儿，坦然地说，"你急急忙忙赶来，就为这事？"

陆讷抱歉地笑笑说："我是怕你掉了，特地赶来关照你。"

叶勤嗔怪地说："你呀，对我也不放心！"

"不是那么回事，"陆讷赶紧申辩，"要知道，有些人，拿到这样的信，是要去邀功请赏的呀！这样的话，我就把我那北京的同学害了!"

叶勤瞥了陆讷一眼说:"你也太神经过敏了!"

陆讷笑了笑,没有答话,低头小心地推着自行车。

四个人迎着越下越大的冬雪,向医院方向走去。

十四

"放心吧,这样的流氓,一定会受到惩罚和制裁!"

听完高浩天父女的叙述,叶乔端坐在椅子上,右手举起一枝橡皮头铅笔,脸色庄重,目光炯炯地用肯定的语气回答。

叶勤坐在一旁,抚慰地瞅着艳茹,似乎是在劝导她看得远些,心胸开阔些。艳茹表现出来的失望神情和萎靡不振的气色,使得叶勤相当担心。她接着哥哥的话说:

"不要伤心,人们是会原谅无辜的受害者的,哥哥,你说是吗?"

叶乔默默地点了点头。

高浩天见叶乔完全站在他们父女一边,受到玷污的心灵稍稍得到些安慰,感激地说:

"真不知该怎么来谢你们……"

"你这就是客套了。"叶乔拿起高浩天交来的材料和刘庆强写给高艳茹的信,扬了扬说,"有了这些真凭实据,我看刘庆强往哪儿躲!"

艳茹说话最少,她的头发有些蓬乱,脸色白中带青,如同寒热病人一样滞涩的眼睛反映出她迷茫无主的心情。比她稍大几岁的叶勤看到她凄凉畏怯的模样,心头就感到阵阵隐痛。也许因为她是个善良温顺的女性,她更能体会艳茹此时此地的心境。她见事情谈得差不多了,便用更低的声调说:

"哥哥,在这桩事后面,还有件事必须考虑。"

"什么事?"叶乔温和地问。

叶勤思忖着说:"不知我想得是否多了些,我觉得,我们应该把事情告诉小铭，引导他正确对待……"

"是的，艳茹是无辜的。"叶乔眯起眼睛，沉思着说，"我们应该提醒他憎恨可恶的刘庆强，同情受害者。"

"对，必须这么做。"叶勤点了点头。她的目光澄澈而又明亮，那意思很明白，可怜的艳茹太需要安慰和温暖了，不能再受到什么其他的刺激了。

叶乔瞥了艳茹一眼，眼光停留在叶勤脸上，征询地问："依你看，该怎么给小铭讲呢？"

"我想，这事只有你同他讲最合适。"叶勤说，"他很尊重你，也愿意听你的话。只要你把我们的意思告诉他，我想，小铭他会……"

"好吧，有适当的时机，我和他好好谈一下。"叶乔答应着，又瞅了艳茹一眼。

在叶家兄妹讲话时，艳茹紧张地仰起脸来，两眼瞪得老大地盯着他们，可以看出，两人说的每一个字，都使她激动。当叶乔说最后那句话时，艳茹那细密的睫毛上沾满了泪花，止不住内心的感激，充满希望地低叫一声："勤姐……"

高浩天的眼角也挂着泪痕，他完全明白女儿的心境，见叶勤转身来劝慰艳茹，他站起身来，走到叶乔跟前，紧紧地握着他的手说："叶乔同志，衷心地感谢你。"

叶乔郑重其事地说："没什么。我们工作组进驻医院，就是为解决问题而来的。"

高浩天父女告辞的时候，叶乔对叶勤说："你留一留，我另有一件事要问问你。"

叶勤把高浩天和艳茹送到医院门口，急匆匆回到哥哥的办公室来，问："你问我什么事？"

"私事。"叶乔笑眯眯地说。他把高浩天送来的材料和信件都放进了抽屉，挺关切地问："你和陆讷准备什么时候结婚？"

"你问这干什么？"叶勤很诧异，一直在外边穷忙的哥哥，从来没向她打听过这件事,今天怎么突然在这种时候关心起自己的私事来了呢?

叶乔谦和地一笑:"上次听妈妈提起过,我也没在意。这两天,我想,当哥哥的,还是应该准备一点礼物啊。"

"嗬,你这个新干部也兴这一套啊!"叶勤揶揄着说。话是这么讲,哥哥主动向她打听,她还是乐滋滋的。"也不瞒你讲吧,原来决定五一就办的。可是突然间,总理逝世了,陆讷说,在这样的年头不适宜办喜事,准备推迟到明年元旦或春节。"

"为什么?"

"陆讷说了,民族的前途,祖国的命运,都处在一个关键时刻,个人的私事,还是缓一缓好。"

"嗯,缓一缓也好。"叶乔凝神听完,右手托着下巴问,"这么一拖,你不急吗?"

"我急什么,你都还没成亲嘛!"叶勤笑着掩饰道。随后,她又严肃地说:"哥哥,说真的,总理逝世以来,形势好像又有种种突变的迹象,我也觉得,忙着结婚不大妥当。"

"是的,谨慎地看一看也好。"叶乔站起身来,背着手在屋里来回踱着步子,沉思地说,"叶勤,往往在形势突变的时候,更能看清一个人的真面目。你看,刘庆强这家伙,不是一个例子吗?"

"嗯,这家伙,简直比豺狼还恶毒!"说起刘庆强,叶勤满腔怒火又喷射出来了,"让这样的人逍遥法外,那就是对人民犯罪!"

叶乔胸有成竹地冷笑一声:"这一回,我看他能逃出我的手掌心。叶勤,我准备马上给市委打报告,力争在春节前后,把刘庆强这块拦路的石头搬掉。快的话,叫他在监狱里过春节。这也是我的经验了,一个老大难单位里,坏头头下面总是盘根错节地有一帮人,要不把坏头头刨掉,你想干什么都不成,他总有法子和你捣乱。你说对吗?"

"对,说得对!"听说这么快就能把刘庆强揪出来,叶勤满心喜悦,连连点头道。

叶乔又征求意见般问："你还有什么事吗？"

叶勤说她想回家去找叶铭聊聊，因为她看出，艳茹在目前的困难处境里，非常需要叶铭的关怀和安慰。

"这样好吗？"叶乔问，随即换了口气说，"当然，高艳茹的命运是凄惨的，很值得同情，需要人去关心她、安慰她，这些我都赞成。不过，让小铭充当这样的角色……"

"你的意思是说……"叶勤联想到哥哥当着高家父女的表态，不禁有些惊异。

"不论从哪个角度讲，高艳茹已是一个被侮辱与被损害的姑娘。"叶乔摆手阻止叶勤插话，字斟句酌地说，"她很可怜，但她毕竟是个破损的形象了。"

"照你这么说，小铭应该和艳茹断绝关系？而且，艳茹就永远不能嫁人，不能指望有幸福生活了？"叶勤忿忿不平地说，"你什么时候成了道学家，也念起道德经来？"

"不，不，"叶乔急忙否认，"我不是这个意思。但是，你也不能不考虑心理上的因素。中国在亚洲的东方，东方的亚洲人讲究的是礼教，礼教的重要内涵，就是女性的贞节、羞耻。你想想，当叶铭知道艳茹的遭遇时，他会怎么想呢？他难道会一点也没有厌恶的心理？"

"我想小铭不是这样的人。"

"不能那么武断吧！"

"我真不明白，你们这些男的，为什么不能原谅女方的一点过失？为什么你们男的在这方面犯了过失，还能照样结婚，照样成家，甚至不当一回事！"叶勤气恼地质问。但想起哥哥对待汪秀玲的态度，她倒吸了一口凉气，又放缓了声调："哥哥，依我之见，小铭要真是那么爱艳茹，他知道了艳茹的不幸会更加同情她、爱她，而把仇恨集中到刘庆强身上去。"

叶乔很惊讶地望着妹妹，听她激动地讲完，他笑了笑说："看你急的。我只是提出一点顾虑。作为我来说，也是非常同情艳茹的。

我也将尽可能婉转地把事情告诉小铭，希望他俩消除误会，在新的基础上，开始新的生活。"

叶勤的嘴角，这才露出一丝满意的微笑。

当她推着自行车走出医院，沿着被飞雪落湿的马路谨慎地骑回家去的时候，冷静想起哥哥说的话，也不是没有道理。对一切都很认真、严肃的小铭，突然听到艳茹已经发生的一切，会怎么想呢？

冷风和着雪花迎面打来，自行车轮子在积起一层薄冰碴的路面上滋滋发响，叶勤陷入了沉思。她想到了艳茹有半年没给叶铭写信，想到了这对恋人最近产生的波折，想到了小铭的烦躁和苦闷。可以这么说，所有这一切，都是刘庆强这个恶棍引起的。不难猜到，艳茹这个自尊心极强的姑娘，因有负于叶铭，有着何等难言的痛苦啊！这个柔弱的姑娘遭受到的刺激和打击，实在是太大了。

叶勤除了有一种姐姐关心弟弟的心情之外，还有一种比艳茹年长几岁的女性对女性的同情和怜悯。也讲不清是什么原因，在知道了艳茹的惨遇之后，她迫切地想要弟弟和艳茹和解，想使艳茹得到慰藉。艳茹那揪心的哭声使叶勤阵阵心痛，仿佛看到艳茹心灵的伤痕在流血，她希望艳茹心灵的伤口能弥合、痊愈，而这是要靠小铭去耐心地医治的。

她还没有意识到，这是一个极大的难题。她像以往看待任何问题一样，把它看得太简单了。

二十九岁的叶勤，心地单纯，她的生活中充满了阳光。初中的时候，她入了团。初中毕业以后，她没有考取高中，而被分配在自动化仪表厂当学徒工。她干活踏实，态度和蔼，虚心好学，群众关系很好。"文化大革命"开始前三个月，她入了党。在"文化大革命"中，群众分裂为两派，斗争激烈，而她却认为自己年轻，又是个党员，不能随便参加群众组织，依然和那些老实巴交、忠诚不二的工人老师傅们一起，站在车床边干活。她不是厂里的干部，没有受到什么冲击。她出身于工人家庭，待人亲切，父亲又是为抢救他人而死，谁也不会想到要来整她；相反，在需要像她这类人出面的时候，人们都会不约而同地想到她。大约正是因为这个缘故，她被推荐作为一名普通的工宣队员进驻了医院，像在工厂里接触老师傅和青工们一样，她跟医生和护士交上了朋友。她和周围世界，有一种自然的和谐，因而观察事物总带着一种善意的眼光。她不理解社会上有人在耍弄阴谋诡计，她不相信生活中还会有欺诈和虚伪，即使听到一桩很有说服力的例子，她也会很坦然地得出结论：这在我们的社会里是极少数。

林彪摔死了，使她很吃惊。人们批判这个野心家搞的早请示、晚汇报，她自己也觉得上了当，因为在这以前，她对这些都很虔诚。追溯到运动开始的头两年，基层党支部停止了组织活动，她曾经有过怀疑，心想，组织生活怎么能随便停呢？但她马上又批判自己跟不上形势，不该这么想，以后也慢慢习惯了。拿这几年来说，"教育革命"闹得学生不读书，报上还拼命宣传白卷英雄，打开收音机全是样板戏，社会风气一年比一年坏，外地传来的消息都说温州啊、云贵川啊情况不佳，开后门成风，知识青年中暴露出很多现实问题，等等，叶勤也感到困惑，但她还是替自己找到了解释：有一些问题，是由党和国家的领导们考虑的，她还不能理解，无须去多思索；有一些不能令人满意的现象，应该承认，这是我们生活中的支流，而支流毕竟不是事物的本质啊。这样一解释，她对想不通的问题也能暂时想通了。她不会为此失眠、不安或忧虑。

总之，叶勤是一个好人，是我们通常所说的成千上万正直善良的人们中的一个。她总向往着美好的事物，把生活看得很简单。当然，她也有自己的爱好、趣味和性格。她喜欢穿戴整洁，而讨厌打扮得花枝招展。上衣的领子没有对准镜子翻好，是决不愿意走出家门的。晚上有空，她爱去听音乐会，又最爱听男中音独唱。她不喜欢拎着菜篮子到小菜场去，嫌排队耽误时间，小菜场嘈杂的声浪和拥挤的人群也使她受不了。她也不爱在家里做饭炒菜，尤其不喜欢切菜，有几回妈妈叫她帮忙切菜，她不是切破了手指，就是把指甲切出一条裂缝。但她非常热爱裁剪，踏缝纫机做衣服做拎包。妈妈、哥哥和弟弟的衣服裤子，大多数是她亲手做的。每当一件新衣服做成了，她总要欢天喜地叫妈妈或者哥哥来试试合身不合身。

她尊重知识分子。这些年间，知识分子被称为臭老九，也更改不了她对他们的尊敬。她小时候爱看科学幻想小说，读小学时曾经听过一个科学家的报告，她至今还记得那报告的内容。也难怪，她的父母亲是工人，哥哥只是一个中专生，弟弟在插队落户，而自己仅仅是初中毕业的学徒工。她是渴求知识的，而周围的人却帮不了她多少忙。也许，不当工宣队员，她很可能不会同一个真正的知识分子交上朋友。当认识陆讷的时候，她觉得陆讷有一股吸引力；当进一步熟悉他的时候，她甚至觉得陆讷身上的书生气也很可爱；当陆讷向她讷讷地表白的时候，她很自然地接受了。

像叶勤这样的人，决不会因艳茹出了那样的事，而对她嫌弃和讨厌。相反，她深深地同情受了侮辱的艳茹，她岂止为艳茹想到了那些刚才与叶乔谈过的事，她还想到了艳茹的身孕，这是艳茹的包袱，是她绝望得不敢向人揭露刘庆强的根子，艳茹毕竟是一个脸皮极薄的姑娘啊！她考虑过，只要哥哥及时处置了刘庆强，她马上和医院妇产科的医生联系……她为艳茹想得多么周到啊，她要弟弟叶铭也和她一样，去关心艳茹、安慰艳茹。她认为这是小铭的责任。叶乔提醒她的话，使她担心：万一小铭也像好些青年男子那样，对已经失身的姑娘不分青红皂白地深恶痛绝，岂不会把艳茹推向绝望的深渊嘛！

骑在自行车上，叶勤费劲地思索着。快到家时，她打定了主意，暂不把事实真相告诉小铭，但一定要他去看望艳茹，让艳茹得到一些温暖和宽慰。至于事情的真相让叶乔去给他谈吧，叶乔很会讲道理，也许真能把小铭说服。

叶勤回到家里，还没有把雪花打湿的罩衫脱下来，劈头一句话就是："你干的好事！小铭，我还真看不出你呢！"

姐姐说话的口气，使正在入神地翻阅哥哥那些学习材料的叶铭吃了一惊，抬起头来问："姐姐，你说什么？"

"我问你，你给艳茹写了些什么？"叶勤已经看清楚妈妈不在家，想必又是被居委会通知去开退休工人的什么会了。叶勤决定趁这个当儿好好和小铭谈一谈，把一些她认为必须交代的话，给弟弟讲清楚。

叶铭的脸色顿时变了，这正是他的心病，他自己也在为给艳茹发了那么一封绝交的信懊悔呢。

陆讷走了之后，他心绪烦乱，怎么也平静不下来。妈妈一出去开会，他强逼自己坐定下来，联系陆讷刚才给他讲的一些话，又来翻看哥哥的材料，想从中得出一些结论。正看到一半，姐姐回来，又把他拽回到这件事情上来。他睁大眼睛望着姐姐愠怒的脸，看来，姐姐已看到那封信了。他嘴巴张了张，不知如何回答是好。

"你说呀！"叶勤看出小铭心虚，又故意捅他一句。

叶铭硬硬头皮，绕着弯子说："谁叫她那样对待我呀！"

"你呀，你呀！"叶勤连连唉声叫着，"你真是个傻瓜，你为什么不多动动脑筋，光知道发泄自己的不满，一点也不会体贴人。你一刀捅出去，就不想想人家的心受不受得了！"叶勤说到这儿，立即想起艳茹那失神呆滞的模样，又补了一句，"她看了你这封信，哭了一上午，人也像老了好几岁呢。看你干的好事！"

叶铭的心一沉，愕然地说："她……这怎么办呢？"

叶勤从小铭脸上的神情，看出他心头很不安。她偷偷一笑，正经地说："还有办法挽救。"

"还有办法？"叶铭的脸上闪出光彩。

"你们原来不是约好，今晚在外滩见面吗？"叶勤提醒道。

"可她收到我那信，还会去吗？"叶铭颓然地说。

"会去，我想她会去的！"

"真的？"

"真的。"叶勤用肯定的语气说，"不过，这次见面，你可不能追根究底啊！"

"为啥？"

"你不是姑娘,不知道。姐姐也在谈恋爱,心头有数。"叶勤趁这机会,把该嘱咐的话一一告诉小铭,"有些时候,我们心头有些疙瘩,最怕人问。人家越追问,就越不愿说,反而到了瓜熟蒂落的时候,人家不问,我们也会讲出来。你懂吗?像眼前你就应该多多地关心她、体贴她,至少让她觉得你是她真正亲近的人,她能在你这儿感受到人与人之间的友谊、感受到你对她深沉的爱、感受到人间的温存和生活的色彩,预感到未来的幸福。懂了吗?"

叶铭呆滞地似懂非懂地望着姐姐,他真没想到,从来不和他谈起"恋爱"这个题目的姐姐,会有这么一大套理论,会有这么多像散文诗一般的词汇。

见叶铭眨着眼睛不吭气,叶勤进一步宽着他的心说:"小铭,你别急,艳茹把什么都给我说了,她是一个好姑娘。一个真正的、可怜的好姑娘!她肯定会把一切都告诉你的。你想想,你们断绝关系已经半年了,你一回上海,就带着一副兴师问罪的面孔去质问她,她心里能高兴吗?再说,你究竟又有什么权利呢?"

叶铭不好意思地淡笑了一下。

"姐姐是真心诚意地帮助你和艳茹好,才这么坦率地跟你说,你知道吗?"

叶铭感激地点了点头,不好意思地问:"那我怎么去约她呢?"

"那还不容易。"叶勤利索地说,"你到弄堂口去给她打个电话,她就知道了,快去吧!"

叶铭迈着急促的脚步,冒着越下越大的雪,到了弄堂口烟纸店,给高艳茹打了一个传呼电话。

焦灼地等待了二十分钟,回电来了,叶铭从话筒里听到艳茹微弱低柔的声音:"找我有事吗?"

"今晚上,我们仍在南京东路外滩见面,好吗?"叶铭紧握话筒,局促地说。

雪花飘飘悠悠地落下来,它们嬉闹地落在叶铭的面颊上,顷刻化了,叶铭伸手把水渍拂去。话筒里沉默了好一会儿,才传来断续而畏怯的话音：

"下大雪呢……这样……合适吗？"

叶铭认为艳茹还在生他的气，他忙把话筒更凑近嘴巴，转过身子，把背脊对着烟纸店的营业员，低声说：

"艳茹，姐姐都给我说了，我……我不该写那么一封信，今晚上你还是去吧！"

"呃……"话筒里传来为难的声音。

"我在外滩等你。"叶铭又补充了一句，"好吗？"

话筒里沉默片刻，叶铭听到一声叹息，而后才听到："好吧，我去。"

"那么，晚上见。"叶铭放心地喘了一口气，把电话挂断了。

雪花飘舞着、飞洒着，漫天搅腾，马路对面的屋顶上已积起了薄薄的一层素白的雪被。

十五

一九七六年一月的上海，寒凝大地，朔风凛冽。

西北风吼啸着，漫天飞洒的雪花在阴霾的空中狂舞乱飘。入夜以后，马路上行人比往日少多了，只有漆成红绿两色、或蓝白两色的长车厢公共汽车，不时载满乘客，在湿漉漉的路上沙沙地驶过。

黄浦江畔，自从总理逝世以来，喧哗的人群和嬉闹的孩子都不见了。到了这冬雪骤降之夜，连眼神冰冷、心事重重的行人也难遇一个。

气氛很沉闷。而叶铭更觉得，没有一次幽会像今夜这样不可捉摸。

海关的大钟刚刚响过七下，艳茹穿着件格子呢短大衣蹒跚地走来了；叶铭从老远就认出了她那条淡黄色的尼龙围巾。

路灯的光映着艳茹的额头，她那原是光滑白净的额头上，显出了一条细细的皱纹。她戴着那晚上叶铭买的口罩，波光闪闪的眼睛周围有着两圈黑晕。当她凝视叶铭的时候，叶铭觉得她的目光忐忑不安、畏怯中又笼罩着悲哀。姐姐的话没说错，艳茹的面貌一天中好像老了几岁，人也消瘦了许多。

他俩没有招呼，也没有互相点头，眼光在一霎间相碰，便慌忙地避开了。两人仿佛都很理解各自的心意，不约而同地放慢了脚步，向外白渡桥方向走去。

叶铭是怀着歉疚、赎罪的心情来会艳茹的。叶勤责备他以后，他已经忘了艳茹对他的冷淡，只是不停地在内心里责怪自己，不该一时冲动，写那么一封信，以致使艳茹那么痛苦和悲伤。他知道，自己要是不开口，艳茹是不会首先说话的。走了百来步之后，他几次都想提起话头，可却不知说什么好。下午打完电话回家，他曾在心里想过无数道歉的话，可是到了艳茹跟前，这些话又都难以出口了。叶铭从来没曾想到，他和艳茹之间，还会有这么难讲话的困惑情形。

"看你，也不带把伞，肩头上都落满雪了。"艳茹意外地先开口了，"拍一拍吧，要不，一会儿把棉衣都浸湿了。"

叶铭绷紧的心弦松弛下来了。他淡淡一笑，随便在肩膀上拍了几下，说："那你为什么不带一把伞呢？"

"我想，你总会带伞的，也懒得带了。"

"不怕出来的路上被雪打湿吗？"

"不怕，雪花飘在脸上，冷浸浸的，还觉得舒服。"

"为什么？你的身体不是一直很弱吗？"

"我也说不上来为什么。"艳茹低垂着头，雪花落在她的乌发上，像撒了一把银子，亮晶晶的，"反正，今晚遭雪淋，不怪你，也不怪我自己。"

这一番对话，使得两人拘谨的神态变得自然多了，仿佛又回到了相恋相爱的那些日子里。

叶铭望着冬青、棕榈、美人蕉和松柏树上的积雪，望着变得白茫茫一片的马路、人行道、屋顶和停泊在江边的轮船，叹了一口气说：

"好一场大雪啊，半天工夫，把上海覆盖在雪被里了。说实在的，出门的时候，我忘记带伞了，我总觉得上海的雪难得下大，整整落了一个下午，晚上会停的。再说，我的心思也没在带不带伞上面。"

"你在想什么呢？"艳茹转过半边脸问。

叶铭踌躇了片刻："我……我在想……"

"想啥？"

"我在想怎样向你道歉，艳茹，都怪我，害你……"

"叶铭，别说了！"艳茹鼻根一酸，打断了叶铭的话，哽咽地说,"该怪我,是我不好,我不该那么对待你,我对不起你,你、你别赔不是了……"

外滩花园里滚圆的路灯,射出微弱的白光,映着艳茹的身影忽长忽短。

叶铭凝然瞅着艳茹,她局促不安,两眼闪着泪光,即使穿着格子呢大衣,还能看出她的胸脯海涛般地起伏着。这话音和神态,使叶铭忽然产生一种怜惜,他截住话说:

"艳茹,不要原谅我。我不该写那样的信,真的,你怎么骂我都成。"

叶铭真诚忏悔的语调和他脸上呈现出的懊恼,如同重锤击打在艳茹的心上,使她深深感到内疚。她站住了,眉宇间流露出惶乱的神情,急促而凄婉地说:"铭,别这么说,快别这么说!你要再这么说下去,我又要哭了……"

叶铭惊愕地望着艳茹,艳茹略垂着头,微肿的眼睑恍惚地眨动着,避开了叶铭的凝视。黄浦江水哗哗地拍击着堤岸,一艘轮船正鸣着汽笛,那声音低沉而又压抑。二人又继续往前走去。快到外白渡桥了,苏州河与黄浦江交接处,风显得更大,像在推着人前行似的,飞雪旋转着向他们扑来,把艳茹那条淡黄色的尼龙围巾也吹飞起来。叶铭见她打了一个寒颤,伸手一指南苏州河路说:"我们往那儿走吧。"

"好大的风哟。"艳茹抬起头来,随着叶铭过了马路。

南苏州河路上的路灯要比外滩暗淡一些,更显出马路上积雪的洁白刺眼。望着越下越繁密的雪片,叶铭想起姐姐的叮嘱,决定要说些令艳茹愉快的话。他挨近艳茹,轻声说:"大雪总有它的气势,看,满天飞舞、纷纷扬扬,把大楼、马路、河岸都铺白了。古往今来,多少诗人出色地写过描写雪景的诗啊。"

"那也要看兴致,心里忧郁不乐,也写不出诗的。"

"是啊。艳茹,你听说过这首诗吗?"

"什么诗?"

"一个古代诗人写的雪景诗。头一句是这样的：一片一片又一片……"

"嘻嘻，"艳茹被逗笑了，"这也算诗啊，第二句呢？"

"两片三片四五片……"

"这简直是幼儿园里的小娃娃绕口令了。第三句又写些什么？"

"六片七片八九片……"

艳茹仰起脸，轻声地笑了："这样的诗，也流传下来了。"

"还是名句呢。"叶铭一本正经地说，"你听第四句，诗人写道：飞入芦荡都不见。"

"啊，真好，真好！"艳茹怔了一下，不由得连连拉着叶铭的袖子，眉飞色舞地赞叹，"好就好在这最后一句，平中见奇，形象地写出了大雪中的景致。"

"而且，诗人有独到的观察。多少人写雪景诗，都是形容大雪的气势，雪的洁白，雪覆盖了大地后的壮丽景色，谁也没有注意大雪飞入芦荡，就无声无息地融化了。艳茹，你看，飞雪落进黄浦江、苏州河，不也是都不见了吗？"

艳茹欢欣地笑着，连连点头。

看到艳茹高兴起来，叶铭的眉宇间也透出了一股喜气。他一边缓缓走着，一边沉浸在往事的回忆里：

"在砂锅寨，我们一起登过高山，眺望过山山岭岭的万千气象；我们也一起到过树林子里，坐在林间空地上竖耳倾听百鸟的啼鸣；雨后，我们一道拎着提篮去捡香菇、蕈子……"

"是啊，"艳茹被叶铭的话拨动了心弦，引起了对往事的回忆，她感慨地接着说，"雨后的空气总是湿润而又清新，带着点微甜的香味。山路上也老是湿漉漉的，五颜六色的野花开得满地都是。你还会唱歌，歌声像羽毛般的白云，歌声像落下深潭的清泉，不管你唱什么，总能牵扯着我的心。"

叶铭见自己的话引起了艳茹的共鸣，更加热烈地接过话头，往下说："阳光明媚的日子，我们顺着那条小河散步，走到老远老远的地方。有一回快走进深山老林了,那儿有一座桥,叫安澜桥。我们在桥上坐了好久,倚栏望着飞溅起雪沫的龙洞水从桥洞里穿过,发出震耳的轰响。那一天,我们走回寨子,天都黑尽了。艳茹,没想到,回到上海,我们还会在大雪纷飞的马路上谈心吧?"

"真是没有想到。"听到叶铭动人地讲起他们初恋的往事,艳茹觉得心胸中暖融融的,不由自主地转过脸去,一对大眼睛闪着晶亮的光芒,注视着叶铭。

叶铭陶醉在自己的回忆和向往之中,他回眸凝望着艳茹,热切地说:"对我们来说,插队落户的生活是结束了。今后,我们将要在上海开始新的生活,我在大学里读书,你也很快会工作,星期天、节日,我可以来陪你一道去看戏、看电影,一道到公园里划船,有机会还可以到苏州、无锡、杭州等地游玩。妈妈还说,家里准备买一台电视机。这不是很美满的事情吗?艳茹,你听我说,把过去那些不痛快的事儿统统忘记吧,让我们仍旧像在山寨一样,重新开始新的生活。重新谱写新的乐章!你说好吗?你能原谅我写了那么一封没有道理的信吗?"

高艳茹的眼里泪光闪烁,她听着叶铭这些出自肺腑的话,激动得弯眉耸动,一把抓住叶铭的手:"铭,你、你真好……"

迎面走来一对撑着黑布伞的男女,等他们走过去了,艳茹伸手挽住了叶铭的胳膊,嗓音颤抖地说:"铭,你听我说,好吗?"

"我听着呢。"

"你能……原谅我吗?"

"能,艳茹,完全能!你不是也原谅我了吗?"

"不,铭,你能原谅我这几天对你的态度吗?"

叶铭庄重地点头。

"你……你能原谅我半年多时间没给你写信吗?"

叶铭迟疑了片刻,他见艳茹又站住了,盈满泪水的眼睛怔怔地盯着自己,心头一热,说:"能,艳茹。"

"那么,你……你……你也能原谅我犯的过失吗?铭!"

路灯光下，艳茹站在雪地上的神态，是那样凄婉动人。她惶惑中充满了期待的脸色，悲哀中掺和着希望的目光，深深地震撼了叶铭的心。叶铭紧紧地握住她的双手："艳茹，你知道，我们相识，不是一年了，无论你碰上什么事，我……我都爱你！"

"啊！"艳茹幸福地叹息了一声，头一歪，靠在叶铭的肩膀上。叶铭轻声提醒她："艳茹，我的肩膀上有雪。"

"可我觉得雪是暖的。"艳茹深情地回答他。

寒冽的风吹来，凶得像刀子；冰冷的雪落下，冷得彻骨。可这一对恋人的心啊，是火热火热的。

青春又回到了艳茹的心里。

久憋在心头无法向人诉说的事，今天以一种她绝没有料到的形式暴露了。叶乔答应惩罚刘庆强；叶勤无限关切地安慰她；此刻，叶铭又对她这么亲热、体贴。这一切，给了艳茹巨大的勇气和信心。自那个禽兽污辱了她之后，她是那样痛不欲生，觉得对不起叶铭，再也没有追求幸福的勇气。她太懦弱而善良了，她的生活经历几句话就可以说完。小学里，她是个品学兼优的三好学生；中学里，她是个温和沉静的少女；即使"文革"初期，有些同学受血统论影响，那样粗暴地对待她，她也原谅了他们。在插队落户的六年中，她是个说话不多、勤俭劳动的女知青。和叶铭的相识相爱，给她这段艰苦的生活涂上了绚丽的色彩，每当空气清新的早晨和夕阳西下的黄昏，她扛着锄头出工、收工，虽然觉得累，但一想到有一个中意的青年深深地爱着她，她总是觉得甜滋滋的，羞怯中满含着幸福。刚回上海办理病退手续时，回想在山寨的日子，她还是觉得充满了诗意。要不是她长久地患低血压症，她才不回来办理病退手续呢。谁能想得到，在办理病退过程中，会碰到刘庆强这样的衣冠禽兽呢？艳茹的心灵上被重重地剜了一个伤口，这个伤口，天天淌着血，蛀蚀着她年轻的心，毁灭着她的青春。

今天，有人站出来给她主持正义，有人在她的伤口上涂药包扎，最亲爱的人又那么诚挚地站在她面前，艳茹的心头，重新燃起了希望的火焰。她希望获得叶铭谅解，希望他仍像过去一样深沉地爱自己。他是她不可缺少的精神支柱啊！

不了解这一切的叶铭，是带着赎罪的心情来会艳茹的。他看到艳茹又像在山寨时一样，待他亲密无间，心头激动得怦怦直跳。他不时转脸望着这个依偎在自己身旁的美貌姑娘，几片飞雪沾在她的刘海上，晶莹闪光，她那消瘦光洁的额头上，也有几滴冰珠儿，即使戴着口罩，也能清晰地看到她五官端正的轮廓。他为他们的和解格外高兴。

快走到圆明园路了，他们俩都沉醉在和解以后的欣悦中，窄长的马路，路旁的高楼，苏州河岸上的一个个小码头，在他们眼里都变得富有诗意了。突然路口闪出六七个黑影，一个粗嗓门朝他俩喝道："站住，干什么的？"

叶铭和艳茹不约而同地抬起头来，惊惧地望着对方。路灯光下，六七个人都戴着藤条帽，披着粗糙的再生布制的厚棉大衣，左胸前别着"上海民兵"的塑料证，左袖上印有"值勤"二字的红臂章，在路灯光下一闪一闪，十分触目。

"过路的。"叶铭坦率地回答。

"过路的？"接着是怪声怪气的反问，"为什么靠得那么紧？哎？"

"哈哈哈。"

放肆的笑声气得叶铭咬了咬牙，离他半步的艳茹担忧地望着他，怕他和这帮人冲突起来。

"走路就老老实实，勾肩搭背地干什么？时间不早了，快回去吧！不许你们在马路上搞流氓阿飞活动！"

叶铭气冲冲地正要回话，艳茹急忙拉了拉他的袖子，自己回答说："我们正是回家去的。"

"回去就快点走！"一个人挥了挥手，"路上规矩点。"

艳茹紧拉着叶铭快步走过了那六七个值勤民兵身旁。没走十几步，又听到那六七个人爆发出一阵粗野的大笑，还夹杂着几句污言秽语。

"岂有此理!"叶铭简直按捺不住了。

"嘘!"艳茹劝阻说,"别和他们争,铭,你不知道,他们就是前些年的'文攻武卫'勇士,你和他们吵起来,会被拉到指挥部去,轻则毒打一顿,重则关你三五个月,何苦呢!"

叶铭瞪圆了眼睛:"真是无法无天了!"

"轻点,你不知道,这儿离上海市民兵指挥部只有几步路,外滩三十二号,刚才,我们不是从那个门前走过的嘛!就在外白渡桥这半边。"艳茹压低了声音说。

叶铭默默地点了点头,不吭气了。他前几年回上海探亲时,也曾听说,市民兵指挥部的头头施尚英,是王洪文的亲信。不管是谁,被关进那里面去,哪怕你没有一点罪,也得白挨一顿打。而叶铭更清楚,市民兵指挥部的前身,就是文攻武卫指挥部,这个指挥部,是在王洪文纠集一批打手,于一九六七年八月四日围攻镇压上柴联司、制造了伤残六百五十人的严重流血事件之后,根据江青、张春桥、姚文元的指示成立的。这儿的人,一提那次武斗事件,就炫耀地称为"八四革命行动",气焰十分嚣张。

见叶铭不说话,艳茹又忿忿地道:"哼,看他们横行到哪天。上海人民也开始认清这帮人的面目了。"

从艳茹嘴里吐出这样的话,叫叶铭既惊又喜,他不禁兴味浓郁地问:"艳茹,你听到些什么吗?"

"你刚回上海,可能不知道。"艳茹的声音逐渐恢复到平时那样的珠圆玉润,兴冲冲地说,"总理逝世后,市里面规定了几个不准,哪一家人不对此表示不满啊!一月十五号那天,黄浦江上所有的轮船汽笛齐鸣,急得那帮家伙火冒三丈,但又无可奈何。事后他们下令追查,可处处碰壁,只得不了了之。叶铭,这两天你没听人讲吗,去年夏天,关于江青、张春桥、王洪文、姚文元那帮人的传闻可多呢。有小道消息说,上海民兵指挥部,就是他们弄起来的武装。"

叶铭入神地听着,不禁联想到陆讷曾跟自己说过的话,心想:

看样子，人们普遍地对这几个趁着文化大革命粉墨登场的人蕴藏着极大的不满哩。

一阵迎头风刮过来，艳茹身子一缩，打了个冷颤。她连忙侧过身子，站停了，让风刮过去。

黑沉沉的天幕，那么低低地压着街面上空。雪花轻悠悠地飘洒着，一朵朵竟都有镍币那么大。尽管是在这么严寒的雪夜，冲鼻的苏州河污水的臭气，还是那么浓。迷蒙暗淡的河面上，时而有一只两只拖轮和木船驰过，发出单调乏味的"达达达"的响声。这响声，惊动了停泊在河岸边木船上的一条瘦狗，惹得它"汪汪汪"朝岸上胡乱地吠了起来。叶铭和艳茹被令人心寒的犬声吠得不约而同望去，河岸边桅杆上那昏黄的忽亮忽灭的灯火，犹如流萤一般，雪花像一群粉蝶似的扑腾着，像要把他俩围裹起来。一阵恐怖袭上了两人的心头。

叶铭觉得艳茹手脚都在发抖，心头有些不忍，低柔地说："艳茹，外面太冷了，我送你回家吧！"

"不，今晚上我挺高兴，再走走吧。"艳茹固执地说，"你要是觉得冷，我们拐到南京路上去，找个点心店吃点东西，我晚饭只吃了一小碗，有些饿了。你不饿吗？"

"不饿，但也可以陪你吃一点。"

两个人相视一笑，又徐徐地向前走去。

当他们拐上四川路，往南朝南京路方向走去时，艳茹抬起头来，瞥了叶铭一眼，说："铭，你能答应我一件事吗？"

"能。"叶铭毫不犹豫地回答。

"在你开学以前，要是没有事，天天来看我，好吗？"

"一定，艳茹。"叶铭兴奋地扬起眉说。

"在你哥哥或勤姐跟你谈话之后，"艳茹沉思般地眯缝起眼睛，略微迟疑地说，"你……要尽快地到我这儿来，能做到吗？"

叶铭有点不解了："怎么啦？"

"答应我，"艳茹娇媚地凝视着叶铭，用哀求般的语气说，"答应我，能做到。"

叶铭愣了一下，他的眼前浮现出姐姐叶勤的面庞，耳畔响起姐姐的叮咛，于是便庄重地点了一下头："艳茹，我能做到。"

艳茹的两条细弯的长眉快活地跃动着，轻声欢乐地笑了起来。

雪还在下，无声无息的雪花，落在这对恋人的肩头、脊背、发梢上，他们俩竟然都没察觉。

十六

叶乔简陋适用的办公室面对着医院的花园。从昨天午后下起的大雪,直到今天凌晨才住。花园里的冬青树、夹竹桃、蓬竹、草坪和石凳上,都积满了白雪。天亮以后,气温更低,风也吹得更紧了。

叶乔皱着眉头,注视着花园中冷寂不动的雪景,不由自主地打了一个哈欠。

昨天,听到高家父女揭发刘庆强的事情以后,叶乔立即把工作组的其他几位成员找来,详细整理了刘庆强担任工宣队分团团长兼医院党委副书记以来的有关问题:

刘庆强利用职权,大开后门;

刘庆强在任职期间,挪用医院公款;

刘庆强贪污医院各种珍贵药物;

刘庆强生活腐化,流氓成性,手段毒辣,作恶多端;

刘庆强利用"一打三反、批林批孔、评法批儒"等运动,排斥异己,打击陷害好人,包庇重用坏人;

刘庆强胡乱表态,在群众中造成极坏影响,严重损害了工宣队和新干部的威信;

刘庆强……

叶乔看着铺满整整一个大办公桌面的材料,对工作组组员们说,随便选出一条罪状来,就足够撤刘庆强这家伙的职了。他连夜给市委写了一份报告,要求尽快批复,以便打开局面,推动整个医院的运动。没等吃早饭,他就派工作组的一个同志,把报告给市委送去了。

现在,他刚睡了一觉醒来,已是午后两点。一问消息,市里既没有批示下来,也没有电话指示。相反,午饭前,倒把医院党委办公室的戴志光叫去了。这情况,有点出乎叶乔的意料之外。记得,在衡山饭店开会时,市委的马天水、徐景贤、王秀珍都亲口说过,这次派出的工作组,由市委直接掌握,工作组的任何重大决策,都要向市委汇报,市委会及时指示、批复。运动一有突破,第二天就见报。可为什么对自己送去的报告,至今还没回音呢?

叶乔正满腹狐疑地猜测着市委的意图,一辆北京吉普车驶进了医院大门,减低了速度,在这幢楼房门口停下了。车门打开,戴志光一跃而下,顺手把半截香烟往地上一扔,挟起一只黑亮的公文皮包,三脚两步冲进了大门。

看戴志光那股兴冲冲的劲头,叶乔估计他已领了圣旨,是直接找自己来的。他把身子一闪,离开钢窗,在办公桌旁的椅子上坐下,顺手拿起今天的报纸。

报纸上,头版头条的通栏标题是:"誓把教育革命进行到底!"下面还有一个副标题:"迎头痛击教育界右倾倒退的言论。"

门被"砰"一声推开,戴志光带着一股冷气冲进屋来,扬起右手,朝叶乔一招,笑盈盈地道:"叶老兄,你真不简单啊,咳,哈哈!怪不得上头这么器重你啰!"

叶乔声色不露地从报纸上把目光移开,瞅着这个比自己小两三岁的、得势过早的年轻人。他梳着"一面倒"的发型,披件海军呢大衣,露出烫得笔挺的新华呢上装,中厚花呢裤子的两条骨子,笔直得像刀刃,一双牛皮高帮皮鞋,擦得像镜子般亮。这一身装束,把他瘦长的、弓背耸肩膀的身材,围裹得显出几份神气。叶乔垂下眼睑,仿佛啥也不知地问:"志光,哪阵风把你吹来了?"

"哈哈,叶老兄,你真稳得住劲头。"戴志光走到叶乔跟前,两脚一跳,咚一声坐在大办公桌角上,乐呵呵地俯身对叶乔说,"你才来几天啊,把刘庆强这灰孙子的材料全搜拢了,佩服,佩服!我在这儿和他打了几年交道,也没知道这么多呢!上头说了,就凭你这才干,将来就可以派到中央组织部任要职。"

叶乔正色道:"志光,你开什么玩笑啊!"

戴志光满不在乎地拉开大办公桌的一只抽屉,取出一包过滤嘴中华牌香烟,抽出一支,叼在嘴上,摸出打火机啪一声点燃,噘起嘴巴吐出一串烟圈,慢条斯理地说,"叶老兄,我不和你开玩笑,这话确是有名有姓的人物说的。难道你会不知道?王洪文、张春桥早就下过指示,要上海给中央输送得力的干部嘛!光部长副部长就要几十个啊!叶老兄,将来你得了势,坐上了红旗,住进了部长楼,可别忘了兄弟我啊!"

叶乔皱紧了眉头不答腔。

"我不和你开玩笑了。"戴志光见叶乔脸色不佳,收敛了嬉笑,一本正经地说,"你一定知道了,我刚从康办来,就在那里吃的午饭,市里的要人都在,你的报告退回来了。"

"退回来了?"叶乔暗吃一惊,但脸上还是不动声色。

戴志光加重语气说:"退回来了。不过嘛,几个头头对你的才干都大加赞赏。"

"是我的材料不真实吗?"叶乔冷冷地问。

"不不不,你的材料完全真实可靠,这一点弟兄们都相信。不过嘛,"戴志光狠吸了一口烟,眯缝起眼睛说,"风向变啦!叶老兄,俗话说,苗头不轧,苦头吃煞。你这么会轧苗头的人,怎么这次不注意辨辨风向呢?"

叶乔愣住了。他心里说,几天来煞费苦心调查、整理的材料,算是前功尽弃了。

"不要想不通,叶老兄,"戴志光伸手拍拍叶乔的肩膀,"你的前程无量啊,看,这是市委领导的批示。"说着,拉开皮包拉链,抽出一张纸,往叶乔眼前一放。

叶乔先是狐疑地盯了戴志光一眼,继而把目光移到市委领导的批示上。

批示是用铅笔写的,简单明了:

    材料已阅。刘庆强错误不少,但他是造反上来的新干部,是我们一条战壕里的战友,目前不宜公开批判。在上级作出处理之前,还望与他搞好团结,共同把医院抓成反击右倾复辟的典型。右倾复辟,是即将开展的运动的主攻方向。

  叶乔把这段批示看了两遍,最后眼睛落在右下角几个熟悉的签名上。这些签名各不相同,有的字大,有的字小,有的字很潦草,有的写得很难看,但却是一股不可抗拒的力量。叶乔心里很明白,平时,这些人的一句话,就可以决定一个人的命运。

  "怎么样?"戴志光咧嘴奸笑着,凑过脸来,左眼眯成一条缝,右眼大睁着,盯住叶乔发呆的脸庞。接着又神秘地说:"再给你透个消息吧,这是批示上不便写上去的,市里说,这次反击右倾复辟,就是要反上头那些老家伙,要我们千方百计,寻找这方面的炮弹……"

  叶乔眼睛瞪得溜圆地"哦"了一声:"原来是这样!可我这儿摆开的摊子,怎么收场啊?"

  "叶老兄,谁不知道你的能耐啊!"戴志光嘴巴一努,右边嘴角的香烟一下子转到左边去了。他仰着脸说:"收场的事,还不是你一句话嘛!"

  叶乔两眼严厉地盯着戴志光,冷铮铮地问:"说,姓戴的,是不是你跑到上面去,乱说了一通?"

  "没有的事,叶老兄。"戴志光摆着手说,"你难道还没轧出苗头,这是从中央直接来的指示。至于我嘛,嘿嘿,只是比你消息灵通一些。你想把刘庆强送进监牢,也未免太手辣了吧?不过,你叶老兄千万别误会,市里也说了,刘庆强成事不足,败事有余。解决他的问题,只是时间问题,这种人在医院待不长,过了这段时间,把他调到另外的单位去。降他几级,他就跳不起来了!叶老兄,看样子,这一年半载,我们两人倒要在一起打交道啰。你可要高抬贵手啊!别在背后,也给我这么捅一刀子,我可吃不消。哈哈!"

听了戴志光的话，叶乔打消了心头的怀疑，矜持地点了点头。他完全明白，戴志光这个人，是有来头的。一九六六年造反初期，正在读技校的戴志光不知怎么和工总司搭上了线，他年龄虽小，可是跑跑腿、开开车、传个信、挟挟公文包，还是做得很灵光，很乖巧的。造反派得势，他也随之青云直上。上海六八届半工半读中专技校毕业生，因张春桥一个电话，统统上山下乡，他却留在区革委工交组办事，接着又分在一个工厂里去当过短暂的革委会副主任，随后就被派到医院当党委办公室主任了。听说他跟市里面的陈阿大、叶昌明、施尚英、黄金海、马振龙、朱永嘉等人都有联系，非但马天水、徐景贤、王秀珍认识他，就连王洪文回到上海大宴小兄弟，他也能收到一张请帖。可以说，这个三十岁未到的戴志光，还是个通天人物。叶乔带着工作组到医院来，手里也掌握了一些戴志光的材料，这个人胸无大志，只会为自己打算，无非是利用职权，把弟弟妹妹从农村弄回来，给老婆安排个好工作，自己吃吃喝喝，也有些劣迹，却还未干影响很坏的事。但是，他会摆架子，盛气凌人，从来没有把医院的干部、医生、护士放在眼里，动辄就对他们吹胡子瞪眼睛；哪个犯了错误，被关押隔离，他审讯起来，不但动嘴，也动手动脚。美其名曰：对敌斗争坚决。大概就因为是这类水平，他再也没有往上升官。

叶乔心里明白，对戴志光这种人，既不要怕他，也不必讨好他，手里掌握一些他的材料，只有好处，没有坏处。

"怎么样，要不要我当个中人，把刘庆强叫来？"戴志光见叶乔坐在那儿不吭气，主动提议说。

"依你之见，把他叫来，怎么说呢？"叶乔翻起眼皮，瞥了戴志光一眼，询问道。

"这还不容易，叶老兄，你还要我教吗？"戴志光一愣，伸出一只巴掌，翻来翻去地做了个正反两面的手势，"告诉他，市里对他很关心，那全是你的功劳，你这个人讲义气，把他的事一手揽下了！"

"充好人,然后又向他摊牌!"叶乔瞅了戴志光一眼,"哈哈哈"大笑了两声道,"不行,不能这么干。小戴,不但我不能这么干,我也不允许你把市委领导的口风透给他。"

"你还要整他?"戴志光惊诧地瞪大眼睛,大为不解,"要我说啊,你放他一马算了。"

"不行!"叶乔摆摆手说,"那就太便宜他了。"

戴志光不解地:"那你要怎么办呢?"

"我吗?"叶乔慢吞吞地思索着说,"我还要想一想。"

"那好!"戴志光从大办公桌上跳下来,一摆手,"你好好想想吧,少陪。"

戴志光走了,叶乔凝然坐在椅子上,陷入了沉思。怎么办呢?工作组的成员都参加了调查整理刘庆强的材料,他们都知道了刘庆强的臭底子,也晓得将要揪出他来。而且,把刘庆强扳倒了,一下子就能使工作组的威望大震,赢得整个医院的群众,以后开展起运动来,也就顺手了。更主要的,叶乔本人当着高浩天、高艳茹、叶勤等人的面,也已经表了态,满以为可以惩治刘庆强,既为大家除了害,出了气,也算是对当年刘庆强给他小鞋穿的一点报复。谁知道,市委却来了这么一份批示。

多少年来,叶乔第一次感到棘手了。

叶乔是个性格内向、颇为深沉的年轻人。他从小就会清醒地分析形势,充分地利用对自己有利的因素。父亲舍己救人,被钢水烫伤亡故之后,对他们家来说,本是个悲剧,可他家得到了照顾,搬进了干部住的新楼房;他也因有一个光荣的爸爸,很顺利地入了团。初中毕业,他考进了卫生学校,既是团的干部、学生会的负责人,又是学习成绩拔尖的优等生。卫校毕业后,他曾渴望做出一番事业。哪知被分配到工厂去当了一名厂医,干些配止痛片消炎片、涂红药水、打打针、做做卫生宣传之类的琐事。这对他的上进心来说,无疑是个挫折,他却不露于言表。

"文化大革命"开始了,造反派还没得势,叶乔内心深处已进行了一番比较、衡量。他对厂里的造反人物,是没有好感的,这些人有的是经常到医务室来混病假的角色,有的因偷窃、赌博被拘留过,有的是唯恐天下不乱的捣蛋鬼,他不相信这帮子人能成气候,干成大事。但从总的形势来看,造反派从成立时的三千多人起始,短短一两个月时间,就发展到上百万人;而和造反派对立的赤卫队,垮得极快。这就证明,整个社会上的造反派有人支持,能量不小,一声号召可以影响上海的形势,并且正酝酿着夺权。这正是施展本领的难得机会,英雄造时势,时势造英雄嘛!在这种关键的动荡时期,自己只要露出头角,很可能得到重视,摆脱这服侍人的小小医务室。他瞅准时机,打出造反旗号了。他出身好,表现好,有群众基础,造反派自然鼓掌欢迎;何况平时他和那些混病假的朋友也合得来,老混客们常常从他手里得到两天、三天的病假条。他一进造反队,就很受器重。

叶乔在造反队里干的事,都是不起眼的,却又是少不了的。他起草造反宣言,参加造反队头头的会议,到外面去跑跑联络,调解造反队内部的纠纷。但是,刷大标语,在扩音器里大吼大叫,揪斗"走资派",勒令"黑七类"低头认罪,这些事情他却从来不干。他不但自己不动手打人,还常劝阻那些冲动人物按政策办事,要文斗,不要武斗。说来也怪,随着新生的革命委员会成立,造反队的几个著名的头头,有的因为经济不清,有的因为调戏妇女,有的因为在公司、局里争交椅,都没有被选进厂革委会,而叶乔却轻而易举地得到了大多数选票,当选为革委会副主任。

叶乔并没有把这看成自己前程的终点,开始过起安闲地坐在办公室的日子。不过,他从未在人前透露过这种思想。表面上对自己的提升显得很知足、似乎是在全力以赴地做好一个新干部应干的一切。他照样勤恳地工作,召开老工人座谈会,动员厂里一些被打倒的干部亮相,核实外调材料,根据红极一时的"六厂两校"经验,落实各种人的政策。同时,他还抓厂里的生产,鼓励原来各车间的干部挺起腰杆来抓产品质量,抓总产量。每个星期四干部参加劳动,叶乔从不借故推托或不去。相反，他总是到任务最繁重的车间，毫无架子地同工人们一起干得满头大汗。他用这些行动铺筑自己上进的阶梯，换来了领导的信任和群众的好感。

"九一三"事件以后，市里对造反上台的新干部愈加重视了。局、公司两级都收到通知，要选派家庭出身好、群众反映好、本人表现好、又担任了一段时间领导工作的新党员新干部去参加学习班。叶乔成为首批参加这个学习班的人物。这个学习班设在锦江饭店，住的是高级房间，睡的是弹簧床，吃的是招待外宾的宴席，上下楼有电梯，严寒的冬天里有暖气，进出饭店有小面包车接送，对叶乔来说，这既是学习、又是享受，更是开眼界。想一想吧，这样的生活水平是全中国最高级的了，却只需付普通的会议伙食费。叶乔记得是那么清楚，小时候，他走过锦江饭店门口，停留的时间长一点，往里面穿梭不绝的小轿车多看几眼，就要遭到门卫的呵斥和干涉。而今天，他却可以昂首阔步地在里面随便行走，脚踏着厚地毯，观赏着鱼缸里的金鱼，出入琳琅满目的小卖部，这是多么巨大的变化啊！在这个学习班上，有一条纪律，学习期间，一律不准回家，也不许对外人泄漏学习内容。尤其特别的，是市里的马天水、徐景贤、王秀珍和几个常委，诸如王洪文的小兄弟，惯于投机倒把、负责小三线武器生产的戴立清，市民兵指挥部头头施尚英，工交口的负责人黄涛，工会头子叶昌明，户口硬从青海迁回、负责财贸口的黄金海，善于搞特务活动的祝家耀，经常扮演密探角色的缪文金，写作组的核心人物陈冀德等等，这些要人们每隔两三天就要到会参加学员们的讨论，倾听大家的发言。市委写作班子的头头，更是每会必到。他们基本上不说话，也不作指示，只是听发言，还往小本本上作一些记录。开初，叶乔也不明白是怎么回事，后来，这个聪明的年轻人终于看出了一些奥妙：头头们在观察和衡量他们，为他们安排美妙的前途。叶乔真有些心花怒放了，可是谁也没有看出他来。

果然，在短期的学业结束之后，每个参加者都升了官。绝大多数学员，都被分到各公司担任了二把手，这些二把手心头都很明白，要不了几年,他们就会成为名副其实的一把手。其中一部分学员,爬得更高些,都分到各区、县、局的要害部门,有的任三、四把手,有的负责组织工作,有的抓政宣,成了一帮实力派人物。更有极少几个出类拔萃的角色,被放到特殊的环境里进行深造。

叶乔就是这极少的几个拔尖人物之一。他在分配之前,市里一个常委单独同他谈了话,接着就送他到市郊五七干校去当了半年负责人,而后又被派到某局机关当一位特殊的联络员,最后调到市委当了某组办的头头。一步一步,他手中的权力越来越大,见识的场面越来越多,知道的内幕也越来越深了。

叶乔踏上了飞黄腾达的道路,却并不趾高气扬。这一点,特别得到头头们的赏识。他还像过去一样,见到厂里的工人、同事,总是和颜悦色,主动和人打招呼;没有特殊的事情,他坚持不坐轿车;对周围的同志或下级,他说话办事,都用与人商量的口吻,从不以势压人。他从来不会把自己内心的东西,表现在脸上。即使自己的地位显赫起来了,他也从来没在母亲、妹妹和弟弟面前提一句。在家人、邻居和他的老同学们眼里,叶乔还是和过去一样,没啥特别的地方。地位变了,人没有变,仍然保持着工人阶级的本色。符合"既当官、又当老百姓"那条最新最高指示。

但他的内心深处,却早已发生了变化。他以自己的敏感和机灵,逐步窥测和认识到了,他所依赖和借以发迹的势力,正图谋掌握中国的全部权力。而有了权力方能成为强者,指挥一切,调动一切,占有一切。有一件小事,给他的印象太深刻了。那是在学习班结束不久,他奉召参加一次会议,会后吃饭,同桌的有马天水、陈阿大等人,这使他受宠若惊。这顿饭,招待之周到,服务之殷勤,是叶乔从未见过的。送饮料的、递毛巾的,穿着笔挺的服务员们一个个笑容可掬。大圆桌上的宴席,豪华而精致,单是那第一道菜什锦大拼盘,做成孔雀开屏的图案,他不仅没有吃过,连见也不曾见过。他暗想,这道菜恐怕要值三五十元吧。酒醉饭饱之后,服务员送上杭州龙井茶,顺便上来清账收款,叶乔估计每人起码该摊个八块十块，谁知马天水脸不红筋不胀，从衣袋里掏出五角钱来放在圆桌上。陈阿大一见，随手摸出二角钱也放在桌子上，还高声叫道："马老高工资付五角，我低工资付二角足够了。各位依此类推吧！"

真是百闻不如一见，这一顿饭，对于刚刚靠近那个神秘的权力圈子的叶乔来说，实在是难忘的一课：就算在资本主义社会吧，那些大亨们宴客，恐怕也不会如此付款；而我们付一点象征性的代价，享受如此丰盛的筵席，凭什么呢？都是因为大权在握啊！叶乔联想到舒适雅致的宾馆卧室，席梦思床铺，棕红色的厚地毯，堪称艺术品的壁灯、吊灯、台灯，他连名字也叫不全的美酒，一桌桌数不清的山珍海味，什么扬州帮、苏锡帮、本地帮的特色菜肴，什么川味、京味、粤味的宴席，还有红房子法式西菜、俄式大菜、葡国鸡。至于其他的条件，坐飞机、小轿车，去庐山、北戴河避暑，处处出人头地，受人欢迎。所有那一切的一切，都是权力带来的。你当一个书呆子，每月工资再多，能享受这一切吗？当然不能！

对权力的迷醉，使叶乔从来不想把自己固定在某一个位置上。"好风凭借力，送我上青云"，他知道，他所依赖的势力如果不能取得成功，他将丧失已经获得的一切。因此，他总是勤奋地工作，毫不犹豫地扫除那些对他们的事业有损害的人物，心狠手辣地扫除那些阻碍他达到权力顶峰的种种障碍。

在叶乔看来，刘庆强就是这样的害群之马，就是一个障碍。这个流氓目光短浅，稍稍尝到一点甜头就胡作非为，造成那么恶劣的影响，简直是一条败坏首长们宏图大业的蛀虫！这类坏事的家伙，还是早些清除为好。正因为这个缘故，他一进医院，几乎是废寝忘食地搞调查研究，抓材料，竭力想捕捉刘庆强的种种犯罪事实，同时也好给他的工作组迅速地打开局面。

不料市委却来了这样一个批示，应当如何贯彻呢？

他不禁又拿起那批示来重看了一遍，目光落在最后一句话上："右倾复辟，是即将开展的运动的主攻方向。"这使他想起几天前在衡山宾馆开会时，虽然也讨论过试点工作组的任务，头头们却没有把主攻方向讲得如此明确。他那个任市委常委的顶头上司只是告诉他要下狠心搬掉前进路上的绊脚石，尽快做出成绩来，争取见报。叶乔判断，对于他们这些委以重任的人来说，头头们当时不会不交底的。现在明确提出了主攻方向，而且要千方百计地寻找炮弹……一定是北京的首长们有了新的指示。对，肯定是那么回事。刚才手上那张报纸的通栏标题，不也说明了这个问题嘛！他有点悔恨自己视野太窄了，刘庆强这种人当然是罪该万死的，但他毕竟不是当前最大的危险，最大的危险是公开地反对我们朝前迈进的那些人啊！他在心里对自己说，叶乔啊，叶乔！你应当懂得斗争的策略，才能成为真正的政治家！

这样想着，他的心情开朗了。他摸出钥匙打开抽屉，把市委的批示放了进去。忽然，一封信把他吸引住了，那正是叶勤昨天上午给他看的；后来忙于整刘庆强的材料，几乎忘掉了。他重新取出这封信来，偏着头，眯缝起眼睛，细细地读着，贪婪地读着，嘴角逐渐露出了深不可测的微笑。

"叮铃铃……"

电话铃响了。叶乔抓起话筒，目光仍然没有离开那信纸，挺随便地问道："谁呀？"

"是叶乔吗？我是惠芳啊。"耳机里送来一个姑娘娇滴滴的话声，随后又是几声轻浪的嗤笑。

叶乔顿时放下了信，眼前浮现出一张扁平的圆脸。他笑容满面地抓着话筒，声音轻柔甜蜜地说："是惠芳吗，你好，你好！"

"我搞到两张票，今晚上陪我看戏吧。嗳，就在市革会礼堂门口见面，七点钟。怎么样，工作有点棘手吧？"

"你又听说了？"叶乔低声问。

话筒里惠芳的声音压得很低，很神秘："嗳，告诉你，快改变方向，不要那么傻愣愣的了！不然，你可别想得到北京的调令啊！嘻嘻……"随后放下了电话。

这个惠芳，是市里一位头头给叶乔介绍的。相貌虽然比汪秀玲难看得多，可是，一年多来，她总是在紧要关头给叶乔一些宝贵的指示，指引他避开漩涡和险滩，顺顺当当地前进。刚才这个电话，使叶乔精神振奋，他迅速地把那封信又锁进了抽屉，站了起来，拉开办公室的门，大步走了出去。他边走边暗自思忖：事不宜迟，得赶快办，哼，刘庆强这家伙，太便宜他了。不能整掉他，我至少也要收服他，出出他的洋相！

十七

陆讷终于找到了机会，单独和袁征作了一次交谈。

那天高老师来看望袁征，谈起叶乔，这位病人骤然发病，陆讷就生了疑：莫非他了解叶乔的什么情况？几次想问，无奈病房里人太多，难以同他单独交谈。直到昨天上午，总算找到机会了，话题一说到叶乔，袁征嘴角就露出苦笑，压低嗓门说："小陆，你那位老师高医生，太天真了，善良人啊！在我看来，对叶乔应保持警惕，因为他很能迷惑人……"

有人来了，袁征顿时咳嗽起来。但他严峻的眼神，低沉的语调和嘴角边的那一缕苦笑深深地印在陆讷的脑子里。

陆讷有些不放心了。他担心叶勤会把她要去的那封信给她哥哥看，给北京的同学惹来麻烦，便趁午休时间，赶去找叶勤。后来，二人在高老师家弄堂口见了面，叶勤要他放心，而且很明显，高老师家出了什么事，叶勤忙着陪他们去医院。在这种情况下，陆讷也不好再追问。

但是，叶乔究竟为人如何呢？袁征没来得及细讲，陆讷心中仍是一团谜。正巧刘庆强有位独占了一间小病房的亲戚，昨天傍晚突然出院了，陆讷连忙把袁征安排进去。这既有利于病人治疗，也便于同他交谈。

小病房朝南，落地的钢窗外面还有一个小小的阳台，面对着医院花园左侧一个鸭蛋形的小湖。环湖围种着几棵柳树，光秃秃的枝丫在寒风中抖动。湖水已结冰，湖岸和花园里，到处铺盖着白雪。但是，小病房里并不感到寒冷。紧挨着能自动升降的病床，有一排银色的暖气片。手放上去，热烘烘的，散发着暖气，使得小小的病房里暖如阳春。

"这不会给你带来麻烦吧?"袁征感激地望着陆讷,轻声问。

"你安心养病吧,袁征同志。"陆讷亲切地俯身道,"这个病房,四周的景致还不错,也幽静。到了春天,院中的花开了,湖旁的柳树抽了芽,挺美的。"

袁征笑笑:"恐怕住不到春天,我就被赶出去了。"

"谁敢这么做?我不答应!"陆讷愤激地说,"这儿的病人,我有权安排。"

"小伙子,你把事情看得太简单了。"袁征叹了一口气,摇摇头说。

陆讷坦率地笑笑:"老袁,你也把问题看得太复杂了。作为你这样的病人,应该尽量争取安心休养,积极治疗。要知道,国家需要你们这样的老干部啊!"

说完,陆讷听到走廊里有护士叫他,急忙走了出去。

袁征自从被打倒之后,不是给人叫"叛徒、特务、老反革命、走资派",便是给一帮不了解实情的专政队员当牛鬼蛇神呵斥。多年来,他几乎与世隔绝,早已没有人喊过他"袁征同志""老袁"了,更没有人还敢尊称他是老干部。没想到,在这块地方,年轻的陆讷还这么叫他。袁征的心里一阵激动,这叫他认识到,人民是不会受愚弄的,经过这些年的"革命"和折腾,他们懂得,什么是该尊敬的,什么是该唾弃的。陆讷走后,袁征躺在床上,两眼愣愣地盯着天花板上的石膏图案花饰,几颗泪珠涌出了眼眶。泪水糊住了眼睛,天花板上的石膏图案花饰晃晃悠悠地,似要闪出光来,又像要崩裂下来。终于,那花饰隐退了,天花板上出现了"文化革命"初期那批斗会上的场景,会场上到处书写着"油炸袁征""砸烂袁征的狗头"之类的大幅标语。造反派的头目,在主席台话筒前宣布袁征反对毛主席的好学生"大鼻子"的种种罪行,戴着眼镜的张春桥,坐在主席台中央阴笑着。袁征被推了阴阳头,押在台前。这以后,他受尽了人间所有的罪:关进白昼都不见阳光的黑屋子,一住就是几个月；每当造反派头目来关押他的地方视察，他就被拖出去，让几个彪形大汉押着，强逼着跪在大门旁迎接。那些"革命造反派的战友们"，在他脑袋上放置下一个又一个炮仗，点燃引线，每当炮仗蹿向天空，"造反派的战友们"就一阵狂笑，而袁征却被震得耳聋目眩，肝胆欲裂，心跳加速……石膏图案花饰和泪光交织在一起，袁征的视觉中竟出现了金碧辉煌的宫殿、彩灯如画的大厅，啊，不是宫殿，不是大厅，那明明是海滩边五七干校的茅草棚。棚屋漏雨透风，海上一起浪，整个棚屋都跟着在啸啸的风声里摇晃。袁征在棚屋里冻得手脚发僵，皮肤开裂，咳嗽、吐血痰，但天一亮，他还得扛一把锹，去挖河泥，去站在冰凌满地的烂泥沟里挖笔直的红旗河、革命渠。好几次，他在冰天雪地里冻倒在沟渠里。有一次，他昏迷后苏醒，棚屋里站着一个五官端正、年轻英俊的干部，他说话温和平稳，还带着几分微笑和袁征说话。袁征体力恢复后向人打听，才知道这人是干校的新头头叶乔。

泪水溢出了眼眶，袁征的眼睛里又清晰地看到了雪白的天花板、石膏图案花饰。他伸手抹去泪，痉挛地苦笑了一下，又木然躺卧着。

当袁征看到陆讷重又来到病房的时候，他挣扎着要坐起来，陆讷连忙走近床边，扶他坐起来，给他背后垫了一只枕头。

"谢谢。"袁征喘着粗气说，"你也坐吧。小陆，你经常来看我，不怕人家背后议论你？"

"我是在履行自己的职责。"陆讷坦然一笑，"老袁，我还想问你一件事，叶乔这人究竟怎么样？"陆讷开门见山地把问题提出来了。

袁征抬起眼皮，向门那儿瞥了一眼，见门关着，才问："你了解叶乔，想干什么呢？"

"你不知道，他的妹妹是我的未婚妻，也是这儿的工宣队员。她对自己的哥哥很崇拜，认为他是非常值得尊重的。而我呢，你知道，有点不以为然，可我又提不出具有说服力的事实来。只是凭我的直觉感到，这些造反当官的新贵们，总不是什么好东西。"

"你的未婚妻,有这样一位哥哥,当然会感到骄傲了。"袁征语气沉闷地说。

"老袁,你千万别误会,我的未婚妻叶勤,很幼稚、很单纯。"陆讷摆着手解释道,"你不是也见过她吗!"

"就是那个到病房来找你的工宣队员?"袁征得到了肯定的答复,点了点头,哀叹了一声,"可悲也正在这里啊,善良人哪!"

听到袁征又像讲起高老师一样,感慨地重复着"善良人哪"这几个字,陆讷趁机问道:"老袁,你和叶乔是在什么时候打过交道的?"

"七二年。"袁征说话的声音,低得只有陆讷一个人听得见。他垂下了眼睑,双手搁在胸前,长舒了一口闷气。

陆讷探过身去,紧接着问:"那时候你在哪儿?"

"那时候,我被从严密关押的黑屋子里送到了干校。"袁征的声调喑哑而压抑,额头的皱纹全皱了起来,一字一句地说,"叶乔在那个干校当过半年头头。我在被关押的几年中,不见阳光,不和人接触,整天不是坐在板凳上,便是躺在铺板上,黑屋子小而潮湿,每天三顿饭,一碗菜,一缸子水,几年下来,我的身子全垮了。一到干校,也禁止同旁人接触,被逼着参加繁重的体力劳动,刮风下雨,烈日暴晒,不到三个月,我就病倒了。干校医生给开了病假条子,可监督我的人不许我休息,我问为什么,他粗暴地回答,是头头的指示。后来,好心的医生私底下告诉我,这个头头,就是新来的叶乔。不久,医生确诊我患了肝炎,打报告给叶乔,要求把我转到干校医院去。叶乔批复,叫把我这个肝炎病人独自隔离到一间小茅棚里去,不同意我住进干校医院。今天,我的病重到这个程度,就是他的'恩赐'。我心目中曾想象,这样心狠手毒的人,准是个粗暴野蛮的家伙。哪知道,后来我第一次见到他,才发现他竟是一个衣着朴实、彬彬有礼、说话温文尔雅的年轻人。别说他的妹妹、高医生要受他的蒙蔽,就连我们这些人,刚知道他就是干校头头时,也大大吃了一惊。他不像那些开口骂人、动手打人的草包,可以一下子把他的面目看得很清楚。"

袁征的话音十分低微，可在陆讷听来，却像隆隆的雷声那样震耳。是啊，叶乔到了医院，一点也不咄咄逼人，根本看不出他那葫芦里卖的是什么药。他究竟来干什么？陆讷马上联想到，像叶乔这样的人，难道会站在高老师一边说话吗？难道会没有他的政治目的吗？他开始意识到，袁征起先的担忧，不是没有理由的了。

不管怎么样吧，提防着他总没有错。首先，得提醒叶勤注意，千万不能把那封信给她哥哥看；其次，还得告诉高老师，别对叶乔寄托什么幻想；当然，还得想尽办法，保护好老袁同志……

陆讷正在沉思，门上笃笃敲了两下。他赶忙抓着套在脖子上的听诊器，门就被推开了，护士把散发着饭菜香味的餐车推了进来。他平淡地说了一句"有所好转，你还要好好休息"，便转身出了病房。

回到值班室，陆讷呆痴痴地坐在椅子上，镜片后面的眼睛，愣愣地盯着办公桌面上的墨水瓶，心头一团火，以一股不可压抑的力量喷射出来，烧灼着他的整个身心。不错，陆讷不像叶勤那样完全信任叶乔，在他看来，叶乔既是一个火箭式蹿上去的人物，就免不了有他们共同的特点。但是，他却从来没有把叶乔看得很坏。过去，叶勤邀请他去她家，也时常碰到叶乔，好几次还同桌吃饭。陆讷甚至觉得，叶乔无疑是个文质彬彬、出类拔萃的年轻人，和那些整日无所事事的庸碌之辈比较起来，和那些一门心思沉浸在创造小家庭乐园的同龄人比较起来，和那些陶醉于个人幸福和安乐之中的渺小者比较起来，叶乔还是个有所作为的年轻人。只是因为他们的兴趣爱好和政治观点各异，同他只保持着一种很有礼貌的关系。陆讷哪里会想到，袁征所介绍的叶乔竟是一个如此卑鄙、残忍的人物！好似被人在太阳穴上揍了一拳，陆讷感到有些不知所措了。

"陆医生，吃饭去吧！"坐在屋角落药柜那儿一个五十来岁的女医生，双手撑着办公桌面站起来，随手拿起白毛巾布碗袋，走到陆讷桌前轻声说。

陆讷回过神来，淡淡一笑说："噢，早去了要排队，我还是晚一点去。"

女医生并不走开，她俯身压低了嗓门说："刚才你不在，叶勤来找过你。"

"有事吗？"陆讷正想找叶勤，坐直了身子问。

"不知道。"女医生说，"我问她，说没什么大事，今天接受了一个外调任务，到市郊去了，让你别找她。"

"谢谢。"

女医生仍不走，她左右瞅了瞅，没啥外人，干脆把白毛巾碗袋往桌上一搁，两手撑在办公桌角上，脸上挂着担忧之色，急匆匆地用只有陆讷听得见的低声说："陆医生，你要注意啊！"

陆讷心里一惊，忙问："怎么了？"

"你常去病人袁征那儿，已经有人汇报了。据可靠消息，有人要整你的材料。"女医生像被火烫了一般，眼角瞥见门口人影一闪，便站直身子，放大声音说，"走吧，快到食堂吃饭去，去晚了，糖醋排骨卖光了！"

女医生出门走了。她透露的消息，使陆讷既愤怒，又想大笑，笑那些专靠整人过活的家伙，竟然异想天开，要来整他这么个在新中国成长起来的年轻医生。要晓得，他身上并无什么辫子，家庭也没什么污点，社会关系清白，本人历史更如同一张白纸。至于他在医院里的工作和群众关系，是没二话讲的。他们有什么材料可以搜集的？可陆讷毕竟笑不出来。他知道，当上面的人想要整你材料的时候，那么材料自然会一份一份整出来。捕风捉影，一鳞半爪，断章取义，无中生有，上纲上线……办法多着呢！难道这些年间看得还少了吗？成千上万的人，不正因为明白这一点，面对许多一眼就能看透的丑恶行径，而把心里话留在肚子里，回到家里关紧窗户才说吗！想到这里，陆讷笑不出来了！

眨眼之间，许许多多念头纷拥而至。上面要整自己，是因为有人向领导作了汇报？还是领导层中本身有这个企图？这跟叶乔有没有关系呢？叶乔是那样一个家伙，将来怎么和他相处？在叶勤面前，怎样提起叶乔的为人？……陆讷的右手支着太阳穴，又陷入了深沉的思索之中。

"哎唷，陆医生，你还没去打饭啊！"同一值班室的女医生端了一碗饭、一盘糖醋排骨走了进来，看见陆讷仍然呆坐在椅子里，惊讶地叫道，"快别胡思乱想了，打饭去吧，现在食堂吃饭的人不多。"

"嗳。"陆讷答应一声，苦笑了一下，打开抽屉，拿出自己的白毛巾碗袋，走出了值班室。

陆讷出了楼房，还没走进食堂，迎头看见叶铭匆匆地从前面的甬道上走来，他东张西望的，像在寻找什么，从他的神色看，显然还没发现自己。陆讷心里疑惑地想，叶铭到医院来干什么？是来找叶勤，还是找叶乔？

他站定下来，待叶铭走近了，笑着招呼："叶铭，你找谁呀？"

叶铭的脸上洋溢着明朗欢畅的笑容，和昨天郁闷不悦的神态判若两人，他看清迎头招呼他的是陆讷，快步走了过来，轻声叫道："陆哥，你好！"

"你吃饭没有？"

"吃了。陆哥，我哥哥的办公室在哪儿？你知道吗？"

"你哥哥找你？"陆讷怔了一怔。

"姐姐回家来吃午饭，跟我说，哥哥有事找我，叫我到医院来一趟。"

"他找你有什么事？"

"只说要和我谈话，告诉一件与我有关的重要事情。"叶铭笑着说，"我也猜不出来。嗳，姐姐到市郊五七干校去外调，你知道了吗？"

陆讷点了点头，心中暗忖道，叶勤为啥突然到五七干校去外调呢？这件事，从没听她提起过呀！对了，袁征同志不就是高老师从五七干校带回医院安置的吗，陆讷隐隐感觉到些不安。但见叶铭正探询般望着自己,便不露声色地转过身来,指点着叶乔的办公室说:"看,叶乔的办公室,就在那边,从左往右数第四个窗户。"

"噢,好认得很。谢谢你,陆哥!有空到我家去玩。"说着,叶铭甩动着双臂,轻松自在地向叶乔的办公室走去。

陆讷没有马上走进食堂去,他停立在道边上,望着叶铭的背影渐渐远去,心头感慨地说:嗨,一家三兄妹,脾气、性格多不一样啊!奇怪,整日忙得家也不想回的叶乔,把自己的弟弟叫到医院来,有什么事可谈呢?

十八

这天一早,经过一夜深思熟虑的叶乔,双脚刚刚迈进办公室,就对工作组一位同志说:

"把刘庆强给我叫来!"

一刻钟后,矮壮粗实的刘庆强走了进来,他若无其事地向叶乔点了点头,露齿笑着说:"叶老兄,是你找我吗?"

"找你!"叶乔严峻地答道。既不招呼刘庆强坐,也不忙着问他什么话,只是怒目注视着他。叶乔完全懂得自己犀利的目光具有的威力。往往,他只要一用这样的目光盯着人瞧,对方就会失却常态。

工作组那位传话的同志,见叶乔这副神态,估计到要对刘庆强开刀了。他慢吞吞地用钥匙打开抽屉,拿出刘庆强的卷宗材料,放在桌角上,便退了出去。

刘庆强从在高艳茹家碰到叶勤以后,已经预感到事情要露馅。回到医院,赶紧布置各系科自己的几个小兄弟,把通过他的关系开后门住院的亲戚、朋友,一夜之间统统搬走了。他知道,自己和高艳茹的事情,一旦被叶勤晓得,那就很快会被叶乔了解得一清二楚。他不但明白自己和叶乔是怎样的关系,而且也深知叶乔是个真正厉害的角色,讲才干、论谋略、道手段、弄权术,自己都不是他的对手。当初,他们俩同在跨行业的造反队里共事的时候,刘庆强就认识到这一点了。也正因为这,他才趁着自己大权在握,狠狠整了叶乔一下,趁混乱指使人打了他一顿,把他逼出了造反兵团总部联络站;后来,在"吐故纳新"发展新党员时,还给了他一双小鞋穿。谁料到,这一切都没能阻碍叶乔的发展,他以一种令刘庆强吃惊的速度,爬到更高的地位上去了。也算冤家路窄吧,偏偏叶乔又成了他的顶头上司。

刘庆强早已划算过了,既是钉头碰铁头,避也避不开,那就横竖横,看你叶乔能把我整到什么地步。老实讲,我和高艳茹的事情,大不了是生活问题,给你拎得高一些,就算是品质问题吧。据我刘庆强所见所闻,"生活问题"、"道德品质问题"是无关痛痒的,只要站对了路线,既丢不了官职,也掉不了党票,至多调个单位,照样当官过日子。

这样一想,刘庆强除了恼怒高艳茹一家之外,倒也无所畏惧了。叶乔找他,是意料中的事,因此他稍整衣冠,就到了叶乔跟前。也不顾对方怒目相视,便朝一张椅子上坐去。

叶乔见刘庆强旁若无人的强硬态度,一股无名火直冲脑门,不待他的屁股沾着椅子,便冷冷说道:"你干的好事!"

刘庆强不防叶乔来这么一句,他挤挤眼睛,直起腰来,往办公桌前走了两步,装作啥也不知地说:"什么事啊,叶老兄,你那么气势汹汹的!"

"还装蒜!"叶乔凛然盯住刘庆强道,"你真把我当酥桃子,以为我是吃素的,对吗?实话对你说,这几年来,像你这种人,我手上处理过不是一个两个了!"

刘庆强眨巴着眼皮问:"你说的究竟是什么事啊?"

"我问你,你和高艳茹是什么关系?"

刘庆强嘿嘿一笑,故作镇定地说:

"叶老兄,何必呢!我知道你要说什么事。捅开窗户说亮话吧,高艳茹是自己送上门来的,我也没结婚,乘兴玩玩。你自己也知道,这类事,在我们小兄弟中间多着哪!哪个人不是当了官,把原先的女朋友扔了,另外挑更合适的呀!只不过,我不知道高艳茹是你弟弟的女朋友。你要抓住这一点公报私仇、打击报复,我只有伸出脖子挨刀啰!"

"哼!"叶乔听刘庆强说得这么轻巧,一副厚颜无耻的嘴脸,便想,这么样一件逼奸案子,刘庆强竟看得如同喝瓶冰镇汽水那么简单,可见这个"贼坏"是"老吃老做"了。不花点力气,是收服不了这家伙的。看起来,我得改变进攻方向,打他个措手不及。这么思忖着,叶乔眼里闪出鄙视的光芒:"你刘庆强以为,我叶乔找你来,仅仅是因为高艳茹的事情吗?唉?"

"那……那那那你还有什么事?"刘庆强被叶乔一声喝问打乱了阵脚,讷讷地招架道,"有事,你、你说嘛!"

叶乔一眼看透了刘庆强的伎俩,他的全部防守力量,都放在高艳茹这件事上,对其他的许多事儿,他还毫无思想准备呢。叶乔当即决定,必须攻其不备,直捅他的要害!

"嘀嘀,如果光是高艳茹这件事,我叶乔何必费神,随便哪一个,一张大字报,就能叫你声名狼藉。"叶乔轻描淡写地把高艳茹这事放过,加重了语气道,"你也许还记得,夜间值班护士两次被奸污的事件吧?连我们这些当初不在医院的人,也早就风闻啦!丑得很哪!可见这两件事,在市内都还有些影响,民愤很大呢!"

刘庆强的脸色倏地变了,一双粗野的眼睛,闪出了不安的光。他勉强答道:

"这两件事情,当初影响很坏。但我已经组织了人力,列为专案,查了好久……"

"在你的领导下,怎么可能查得出来呢?"叶乔嘲讽地冷笑着,"参加调查的同志,恐怕并不知道阁下的历史吧。"

"你,你这是什么意思?"

"意思再明白也没有了,如果调查的同志,知道你刘庆强早在文化革命以前,就犯过这种罪,那么……"

"你不要诬蔑我!"刘庆强气得脸色发白,怒冲冲地叫道,"乱栽诬人,我要你的好看!"

"怎么,想动拳头吗?老实告诉你,需要你动拳头猛冲乱打的时期早就过去了!"叶乔像欣赏困兽似的瞅着刘庆强,一字一句地道,"不必虚张声势了。早几年,你冲击档案室,抢出你的档案材料,说那是走资派整造反派的黑材料,烧毁了。你以为这样一来,就没有人知道你刘庆强犯过强奸罪，受过处分吗？"

"你这是和走资派一个腔调！"刘庆强愤愤地叫喊起来。

"别急，我这儿还有新的证据！"叶乔鄙夷地瞅着对方，从卷宗里抽出几张写满了字的信笺纸，举起来说，"第二个被你强奸的护士，亲笔揭发，你要看看吗？还有一份份旁证材料，是不是需要我向你宣读？哎，你说话呀！"

"哈哈哈！"刘庆强昂首一阵大笑，手摇晃着，指着叶乔，说，"人都说你叶乔本事大，原来，你叶乔的本事就是搜罗人的风流艳事来当罪证啊！实话告诉你，叶老兄，你把材料甩出去吧，我不怕！这些事说到底，也就是作风问题。我刘庆强是个大老粗，在打走资派时，也懂得要抓政治上的大是大非问题呢！"

"别得意，刘庆强！"叶乔忿忿地说，"你不以为然，我可把它看作是重大的政治问题！你这是破坏文化大革命赢来的大好形势，是给新干部脸上抹黑！而这，正是那些重新上台的老家伙们千方百计搜集的炮弹，难道这问题还小吗！何况，你在光天化日之下，竟明目张胆地强奸值班护士，这已经不是什么生活作风问题，而是地地道道的刑事犯罪！"

刘庆强的气焰一下子熄灭了，眼皮无力地垂了下去，宽宽的双肩也缩做了一团。

"给我站好！"叶乔把脸一沉，手在办公桌上轻轻地拍了一掌，声色俱厉地道，"刘庆强，我这儿有领导的批示，单凭你这一桩罪行，根据受害者写的揭发、控告材料，我以院方名义附一条意见，你也够格进监狱过年了！"

刘庆强浑身一震，握紧的双拳无力地松弛开了，头也无力地垂了下去。

"为什么不说话？"叶乔振振有词地喝问道。他明白，不到一个回合，刘庆强已被自己击败。眼前，自己完全占了上风，可以一步一步地来收拾这条癞皮狗了："你不是一向都神气活现的吗？今天你这是怎么了？"

刘庆强硬了硬头皮，乞怜地咕哝着："造反的时候，我为新生的红色政权冲锋陷阵，立过功，受过奖。请看在老造反的面子上，放我一马……"

"无耻！"叶乔怒形于色地打断了刘庆强的话，"你还有脸说冲锋陷阵。呸，骗骗别人可以，想骗我吗，办不到！你借造反之机，大搞打、砸、抢，毁坏了多少公物？你打伤过多少人？你吞了多少抄家物资？挪用了多少公款？我问你，你家是怎么住进资本家的花园洋房中去的？郑大康家抄出来的现款中，为什么短少了两千块钱？抄家收据上开列的物品，为什么比实物少了许多？你还有脸说立功受奖！混账！"

"那……春桥接见过我，还拍着我的肩膀和我握过手！"刘庆强突地抬起头，态度强硬地说，"他还亲口称赞过我！"

叶乔愣了愣。这情况，是他没有掌握的。当年，由于自己所处的地位，还不可能有这样的荣誉。该怎么回击刘庆强呢？叶乔眉头一皱眼波一闪，当即找到了措词：

"当年春桥接见过你，可他要是听说你今天胡作非为犯的罪，会气得破口大骂！"

刘庆强眨了眨眼睛，答不出话来。

叶乔接着说："刚才我所讲的，仅仅是你所犯罪行的十分之一，至于其他的罪行，我看，就由你本人来说，更为妥当些。"

"我……"刘庆强往后退了一步，平时那傲慢的神态早已消失殆尽。他歪着青菜色的脸盘，张了张嘴，费劲地说："我还有什么错呀？我实在想不出来了。"

叶乔霍地一下站起来，冷若冰霜地斥责道："不要继续装蒜了！刘庆强，抬起你的头来，看看这儿！"

叶乔的左手食指朝下，指着卷宗里砖样厚的一大叠材料，继续道："还要我一份一念给你听吗？"

刘庆强呆滞失神的目光，顺着叶乔手指的方向望去，心不由得紧紧一缩，好家伙，才几天工夫就搜集了这么多材料呀！连强奸护士的事情都被他弄清楚了,其他材料还不容易?一阵恐惧袭上了身,这么寒冷的天,刘庆强额角上竟沁出了几颗汗珠。他强自镇定着,暗暗地咬了咬牙,咧开嘴干笑着,嗓音喑哑地说:

"叶老兄,我的脑子你又不是不知道,做过的事,从来都记不住。你就……"

"还要我提醒你吗?"叶乔操着明显的讽诮语调说,"那么好吧,既然你想试试我的调查能力,我还可以给你点几处。"叶乔重又坐下来,翻开卷宗,随便拿起一份材料,看也不看,在手里掂了掂说,"不算你吞吃几千块抄家现金的账,单粗略地算计一下,你借种种名目贪污挪用医院的公款,也有三千多元。还有,你擅自往家拿的珍贵药品,合计也上千元。光这两项,也够你吃几年官司了!"

"好了好了,别用这些来吓人了!"刘庆强听说是这种事,不屑地噘起嘴说,"你叶老兄又不是不知道,我们这种造反当官的,谁不捞点抄家物资,谁不化公为私占点便宜。一道杀出来的小兄弟、小姐妹,谁不知道市委书记王秀珍手腕上的高级进口表是十三厂资本家张老板的?算了吧,叶老兄,别拿这些鸡毛蒜皮的事情吓唬我了。我刘庆强承认你比我高明,承认你搜集的材料都是真凭实据,甘拜下风,叫你一声老阿哥,以后听凭你指挥,总好了吧!"

"放肆!"叶乔一直在全神贯注地对付刘庆强,想用步步为营、稳扎稳打的方式,把刘庆强的皮一张张剥下来,最后逼使他就范。但他总有些担忧,生怕这家伙犯起流氓性子,什么都不买账,甩手就走。到那个时候,上面不让他整刘庆强,他自己又和刘庆强闹翻了,戴志光再把市委的意思给刘庆强一透露,刘庆强心头有了底,腰杆硬了,医院党委和工作组唱开了对台戏,他叶乔就被动了。所以,说话间,他一直在寻找刘庆强致命的弱点,窥探他最怕捅的伤疤,以便尽快完满地制服这家伙。听刘庆强说到这儿,叶乔顿时拿到了把柄,认为可以发动最厉害的一击了。他恼怒地把脸一板,怒喝一声:"我马上可以给你加一条重罪,恶毒攻击坚定的革命左派、我们造反派的光荣、中共中央委员王秀珍。我什么材料也不用送了,马上打只电话给秀珍阿姐,把你的污蔑告诉她,你等着吧!"说着,叶乔抓起电话就拨号。

"嘭"一声,叶乔屋里没关严的一扇气窗,被室外怒吼着的狂风吹开了,一股冷风直往屋里灌来。

自以为强硬的刘庆强做梦也没有想到这一着,他吓得呆若木鸡,看清叶乔迅速地拨着电话号码,他再也来不及思忖回话了,脸上唰一下变得煞白,伸出双手,几步扑到办公桌前,哀声叫道:"叶老兄,叶乔同志,叶乔,你……你千万别打电话,千万不要打,我求求你,别打……别……打……"

叶乔垂着眼睑,瞅也不瞅刘庆强,照旧煞有介事地拨着电话号码。眼看叶乔已经拨到第五个号码了,刘庆强惊慌恐惧,不顾一切地扑上桌面,伸手按住了电话,哭丧着脸叫道:"叶老兄……"

"你想干什么?"叶乔握着话筒厉声问。

刘庆强在叶乔灼灼的目光下完全被击溃了,"扑通"一声跪在叶乔跟前,一把眼泪一把鼻涕地哭诉着:"叶老兄,兄弟我在这儿给你下跪了!务必请你高抬贵手……兄弟我一辈子……"

叶乔的脸板得铁紧,哼了一声:"你以为这样就能过关了吗?呸,政治可不是演戏,刘贼坏!你把一切都看成赌博,在我这儿,可赌不成!我不能放你过关!"

刘庆强联想到过去对叶乔耍的手段,自己玷污的又是叶铭的对象,更加心慌意乱,他求饶的声音也发抖了:

"叶老兄……兄弟我……我我我罪该万死,死了喂狗,狗还嫌臭。叶老兄,兄弟我……今后再不敢了,求求你宽宏大量,放……放我一马。从今往后,我刘庆强对老阿哥忠心耿耿,甘当下属,赴汤蹈火,只要老阿哥一句话,头上落刀子我也敢往前冲。求……求求你……"

叶乔看着刘庆强语无伦次地告着饶,瞅着他那副又下跪又磕头的愚蠢相,忍不住暗暗好笑。同时心头轻松地吁了一口气。这条癞皮狗,总算被他收服了!他离开椅子站起来,放缓了口气道:

"实话对你说吧,桌子上这叠材料,只要我原封不动地往公检法一送,根本不需要给公检法的老朋友打招呼,足够判你个无期徒刑。"

刘庆强耳朵里轰轰地直响,浑身不寒而栗,他连连点头,一迭连声地说:"嗳嗳嗳,我知道。叶老兄,千万求求你,放我过这一关呀……"

"站起来好好说吧!"叶乔考虑到如果这时闯进外人来,看见刘庆强下跪,会产生于己不利的印象,便矜持地说。

刘庆强泪流满面,仍不敢站起来,只是仰着脸,伸出双手叫花子一样哀求:"叶老兄,兄弟我……"

叶乔觉得已经把这家伙耍够了,要不给他交底,谅他也不敢站起来。他站上一把椅子,把被风吹开的气窗重重地关上;然后又走到门边,把门落了锁,确信外人不会闯进来了,他这才站定下来,盯着刘庆强的脸看了一阵,想到这小子当年派一帮小兄弟、打手揍了自己一顿,在关键的"吐故纳新"时,又让自己穿小鞋,他真想跑过去,狠狠地踹他几脚才解恨。不过,他没这么做,他只是背着双手,在屋里来回踱了几步,脸上露出自得而又炫耀的神色,教训地说:

"刘庆强,你这个小子,你说说,我们蓬勃发展的事业中,尽出你这样的败类,还会有望吗?看你造反初期立过功,把你摆在重要的领导岗位上,可你……你小子尽干了些什么?你以为自己坐稳了官位,就可以腐化堕落,尽情享受了吗?呸!还早得很哪!你不睁眼看看,路线斗争多么尖锐、复杂,简直到了白炽化的程度。去年整顿,我们从中央到地方受到多大的挫折、七、八、九三个月,对中央首长的谣言四起,气势多么凶猛。无产阶级文化大革命的胜利果实,都快要被人家摘去了。我们哪一个不心急如焚,可你,你……唉,要不是因为我们的首长一再指示,要爱护造反派老战士,而现在,又迫切需要大家团结起来,我真要狠狠地处理你!"

叶乔口若悬河,滔滔不绝地训斥了刘庆强一顿。面对叶乔劈头盖脸的怒骂，刘庆强一句话也不敢回，只是诺诺连声，做出副认罪的样子，听到最后几句，他觉得事情不像原来那么可怕了，还有些挽救的可能，忙屈膝爬行了几步，双手抱拳过头，再次求告道："叶乔，老阿哥，实在是我这人太不争气，还望你老阿哥多多……"

"你以为我像你那么无情无义吗？"叶乔的脸上浮现出一丝胜利者的微笑，缓缓地说，"对一道冲杀出来的老朋友，你也下得了手，把人整得不轻呀……"

"哎呀呀，老阿哥，我现在是追悔莫及啰！"刘庆强连忙认错，"想当初，我是年轻气盛，还很幼稚，望老阿哥多多包涵啊！"

"唉，"叶乔重重地叹了一口气，舒展开眉毛，做出一副宽宏大量的高姿态，摇了摇头说，"我这个人是重交情的，想来想去，我们都是一条战壕的战友，哪能因你过去一点不是，就狠狠往死里整呢。即使你罪行不轻，多少也得拉你一把嘛！痛打落水狗这样的话，只能对待'走资派'嘛！"

叶乔说着，重又把卷宗锁进了抽屉。刘庆强这才渐渐抬起头来，脸上的表情也从惧怕不安逐渐转为惊喜异常了。他扬起眉毛，感激不尽地张着嘴，抑制不住自己内心的狂喜，仿佛有一道强烈的灯光照到他身上，整个脸面兴奋得发亮了。他深受感动地叫道："叶老兄，你真是……"

"算了算了，"叶乔持重地摆了摆手，"快站起来吧，给人家看见，堂堂的党委书记跪在地上，成什么体统？"

刘庆强双膝一用劲，站了起来，但还弯曲着腰，试探地问："那么，老阿哥，我那些事……"

"错误是严重的。当然啰，我会在领导面前，帮你老弟说点话的。"

"感激感激，万分感激。"刘庆强的心里逐步有了底，进一步探问道，"那些材料，老阿哥准备……"

"看你今后的表现，再决定是上送还是销毁。"叶乔表情冷淡地说，"作为你，目前应该考虑的，不是这些材料，而是怎么样将功赎罪，好好地把医院的运动抓好！"

"是这样，是这样，兄弟心里有数，有数！"

"我们工作组进驻医院的主攻方向，你知道吗？"

"这个嘛，"刘庆强转了转眼珠，说，"瞧目前的风向，总应该找着老家伙开刀啰！不是说，去年的七、八、九三个月，是右倾复辟吗？"

叶乔瞅了刘庆强一眼，内心深处暗暗惊讶这个家伙消息灵通，怪不得市委的头头还不想一脚踢掉他呢。叶乔像重新认识刘庆强似的，点了点头，向他招了招手：

"这么看来，你还没有玩昏了头，还有那么点政治嗅觉。不过，这次要整的老家伙可不是一般的，高得很哪。我们得找着直往上打的炮弹。这里的情况还是你熟，你好好想想，有没有这方面的线索？"

刘庆强眯缝着眼睛，歪着头想了一阵，一拍大腿说："咳！踏破铁鞋无觅处，得来全不费工夫！反动权威高浩天不就是现成的货嘛！"

叶乔一听说有了门道，心里虽说高兴，但还是不紧不慢地道："那你说说，这是怎么回事？"

"你知道高浩天怎么解放的吗？"还不等叶乔接嘴，他又道，"老家伙是国际国内有影响的医学专家，阿拉一直不解放他，国务院的头头知道了，硬逼着我们限期把他解放了。老家伙一解放，就嚣张起来，还把老走资派袁征弄进高干病房养起来，你说这不是复辟是什么？"

"当然是复辟！那么，下一步呢？"

"这还不简单！把老家伙父女斗一顿，逼他们承认是复辟的急先锋。这样不就一个石头打三只鸟了嘛。"

"你想得还不简单哪。"

刘庆强受宠若惊，偷偷瞥了叶乔一眼，见对方很赏识他，他愈加心安了，拉过那张原先想坐而未坐成的椅子，在办公桌边坐下了。

叶乔非常清楚,这个流氓所说的一个石头打三只鸟,就是,一是提供了炮弹,打了大目标;二是可借此让他弟弟甩开高艳茹;三是使他刘庆强脱了爪子。叶乔心里暗暗地嘀咕:想不到这个流氓还有这么一手呢!他第一次露出笑脸,用手指指桌前的椅子,让刘庆强坐近些,于是两个人隔着办公桌角,相对而坐,开始细细地商量起在医院开展运动的部署来。先是刘庆强谈了自己的想法,叶乔听完之后,思忖了片刻,压低了嗓门,轻声低语地说出了他的主意。

"好,好啊,实在是高明!"还没听叶乔讲完,刘庆强就拍案叫绝道,"叶老兄,真有你的。这么一来,我们这家医院,在一九七六年,准会成为全市的典型。"

叶乔看着刘庆强完全活跃起来的言语神态,无声地一笑,说:"这么干,你觉得全院的群众会有什么反应。我提到的这两个人,在群众中的威信大不大?"

"管它什么威信不威信,你把这统统交给我来办好了!保证搞得轰轰烈烈,热热闹闹!"刘庆强大言不惭地说到这儿,想到了什么,顿然收住口,往叶乔脸前凑凑说,"嗳,我倒忘了,那个高艳茹,不是你弟弟插队时的朋友吗?我发现,叶铭还在追她呢,这问题怎么办?还有,陆讷和叶勤,不是快结婚了吗?你也得考虑考虑呀!"

"你只管放手干,干好了,医院的牌子响开了,你也就将功赎罪,坐稳了交椅。看这飞速发展的形势,还可能提升你。至于叶勤和叶铭嘛,"叶乔拖长了声音,沉吟着说,"由我来和他们谈吧!当然,这两件事情,都是很棘手的,但是为了大局嘛!我相信,还是能说服他们两个的。你还有什么好主意吗?"

"你当哥哥的,都能下这么大决心,我也无啥顾虑了!"刘庆强皱了皱眉头,伸出食指道,"原来我就打过这个主意,说出来你看看,行不行……"

说着,刘庆强站起身子,把大嘴凑到叶乔耳边,叽叽咕咕说了几句。

"你妹妹?"叶乔反问一声,双眼盯住刘庆强的嘴脸,像要从那脸上看出他诡谲的心机。

"嘿嘿嘿,"刘庆强诡笑着点点头,"我看有把握……"

叶乔思索片刻,轻轻地一拍桌面,断然道:"行!叶铭的事,我们就这么办!"

门外有脚步声响过来,他们不约而同地停住了嘴。屋里一下子变得静寂无声,仿佛没一个人似的。

十九

雪夜，在南京路点心店吃完小笼包子、牛肉汤，送艳茹到长乐路，叶铭再步行回家，已是半夜近十二点了。天气冷、又好睡，一觉醒来，才发现误了看电影《创业》的时间。他慌忙赶到电影院，服务员领着他在黑漆漆的池座里找到自己的座位，刚刚坐稳，身旁便传来一声笑语："嘿嘿，我还以为你不来了呢！"

叶铭听清是刘小扣的声音，抱歉地笑笑说："睡过头了，连早饭也没吃。"

这时，惊天动地一声呐喊："解放啦——"叶铭被吸引住了，把目光移到银幕上。突然，他觉得手里触着一个纸包，发现刘小扣塞给他一包"开口笑"，还轻柔地低语着：

"没吃早饭，你边看边吃吧。"

叶铭想推辞，刘小扣一只手紧紧地压着纸包，用命令的口气说："快吃！"

叶铭不便再拒绝，只好打开纸包吃起来。

叶铭有许多年没看过像《创业》这样的彩色故事片了，影片的人物和情节使他深深感动，尽管没看到开头，他还是很满足，直到电影散场，还沉浸在创业庄人们的奋战生活中。

"走吧，电影散场了，看你那副呆相。"刘小扣站在他身旁，笑微微地说。

沿着狭窄的弄堂走到马路上，叶铭才看到刘小扣今天打扮得特别漂亮。乌黑浓密的游泳头梳得很别致。缎子棉袄外那件玄色的中西式罩衫，还绣了几朵用金银丝线勾勒出来的小花，五香豆凸边的牛皮高帮鞋，擦得铮光锃亮，条纹明显的厚花呢裤子也是上等料子，没一丝褶皱，引得路人不时注目看她。

叶铭说："看你穿着这一身……"

"今天我休息。"刘小扣嫣然一笑，把头往边上一偏："陪我去逛逛南京路，扯几段布，买两个枕片，好吗？"

叶铭摇了摇头。昨天晚上同艳茹的和解占据着他的心，他根本无意陪别的姑娘去逛马路。他摆了摆手，尽可能委婉地说：

"对不起，我回家去，还有点事……"

刘小扣两片嘴唇不悦地噘了起来：

"你报了到，还没开学，有什么大事啊？"

这倒叫叶铭为难了，他苦笑了一下，只得搪塞着进一步解释："回家好几天了，几个老知青……"

"那么，今天晚上到我家来玩，好么？"刘小扣的脸上重又浮出了一层红光，目不转睛地瞅着叶铭。

叶铭迟疑地问："有什么事吗？"

"你这个人真怪！"刘小扣讪笑着说，"多年的老同学谈谈分别后的情况嘛，偏要有什么事吗？"

"这个嘛……"

"噢哟，不要搭架子了！"刘小扣一挥手说，"就这么定下了，我在家里等你。下午我给其他几个老同学打打电话，看他们能不能一齐来聚聚。"

"好吧。"话已说到这儿，叶铭只得答应了。

回到家里，还不到午饭时间，姐姐叶勤却已坐在桌边了。一问，才知道叶勤忙着要去市郊五七干校外调。妈妈端上饭菜时，嘴里在唠叨着："不是开会，就是讨论，再不就是内查外调。哪里来这么多的坏人呀，老是肃不清。家里总也吃不上太平饭。真是……"叶勤打断了妈妈的话，拿着筷子说："小铭，你也一起来吃吧，吃了饭，到医院工作组办公室去，哥哥要和你讲一件事情。"

"什么事情？"叶铭坐了下来，好奇地问。

叶勤瞅了瞅弟弟，谨慎地说："是私事，但很重要。"

"那你为什么不能告诉我呢?"

"让哥哥给你说,更加好一些。"

"真有点像捉迷藏了。"叶铭不解地睁大了眼睛,"我又不是三岁小孩子,有什么话你不可以说的。"

"好了好了,不要不满意了,当哥哥姐姐的,还能害你吗?"叶勤笑着,息事宁人地说,"还不都是为了你好!快吃饭吧,吃了饭就到医院去,哥哥只有午饭时有空。"

李文娟端齐饭菜,母子三人一同吃着饭。叶勤边嚼边关心地问:"小铭,昨晚和艳茹谈得好吗?"

叶铭注意到妈妈停了筷,目光扫到自己脸上,他快速地扒了两口饭,点了点头。

"唉,艳茹瘦多了。"叶勤怀着深切的同情,叹了一口气说,"谈下来,你觉得她怎么样?"

"还像过去那样。"叶铭搁下碗筷,眼望着窗外青灰色的天空,满含着深情说,"她是瘦多了,不过我觉得,我们还能像过去一样,和好如初,开始新的生活。"

叶勤欣慰地点了点头,嘴角上露出了一丝笑意:"小铭,一个人要懂得谅解对方,那是很不易做到的。你可要好好地待艳茹,她太美,太善良了……"

姐姐称道艳茹,使叶铭不由自主地脸红到了耳根。叶勤开心地笑道:"瞧小铭的脸啊,妈妈!他刚才还在说自己不是三岁小孩子呢,现在脸却红得像苹果。"

李文娟放声哈哈笑了。

笑过之后,叶勤又问:"小铭,你真的很爱艳茹吗?"

叶铭慌乱地点了点头,觉得姐姐的问话有些唐突。叶勤也没注意弟弟疑惑地望着自己,只顾往下说:"你能保证,不论遇到什么意外的事,都始终不渝地对艳茹好吗?"

"那当然啰!"叶铭答道,"姐姐,你怎么尽扯到艳茹呢?"

"我关心她嘛,她不是我未来的弟媳吗?哈哈!"

李文娟笑眯眯地点着头说:"小铭,在这件事上,你可不能学你那个哥哥,要像陆讷对你姐姐一样……"

"妈……"叶勤叫起来了。

"怎么,就兴你讲小铭,不兴我讲你们呀!"李文娟嗔视了叶勤一眼,自己也憋不住笑了,遂又转对叶铭道,"对了,哥哥又有好几天没回家了,你去医院见着他,就说我让他回家来一次,有话问他。记着。"

叶勤蹙着眉头说:"妈,哥哥在医院忙得吃饭睡觉也没时间,你又要……"

"谁知他瞎忙个啥哟。"李文娟带着点气说,"汪秀玲又来过了。你哥哥和她说的话,对不上榫,我让秀玲今晚再来,叫他们俩当着我的面,把话说清楚。"

叶勤和叶铭都知道,妈妈最关心的就是大哥叶乔的婚事。过去,李文娟很少在叶勤和叶铭面前讲过叶乔的不是。可自叶乔和汪秀玲不好以来,李文娟一提大儿子就有气。眼下看着妈妈不悦的脸色,叶铭答应说:"我把话对哥哥说就是了,叫他今晚务必回家来。"

李文娟点点头,低头扒了一口饭,慢慢咀嚼着。

饭后,叶勤要去徐家汇搭郊区长途车,叶铭要去医院,两个人都忙着走,也没稍稍休息一下,妈妈收拾碗筷时,姐弟俩匆匆洗了个脸,一道下了楼。两人走出弄堂,便分手了。

正午时分,太阳钻出了云层,把温暖的阳光铺泻在平坦笔直的马路上。气温略一升高,雪融化了,马路两旁,被扫拢成一堆堆的雪块和薄冰化开来,流淌在地面上。铁皮子落水管里,笃落落响着流水声。

走过大上海电影院,叶铭看见正上映《闪闪的红星》,便去买了两张第二天下午的电影票,准备和哥哥谈完话,就给艳茹送一张去,这样,他们今明两天都可以见上面。

快到医院时,迎面碰上了艳茹的同学郑珊,叶铭笑吟吟地主动招呼道:"郑珊……"

郑珊像所有的近视眼姑娘一样，眯缝起眼睛仔细端详了叶铭一阵，仿佛已忘了在艳茹家发生的事，热情地答道："哎呀，是你啊！看我这副近视眼，走路从来认不出人，为此还得罪了不少朋友呢！"

"你到哪儿去？"叶铭随便问道。

"还不是在为病退奔波。"郑珊不无感慨地说，"你看，我小时候生过腰子病，还有近视眼，下乡以后，又患胃病，十二指肠溃疡，到底是申请检查哪种病好呢？"

听她的口气，这类话她已经和无数人都讲过了。叶铭说："你不如把几种病都写上嘛！"

"有人也这么跟我说。但又有人说，病填多了，复查起来啰嗦，不如只填十二指肠溃疡。"

"那也好啊！"叶铭不置可否地点头。他在山寨劳动了多年，深切体会到生病知青尤其是姑娘们的难处，她们要拖着病体，料理自己的生活，又要参加劳动，实在是很艰难的。他加重语气又补充了一句："总之，你得抓紧办。现在的事情，一拖就没个完！"

"是啊，一过春节，我就回江西去。"看得出郑珊已经打定了主意。她凝神瞅了叶铭两眼，见他忙着要走，她似乎想起了什么，抬抬手道："叶铭，那天艳茹闹脾气，你可千万别生气呀！她就是那样，脾气一过去，悔都来不及了。你一走，她扑在我身上，哭了半天，眼泪都把我的肩头打湿了。我们是一起长大的，我最了解，她的心地可好呢。你去看过她了吗？"

叶铭点头。

"那就好了。"郑珊舒了一口气，"我知道你们俩相好多年了。艳茹身体不好，你可得多关心她啊！"

叶铭感激地说："谢谢你的关心，我尽力去做。"

郑珊情不自禁地发着议论："这样就好，叶铭。老实说，只有知识青年才真正地理解我们自己。这么大年纪了，还无法自食其力，还得为生计奔波。唉，不说这些牢骚话了。我对你讲吧，这几个月来，我常和艳茹在一起，我总觉得，艳茹的内心深处，埋藏着什么难言的话，问过她多次，她都没对我讲。你是她的……耐心点，多接触几次，我想她会对你讲的。"

叶铭庄重地点着头："你要早些提醒我，我那天也不会甩手就走了。"

"可在那天以前，我们还不认识啊！"郑珊笑呵呵地说着，向叶铭道了再见。

和郑珊分了手，叶铭径直来到医院就碰见陆讷，未来的姐夫给他指点了哥哥的办公室，他便找了上去。

推开办公室的门，哥哥刚吃完饭，餐具放在桌上电话机旁还没有洗。不待叶铭细细打量哥哥的办公室，正用手帕抹着嘴的叶乔见叶铭进来，立即走到门边，微笑着说："小铭，你来得正巧。早来晚来，我都没时间陪你了，走吧，饭后百步走，到花园里去散散步。这所医院的花园，挺漂亮哩！"

叶铭随哥哥下了楼，穿过小径，来到花园里。叶乔抱歉地说："真不巧，你回到上海，我却没时间陪你玩玩。刚回来，感觉有点不习惯吧。"

叶铭淡然地笑笑，等待哥哥谈正题，但叶乔却好像并不急，兴致挺好地举起手说："看，太阳出来了。雪后的冬阳特别可爱。你看清了吗，这个花园美观而又整洁，即使在眼下冬天里，也那么赏心悦目。走吧，我们到小湖边去。"

多少年了，叶铭没和哥哥这么单独相处过，他的心情轻松而愉快，随着哥哥，信步走着。叶乔却沉默着，目光眺望着医院尽头的太平间处，一直走到小湖畔。叶铭见哥哥仍眯缝着双眼瞅着碧绿的湖水，忍不住问道："哥哥，你找我来有什么事啊？"

"一件与你密切相关的事。"叶乔留意地看了看四周。天气冷，正在化雪，尽管出了太阳，花园里还是没什么人散步。过了一会儿，他郑重地注视着叶铭，神情严肃地说："刚进这个医院，我就察觉这件事了。考虑了好几天，思想上经过剧烈的斗争，利害得失我都权衡了又权衡，决定和你谈一次。相信你会正确对待的。"

"什么事啊？"叶铭被这番话弄糊涂了。

叶乔仿佛没看到叶铭脸上的紧张神色，面对小湖，摆摆手道："小铭，不要急躁嘛！你看这湖水，多么平静、多么温柔，真有点诗情画意。可你有没有想到，有人曾经跳进湖里自杀？"

叶铭不解其意地摇了摇头。

"应该想到啊，小铭，对生活要有充分的估计和思想准备。"叶乔把双手插进裤袋，并不望叶铭，漠然地凝望着远处的楼房，感叹地问，"小铭，还记得爸爸吗？"

"记得。"

"爸爸因公殉职，突然去世，对我们家来说，不是一个晴天霹雳吗？可我们家得到党和组织的照顾，顺利地过来了。"叶乔越讲越没边了。叶铭困惑地暗想：难道哥哥叫我来，仅仅是为了谈这些？可叶乔继续说："我记得，爸爸经常叮嘱我和叶勤，要听党的话，要站稳阶级立场，不要忘记我们是苦大仇深的工人，没有党，也就没有我们一家。小铭，你在农村，不也入了党吗？"

如果在另外一种场合，叶铭听到哥哥语重心长地谈起这些，也许会动感情。可不知为什么，此刻听来竟像喝白开水一样没有味道。他茫然地点了点头。

叶乔抿了抿嘴，继续说："爸爸在世的时候，你还小，不懂事。不过，我看得出，这几年下乡，对你有好处。你成长得很正常，不像有些知青，抽烟、喝酒、说话粗鲁、野蛮，回家探亲，老是站在弄堂口无所事事地闲聊天。你和那些人不同，下乡期间为自己的前途打定了基础。回到上海几天了，对现在的形势，有所认识了吧？"

哥哥一谈及形势，叶铭又有了点兴趣。他联想到陆讷的话，联想到家里书架上的学习材料，很想听听哥哥这位新干部对形势的看法，便问：

"哥哥，我一直在乡下，对形势不了解。现在到底吹的是股什么风哪？"

"革命的东风呗，哈哈！小铭，形势大好，'走资派'、老家伙们的日子越来越不好过，无产阶级文化大革命中涌现的一代青年干部，正在陆续走上各级重要岗位。"叶乔拍着弟弟的肩膀，一手划着弧圈，介绍道，"不过，新干部还远远不够。你出过门，知道我们国家有多大。这么大的国家，还有很多重要的岗位上，需要年轻人去接替，懂吗？"

叶铭只觉得从哥哥嘴里吐出的话，不但和郑珊那样的知青不一样，甚至和陆讷、和姐姐、和他自己感觉到的也不一样。他纳闷地摇摇头："这和我有什么关系？"

"怎么没关系，小铭，常住在山沟沟里，把你弄得糊涂了。"叶乔把话点明道，"你不但出身好，而且在农村锻炼多年，入了党。现在进了大学，将来就是全才干部。我们党要提拔的正是你这样的人。"

叶铭不禁有些暗中愕然，他还没进大学念一天书呢，哥哥就说他要当干部。想到这儿，他摇摇头，苦笑了一下：

"哥哥，我不是当官的料啊！"

"这没关系。踏上了正道，你就会慢慢适应的。"叶乔正经地道，"重要的是进了大学之后，把精力、心思集中放在政治思想上，不要沉浸在玩耍、娱乐中，也不要当一个糊里糊涂的书呆子，更不要陷进恋爱的泥坑里。对了，你读过英国哲学家弗兰西斯·培根的《论爱情》吗？"

"没读过。"叶铭侧转脸，留神盯了哥哥两眼，发现哥哥是在严肃地和自己说话，他不由在心里犯疑：说这些没头没脑的空话，是个啥含义呢？他嘴里答道："我知道这个人。'知识就是力量'这句话就是他说的。"

"他的论爱情，也非常精辟。"叶乔瞥了叶铭一眼，说，"你听我随便念几句吧：舞台上的爱情比生活中的爱情要美好得多。因为在舞台上，爱情只是喜剧和悲剧的素材。而在人生中，爱情却常常招来不幸。它有时像那位诱惑人的魔女，有时又像那位复仇的女神。你可以看到，一切真正伟大的人物（无论是古人、今人，只要是其英名永铭于人类记忆中的),没有一个是因爱情而发狂的人:因为伟大的事业抑制了这种软弱的感情。小铭,你别急,下面还有一句:过度的爱情追求,必然会降低人本身的价值。……因为爱情一旦干扰情绪,就会阻碍人坚定地奔向既定的目标。小铭,你不觉得这些话非常有见地吗?"

在叶乔一字一句清晰地背诵英国哲学家的话时,叶铭脑子里忽发奇想地思忖道:怪不得哥哥对待汪秀玲是这种态度。原来,他心目中有自己那坚定的目标呢!听到哥哥的问话时,他已经再没心思与哥哥闲扯了,便点了点头说:

"哥哥,话确实很有见地。不过,这与我无关啊!"

叶乔有点不悦地说:"怎么会无关呢,你听了以后,要好好想一想,消化消化。"

"哥哥,别跟我打哑谜了好吗?"叶铭不耐烦地皱紧了眉头,"升官也好,论爱情也好,形势也好,都是空话。你不是有件事要跟我谈么?有事就直讲吧,我是你弟弟哪!到底是件什么事?"

"是啊,是有一件事儿,很使我费心。"叶乔低下头,望了望湖畔薄薄的积雪,沉思地说,"我一直在考虑,你是否能经受得了这种……打击?"

"什么事这么严重呀?"叶铭不禁有些吃惊了。

"听我说,小铭。"叶乔从裤袋里抽出右手,亲切地搭上叶铭的肩头,沿着小湖边款步走去,"生活中有些现象,简直叫人难以相信,可是严酷的现实却叫我们不得不承认它。我想问你一下,你和高艳茹恋爱已经有几年了吗?"

"是的。"

"你很了解她吗?"

"我很了解她。"

"你能确信像了解自己一样清楚地了解她吗?"

"这个……"叶铭想到近半年多来的波折,踌躇了一会儿,又道,"不过,我们正在进一步增进了解。"

"这个我知道。"叶乔点点头,从容不迫地转了话题,"关于她的家庭,她的父亲,你了解吗?"

"了解的。"叶铭说,他忽然意识到哥哥问话蹊跷,忙问,"高医生不就在这个医院工作吗?怎么,他出什么事了?"

"他不是人们想象中的那么个好医生。他是一个卑鄙无耻、心地阴暗的小人。"叶乔停下脚步,低沉地说。

"什么?"叶铭站住了,惊讶地望着哥哥庄重的面容,摇着头说,"不,不,不会是这样吧,哥哥,高浩天医生风度优雅,文质彬彬,具有正义感……"

"不要用感情的色彩来蒙蔽你自己的眼睛,小铭。"叶乔的话音里含着怜悯和警策,"受蒙蔽并不可怕,可怕的是执迷不悟……"

"难道真出了什么事吗?"叶铭张惶地叫了起来。联想起哥哥刚才那些似是无心却有意的话,他的心一阵怦怦怦小鼓擂击般地狂跳,脸色泛白了。

叶乔这才掉过脸来,目光炯炯地盯着弟弟:"小铭,我本来不愿意跟你讲这些事。但我是你的哥哥,大家又都觉得由我对你讲更好一些,所以,我承担了这么个任务。我不得不先拐弯抹角多说了些话,但是归根结蒂,还是得把事实告诉你,你热爱着的那个容貌漂亮的高艳茹,也并非像你想象得那样美好和纯洁……"

"什么?你说什么?"

"小铭,要沉得住气。"叶乔冷静地提醒弟弟,"告诉我,你们最近有过接触吗?"

"有过。"

"你没感到,高艳茹有神情反常的地方吗?"

"哥哥,到底是怎么回事,你直说吧!"

"不过,在告诉你之前,你得答应我一个要求……"

"什么要求?"叶铭觉得头脑在嗡嗡作响,某种恐怖的预感攫住了他的心,一股冷风荡起了小湖阵阵涟漪。

"你必须镇定地把我的话听完。"

"好的。"

"在知道了真相以后,要认真严肃地作出抉择。"

"行。"

"还必须经得起打击,充满信心地生活和学习。"

"那是当然的。"

"高艳茹的户口,是怎么办回上海的,你知道吗?"

"她是病退回来的呀!"叶铭不解地说。

"正是在这上头出了事!"叶乔重重地吐出一句,往下说道,"半年多以前,高艳茹在这个医院里复查病情。正当她的材料转回街道乡办去的关键时刻,医院里出了件医疗事故。唔,事情的经过……大致是这样:有个发高烧的十几岁的女孩子,在住院部经过十几天治疗,久未退烧。当时,高浩天恢复工作不久,大家想到他是著名的内科医生,就请他来会诊,不料,病人服用了他处方的药不到几个小时就死了。病人家属找到医院,要求追查死亡原因。院方对这个事故非常重视,派专人负责立了专案。参加治疗的医生在病人死亡之后,都据实写了材料,高浩天先也写了一份。但听说要追查事故的责任,他出于阴暗的恐惧心理,竟耍了一套令人憎恨的手腕,掩盖了自己的罪行……"

"怎么会这样呢?哥哥,高医生的医术在市里是很出名的呀!"叶铭打断了叶乔的话。

"成千上万的善良人都是这么想的。"叶乔不慌不忙地解释道,"就是医院领导,起初也根本没有怀疑到他。但他自己的所作所为,却暴露了他是害死病人的凶手……"

"凶手?"叶铭吓了一跳。

"是的,凶手!"叶乔忿忿地说,"高浩天发现病人家属到医院大闹,察觉到领导正在追查责任,居然指使自己美貌的女儿高艳茹,借口打听病退复查跑到医院勾引负责追查事故的头头,把他拖下了水……"

"不,不可能!"叶铭像头顶炸响了巨雷,一把拉住了叶乔的手臂喊起来,"艳茹决不是这样的人!决不是,决不可能!哥哥,即使她父亲让她这么干,她也不会做出那种事来。"

"小铭,我比你更强烈地希望不是这么回事。"叶乔似乎也带着几分痛苦地说,"但事实,……事实就是如此!我们不能闭着眼睛不看!更不能以主观感情去否定客观事实。"

"你说的事实,我要看到证据,证据!"叶铭几乎要狂叫起来。

"不要激动,不要嚷嚷。"叶乔冷冷地提醒叶铭,镇定地说,"我这里有确凿的证据。"说着,从内衣口袋里摸出一叠纸来。

"啊!"叶铭瞪直了双眼,呆痴痴地盯着叶乔手上的纸,嘴巴咧开闭不拢了。

叶乔摊开那叠纸,指点着:"你看,这一份是原始病历卡,你注意,高浩天的用药和前头的医生是绝然不同的。下面这一份,是高艳茹誊抄的高浩天在病人死亡第二天交给领导的报告,他原来也承认用药与前面的医生不一样。这是撕下的那一张报告纸。这是高浩天指使女儿来拉人落水以后,高艳茹改写过的那一张报告纸。纸张虽然相同,可新旧还是能分辨出来。你看看,是不是高艳茹的亲笔?请注意这改写的文字,不是把高浩天的罪责推得干干净净吗?何等卑鄙!"

叶铭一把抓过材料,双手颤抖起来,脆薄的报告纸在他手里"嗤嗤"发响。脚下的土地好似在裂开来,他无力地倚靠在湖边一棵树干上。报告纸上,那一行行娟秀的笔迹是多么熟悉啊,那确是高艳茹的字迹。她就是用这样的字体,给自己写信的。初恋的头两年,她甚至还写过充满纯真、表示永远相爱的诗。这娟秀的字体,岂止留在叶铭记忆里,它是深深地铭刻在他的心上啊!在山寨农村的最后半年,为看到写着这种字体的信,叶铭盼得眼睛都酸了!那个时候,哪怕信中只寄来一行字,他也会怎样地欣喜若狂啊!可是,他始终没接到这样的信。为此,他是怎样地焦愁过啊!原来,半年多见不到她一个字的原因就是这个?这些日子来她反常的谜底,终于揭开了。

由于震惊，由于被遗弃的心灵刀绞般的疼痛和愤恨，叶铭变得脸色煞白，眼睛瞪得老大，嘴唇颤抖地嚅动着，浑身像被一团火包围了，血脉喷涌，喉咙干渴。这样沉重的打击，对他来说，来得确实太突然了呀！

叶乔离开叶铭两步左右，留意着弟弟的神态，防范着叶铭感情冲动，忿忿中一下子投湖落水。除了这一小点担忧以外，他觉得，叶铭表现得越愤激，对他则越有利。看着叶铭一言不发，他用轻蔑而鄙夷的口吻侃侃地说："这样的女人，根本不值得我们留恋。当然啰，小铭，你会在一时之间感到非常痛心的。你真心诚意地爱了她整整六年有余，可得到的却是这样的结果。但是，退后一步冷静地想想，我觉得你应该为自己感到庆幸，化成美女的蛇一旦现出原形，只会引起人的憎恨和厌恶，会擦亮我们的眼睛，引起我们的警惕。晚暴露不如早暴露好。事实上，你对此也不必……不必太伤感。小铭，当务之急，你倒是该像刚才答应我的那样，认真地作出抉择。对这样的女人，最好是一刀两断，鼓起勇气，充满信心地开始新的生活。现在你进了大学，又是党员，家里条件也不错，将来，还可以找一个更好的……"

"不！"叶铭令人惊骇地大叫一声，眼里闪出灼灼的火花。叶乔滔滔不绝的规劝，在他听来，恰如遥远的地方传来的梦呓，只有最后几句，他听清楚了。他攥紧双拳挥舞着："她这样地欺骗我，捉弄我的感情，我决不能轻饶了她！"

"那你想怎么办？"叶乔的脸勃然变了色。他最担心叶铭去找高艳茹质问，那样就会很快戳穿他耍的把戏。他呲着牙呵斥道："这样的女人，还有啥可留恋的？你不赶快抛弃她，难道还想闹出笑话来吗？"

"不！"叶铭悍然不顾地喊着，"我不能饶她，我非要出这口气，非要狠狠地责备她一顿不可！"

话音刚落，他飞速地朝医院门口跑去。

叶乔的心紧缩了一下，急忙追上两步，叫着，"小铭，你回来，快回来……"

叶铭根本没听见他的呼喊。叶乔撒腿追赶,才跑出几步,踩到湖岸边一小堆滑滑的雪,"扑通"一声倒在地上,整洁的上衣和裤子沾满了泥巴和冷雪。叶乔忍着膝头的疼痛,狼狈不堪地爬起来,望望自己稀脏的一身,气得咧歪了嘴。他还没直起腰来,装在医院内的扩音大喇叭,响起来了:

"全院职工注意啦,下午一时整,在饭厅开大会,一时整,开大会……"

待叶乔站直身子,再往前面望去,叶铭早已跑没了踪影。叶乔气咻咻地骂了一声什么,离开了冷清的花园。

二十

叶铭不顾一切地离开了哥哥,一口气冲出了医院大门,径直往前走去。马路上的汽车,好像正朝着他直冲而来;人行道旁边的高楼,似乎就要倾倒将他埋没;自行车嘈杂的铃声,疯狂地在他耳边震响。叶铭神情恍惚地沿街疾走。雪后的冬阳,原是那样可爱,可他却觉得同屋顶上残存的积雪一样刺眼。仿佛是要躲开这一切,他飞快地迈动着脚步,和人擦身而过时带起一阵风。他两眼呆滞地瞪着前方。其实,耸立的高楼、贴在墙上的大字标语、口号、悬挂着的商店招牌,乃至电车开过倏然闪出的火花,他都视而不见。在他眼前,只有一个形象,那便是艳茹变换各种笑意的脸。一忽儿,艳茹戴着一顶宽边草帽,丰腴红润的脸上泛着红光,对他抿嘴而笑;一忽儿,艳茹赤脚站在堰塘边的阶石上,洗着锄把上的泥巴,侧转脸对他甜美地笑;一忽儿,艳茹身靠林边的大树,月光照着她微仰的脸庞,露出一口洁白整齐的牙齿,对他幸福地笑;一忽儿,艳茹脸色苍白,忧郁的眼神满是愁闷,对他凄楚地笑;一忽儿,艳茹格子呢短大衣上满是雪花,用满怀期待与希望的目光注视着他羞怯地笑……无论艳茹的哪种笑容,都不能同哥哥嘴里说出的那个艳茹对上号。叶铭的心在颤抖,背脊上像有虫子在爬。她欺骗了我,无耻地欺骗了我!发自心底的怒吼把艳茹的各种笑脸赶跑了,眼前又出现了那惨白的脸色,那罩着重重阴云的苦涩的泪眼。

是的,艳茹出了那样的事,她本人也是痛苦的。她的良心,无时无刻不在责备着自己。要不,她为啥不给自己写信呢?她要真是不知羞耻的女人,为啥那么心神不宁呢?昨天晚上,在纷扬的雪花里,她是多么凄婉动人啊!对了,她含情脉脉,欲言又止,不是一再地问我,能不能原谅一个犯了过失的人吗,那"犯了过失的人"不正是她自己吗?她自感负疚,心上压着多么沉重的石头啊!也许,她仅仅是出于无奈,仅仅是为了保护父亲。在插队落户的日子里,她不是多次跟我讲起过,她爸爸在"文革"初期被揪斗时,她是多么痛苦和担忧吗!再说,我不是肯定地答应过她,能原谅吗?为什么明白了事实真相,我就那么愤怒,一点也没想到要履行自己的诺言呢?

叶铭的脚步放慢了。他想起了妈妈叫他不要在爱情上学哥哥的叮嘱,也想起了姐姐几次三番关照他的话。是啊,一个人犯了过失,只要知错,愿意改正,为什么不能原谅呢?再说,艳茹也是上了她爸爸的当,为了父亲的名誉,无可奈何地做这种事的呀!只要她坦率地承认了错误,我为什么不能和她好下去呢?

想到这儿,激动、烦躁的情绪渐渐消逝了。代之而起的,是一种天性中高尚的情感。这个脾气刚烈、心地善良的小伙子,一旦想到自己能原谅艳茹的过失,和她继续好下去,心情反而振奋起来。他来到一个十字路口站了站,沉思一会儿,便转身朝长乐路匆匆走去。

高家灶间的门是落了锁的,叶铭抬头往二楼亭子间望了望,看见窗户斜开着,他正犹豫是否喊艳茹,门却自动开了。回家吃午饭的艳芸出现在门口,正准备去茶叶店上班。艳芸穿一件粗呢棕色短大衣,脖子里随便围着一条真丝白底红圆点的围巾,脸庞丰腴红润,双眸波光闪闪,乌黑发亮的头发,朴素地扎成两条刷肩小辫,整个神态,看去端庄娴雅,温柔中透着她的直率,秀气里含着她的爽朗。叶铭乍然看到她,不由暗暗惊愕,他仿佛陡然间看到了几年前的艳茹。可在艳芸身上,和几年前的艳茹又有几分不同的地方。这不同点在哪儿呢?叶铭费神思索着。艳芸一眼看到叶铭,先是愣怔了一下,继而笑吟吟地招呼道:

"叶铭,你来了吗?快到屋里坐吧!"

不等叶铭回答,艳芸转回身穿过灶间,咚咚地快步上了楼,同时欢声叫着："妈妈,姐姐,叶铭来了!"

叶铭跟上楼来,一眼看见艳茹羞怯地坐在椅子上,顾萍用友善真诚的目光迎着他。尤其是艳芸,活泼得像一只小燕子,主动代姐姐倒水、拿糖招待客人,反而使叶铭觉得拘束了。自从知道姐姐的不幸遭遇之后,艳芸像在眨眼间大了几岁。她不但愤恨那个衣冠禽兽,也为姐姐今后的日子担忧。她了解姐姐,熟悉姐姐,知道感情脆弱的姐姐需要同情和安慰,需要不止是来自父母和妹妹的支持。二十岁出头的艳芸,尽管直率而单纯,却也明白姐姐心灵中那根最重要的、不能丧失的支柱就是叶铭。

昨天更深人静,艳茹幽会归来,兴奋得脸颊泛红,眼里重又闪烁出晶亮的波光。被响声惊醒的艳芸曾揉着眼皮问姐姐:"到哪儿去了?"

"和叶铭……在逛马路。"

"和叶铭?"艳芸呼地一下坐了起来,"我不是告诉过你,他和别的姑娘也在夜间逛马路吗?你……"

"你听我说嘛,芸。"艳茹自从被迫讲了那件事后,说话更轻柔细声了。她一面洗脚,一面把叶勤为叶铭所作的解释,告诉了妹妹。艳芸弄清了那天晚上叶铭原来是护送同学回家,心中的厌恶和气恼便消散了。尤其是听艳茹谈起叶铭的姐姐叶勤、哥哥叶乔,都愿意帮助他们好下去,艳芸更感到,这一家都是好人。在她看来,姐姐出了那样的事,不幸而又悲惨,令人气愤到了极点,姐姐是个受害者。但从另一方面讲呢,这件事也非常对不起叶铭,但叶铭仍能谅解姐姐,那已是很高尚的了。现在,见叶铭到来,一种尊敬之情油然而生,更衷心为姐姐高兴,脸上始终挂着动人的笑容,连上班可能迟到,她也不顾了。

在艳芸倒茶的时候,纤弱瘦小的顾萍一直微笑地望着叶铭,她神态略微有些不安。只一两天工夫,头上的白发又增添了很多,布满皱纹的脸上憔悴瘦削,眼窝下陷,眼圈也有些发紫。待艳芸端出糖来,她和蔼地对埋着头的艳茹说:"你们俩好好谈谈吧。"

叶铭的到来，使艳茹既惊喜又不安。刚才乍一看到叶铭进门，她的心禁不住怦怦直跳。昨夜分别的时候，他并没有说今天要来，而现在他来了，脸色略显苍白，眼神像燃烧着一团火。无疑，他已经知道了自己的丑事。他将对自己说些什么呢？她一碰着他炯利的目光，赶忙埋下头，觉得身上像着了一箭，很不自在。

正在这时候，前门天井外头，一个粗直的嗓门哇哇地喊着："顾萍，顾萍在家吗？"随着喊声，石库门被拳头擂得咚咚发响。

顾萍三脚并作两步扑到窗边，开了面朝天井的两扇窗，朝下面应道："在家，有什么事吗？"

"里弄专政小组勒令你马上去报到，快点！"石库门外的嗓门蛮横地嚷着。

顾萍的胸脯起伏着，脸色顿时气得发红。不待她回话，艳芸利索地扑到窗边，声气尖脆地嚷着："什么勒令？我妈妈有病，不去！"

"不去，一切后果由你们自己负责！"石库门外的嗓门又大了一倍，吼叫着，"看你们敢不去！"

艳芸忿忿地回敬道："你只不过是个跑腿的，别神气了……"

艳芸的话还没说完，艳茹跑过去用劲拽着她的手臂，低声劝她别嚷嚷了："这种人惹不起，你知道吗，芸……"

"什么惹不起，一个狗腿子罢了！"艳芸仍然余怒未息。

叶铭一下子看明白了，艳茹和艳芸的面貌虽然相像，但她们的不同之处，就在这里。艳茹胆小怕事，艳芸敢说敢为。姐姐脆弱羞怯，妹妹却直爽豁达。

顾萍喘了几口气，略有些不好意思地瞅了叶铭一眼，说："小叶，很对不起，不能陪你聊聊了。你和艳茹去三楼谈谈吧。"

叶铭点了点头说："没关系，没关系。"

听妈妈叫他俩到三楼去，艳茹立即站起来，用眼光招呼着叶铭，带他出了客堂。

高家的三楼是个大阁楼，四壁全是书橱，放满了各种大大小小的医药书籍和医学杂志，都是一九六六年抄家的劫后余生之物。当初它们是连同沙发、自行车、红木家具和高浩天非常珍爱的一套银茶具一齐被抄走的。半年多前高浩天恢复了工作，医院归还他的抄家物资，那些沙发、家具早已不知去向了，唯有这么多积满了蜘蛛网和灰尘的书籍，堆在屋角里被保存下来，得以发还给他。高浩天不知花了多少业余时间，抹去灰尘，修补包装，又一本一本重新放进了书橱。

除了书橱，屋中央还有一张细脚伶仃的方桌，桌上摆了几只量杯、试管和玻璃器皿，都擦拭得干干净净。这是高浩天恢复工作后自己掏钱买来做即兴小实验用的。

在正对老虎天窗射进日光来的地方，放着笨重的九抽写字台，台上一块小小的玻璃板下压着艳茹和艳芸两姐妹的一张近影。两侧整齐地放了好些书籍、杂志，以及茶杯、烟缸、笔筒。桌角上还有一叠手稿。整个三楼上的东西，只有写字台两边那一对藤椅，叶铭比较熟悉：那是艳茹在插队落户的山寨，请当地老农采来柔韧的藤子编好，托运回上海来的。从三楼上的摆设，一眼就可看出，这是一个老知识分子不倦工作的地方。

艳茹和叶铭刚刚进门，艳芸就端着茶杯和糖盘跟来了。她搁下东西，朝叶铭一笑："你们谈吧！我上班去了。"说完，转身出了屋子，轻轻关上了门。

屋里剩下了叶铭和艳茹，一时都没有开口。过了片刻，艳茹期待地瞥视了叶铭好几眼，叶铭老不说话。她垂下了头，胸脯起伏着，鼓起勇气才打破沉默："你坐吧。"

她给叶铭拉过藤椅，让他坐下，自己隔着写字台，也坐了下来，埋头抚弄着棉衣的襟角，等待叶铭说话。

沉默。紧关着的老虎天窗，只拉开一半窗帘。屋里的空气同那暗淡的光线一样使人感到窒息。艳茹忍不住畏怯地瞥了叶铭一眼，哎呀，她碰到了从未见过的审视的目光，心头一惊，急忙垂下头去，只听得自己的心像狂奔的马蹄一样在跳动。

她好容易控制住自己,柔声说:"你吃糖呀。"

叶铭推开了糖盘,呼吸急促地依然沉默着。

从两人一走进三层楼,气氛就显得很僵。艳茹的心,就像悬在半空中。她面临着一个最可怕的关头,要在自己心爱的人面前,承认那最见不得人、最难启齿的事。她心底深处,感到惭愧、畏怯,她不知怎样讲出事情的真相,她更无法对叶铭解释,为什么拖了这么久,才把事情告诉他,她最最害怕的,是叶铭知道她有了身孕,会怎么想,会怎么对待她。不就是因为这可恶的身孕,使得她几次欲言又止,几次话到嘴边,又咽进了肚子嘛!叶铭也是个人,他能不厌恶她的身孕吗?艳茹简直不敢往下想。此刻,叶铭的目光,使她心里直打怵,一种不祥的预感向艳茹袭来,她不知所措了。又过一阵,才抬起头来,勉强笑了笑说:"铭,你怎么了?为什么不说话呀?"

艳茹的笑是那样凄凉,一股怜悯之情从叶铭心底升起,他张了张嘴,尽量平和地说:

"艳茹,你没发生过那种可怕的事,对吗?"

艳茹惊疑地望着叶铭,她茫然了,叶铭这句问话是什么意思呢?他究竟听叶乔讲过这件事没有呢?不管讲不讲吧,反正已经到了这个时候,即使叶乔没讲过,艳茹今天也要讲出来。一想到这儿,艳茹的脸色渐渐泛出了虚红。

见艳茹不说话,叶铭伸出一只抖抖索索的手,催促着:

"艳茹,你没出过事,对吗?那种事,不可能出在你这样的人身上,是吗?你说话呀,艳茹。"

"出了,铭,那种可怕的事已经出了……"艳茹近乎呆滞地喃喃着。

"啊,是出了,出了那种事!不,不可能,艳茹,你没有出过那种事情。对我说呀,你没出那种事!"叶铭神经质地嚷着。

艳茹浑身缩成了一团,叶铭的失态使她震惊,也使她感到他对自己强烈的爱。她不得不又一次说：

"已经出了，铭……"

"那么，你是出于无奈，出于被迫，是吗？"

"是的。"

"艳茹，你告诉我，你一定要告诉我，这件事发生的详情细节……"

艳茹听出叶铭的声音有些颤抖，心一下子缩紧了。这一两天来，艳茹时时刻刻都盼望见到叶铭，而又怕见他。刚才，当妹妹关上门时，她曾暗暗期待着叶铭走近她身旁，把双手搭上她的肩头，呢喃低语几句体贴入微的话，不，不说话也行，只要用他那双深邃的眼睛充满柔情地一瞥，就能愈合她心灵的创伤。她甚至还巴望叶铭俯下脸来亲切而深沉地吻她，紧紧地拥抱她，那么她……她一定会痛痛快快地哭一场，用幸福的泪水把一切污秽尘垢都冲去。可是没有，叶铭像生了根似的站在那儿，她只得请他坐下，他一坐下，又久久地不说话，直到她催促，他才神态反常地说了这么些话。这对像干裂的田土渴望泉水一样盼着他抚慰的艳茹，该是多么出乎意料啊！

"铭，"艳茹嘴唇发白，心慌意乱地问，"你要我从哪儿说起呀？"

艳茹的反问，一下子激怒了叶铭。他到高家来，本是在激动之中决定的。他一厢情愿地认为，只要他单独向艳茹问及那已经过去了的事，她便会放声大哭，扑到他身上来，把一切和盘托出，要求他原谅，悔悟自己做了错事，保证以后永远不犯……那样的话，他一定会原谅她，对她说，把过去的一切都忘记吧，让我们开始新的生活。这个充满理想的年轻人毕竟把事情想得太简单了！一见艳茹不但回避问题，好像还假装糊涂，叶铭心头一下子起了火，猛然站起身，吼道：

"从哪儿说起？你自己做下卑鄙龌龊的事还不知道？"

如同被人迎头抽了一鞭，艳茹浑身一缩，蒙住了脸："不，叶铭，我……我是没有罪的……我没有……"

"你还没有罪?"叶铭怒满胸膛地斥责,"难道这还是值得称道的好事?!"

"啊,铭!"艳茹惊骇地抬起头来,不认识似的瞅着叶铭,他怎么说出了这样刻薄的话来呀!她语不成声了:"你……你就用这样的语气跟我……"

"莫非还要我低声下气地向你求饶?莫非还是我对不起你?莫非还是我做下了不可饶恕的丑事?"叶铭数落着,一拍桌子,"你还有脸!"

"啊,我……"失望的情绪像一股冰冷的寒风袭击着她,艳茹轻叫一声,扑倒在书桌上,肩膀痉挛地抖索起来。

叶铭似乎并没有感觉到艳茹的伤心,只顾发泄自己的愤懑,无情的话语,像箭一般直向艳茹射去:

"我真没有想到,你竟是这样一个女人,你竟会做出这样令人骨寒齿冷的事情!你……你完全忘了我们的初恋,完全忘记了我们说过多次的盟誓!为了自私自利的目的,你把我们的一切往事都抛弃了!你……啊!比噩梦还可怕!你竟是这样一个……一个卑鄙无耻的人!我太相信自己的眼睛了,我太相信自己的心灵了,我彻底地被你欺骗了!你的心为什么这样……这样……"

他喷出的每一个字,如同一块块石头,狠狠地击打在艳茹心上。这一意想不到的打击,来得太猛烈、太突然了。满望得到抚慰和体贴的艳茹,被鞭笞得几乎昏厥过去。她已经无力申辩,只觉得心里刀绞一般地疼痛,她把头埋在臂弯里,眼泪像泉水般涌出来,湿透了衣袖。

看着艳茹不住地抽搐,叶铭越发相信她干了那见不得人的丑事,还企图在自己面前掩盖过去。哥哥午饭时在医院小湖畔说的话,又清晰地在他耳边响了起来:"……对这样的女人,最好的办法当然是彻底地唾弃她,从此以后再也不和她往来,一刀两断……"

哥哥的话是对的呀!我好端端地来要她改过知悔,她却是这副样子!这种人,还有什么可留恋的呢!他咬了咬牙,毫不留情地说:

"你长着一张美貌的脸，却生着一颗卑劣的心！你怎么还有脸做人啊！你又怎么会变得这么快啊，勾引医院的头头，篡改已经写好的报告。你……"

"铭！"艳茹像被火烧着了似的叫起来，她伸出双手，绝望地喊道，"你别说啦，别说啦！看你都说出些什么呀，我……我什么时候勾引了人啊……呜呜……"

叶铭呼地一挥手，两眼怒火灼灼：

"铁证如山，白纸黑字留在人家手里，你还要赖！哼，我总算认清你的真面目了。好，我满足你的要求，我不说了，这种事在我嘴里说出来，我都觉得肮脏、痛心！"

说完，叶铭在桌子上狠狠擂了一拳，转身便走。

这一举动，把艳茹吓坏了，她先是一愣，接着把藤椅往后一推，跳起来，几步扑到叶铭身上，双手紧紧地勾着他的脖子，失声痛哭道："铭，别走，别走，这种时候，你不能走，千万不能走！待我缓过一口气来，把一切、一切的一切，详详细细告诉你，好吗？接受你的审判，由你来判决，行吗？铭！"

叶铭呆住了，他转过脸来，心上像被虫子咬了一口。和他贴得那么近的艳茹，满脸泪水，露出极可怜的哀求神情，泪光闪烁的双眼，像浸在清水里的樱桃一样。他伸出手，抓着艳茹的手臂，想说些什么。艳茹以为他执意要走，心碎地叫起来："叶铭，你真忍心要走吗？叶铭，难道连你的艳茹的声音，也留不住你了吗？嗯？"

艳茹由于气尽力衰，整个身子都倚靠在叶铭身上。她的泪水滴在叶铭的腮帮上，她急剧起伏的胸脯紧紧地贴在他胸前，他心软了。可是一瞬间，仿佛又听到哥哥在耳边警告他：注意，化成美女的毒蛇又在用娇态引诱你了！叶铭不由得皱起了眉头，脸色涨得通红。他狠狠地推开艳茹，粗声说："你还想来引诱我啊，呸，再也办不到了！"

艳茹被叶铭使劲一推，跟跟跄跄往后退了几步。晃晃欲倒时，她看见叶铭大步跨出门去，带着门"砰"的一声响，活像是悬空摔下的巨石，以不可抵御的力量砸在她头上。艳茹只觉得心口一阵剧痛，头顶像要胀裂开来，眼前一黑，便倒在地上什么也不知道了。

几分钟后，一切复归宁静。三层楼上一点声息也没有，只有老虎天窗外溶化的雪水，隔好久才"滴达"落下来一滴，掉在窗口斜铺的薄铅皮上。

二十一

一点整，全院职工大会正式开始了。

这是市委工作组进驻医院以后，由党委出面召集的头一次全院性群众大会。人们的心头都在猜测，也许，这是党委召开的最后一次大会了，从这以后，权力就将移交到工作组手里。因此，除了正在手术室施行急救的医生以外，大伙儿都来得很准时。一进会场，就使人感到气氛不同寻常。主席台顶端没有挂横幅，不像是工作组跟群众见面的大会。也不播放音乐，没有平时会前的那种喧闹。长条椅边上，贴着一张张纸条，写着外科、内科、妇科、小儿科，一个大家陌生的工作组员拿着只电喇叭，指挥三三两两闲聊着走进会场的人们按各自系科的位置坐，不许乱坐。再看两侧过道，每隔十来步，靠墙站着一个彪形大汉，这些人大多是"文革"以来历次运动的骨干或积极分子，他们一个个虎视眈眈，一副如临大敌的样子。大家一进门便鸦雀无声了。尤其令人注目的，是主席台上已经齐刷刷地坐满了工作组、工宣队、院党委的头头。平时开会，往往是群众到齐，嘤嘤嗡嗡聊了好一阵天，这些头头们才陆陆续续上台坐定，而今天他们却预先在上头正襟危坐，目光炯炯地朝下搜索了。

这样的会场气氛，叫人思考的东西多着哪。"文革"快十年了，就在这个会场里，在这样窒息人的空气中，人们曾多次看到，事前不声不响，忽然揪出牛鬼蛇神，揪出反动学术权威，揪出叛徒、特务、走资派，揪出保皇派的头目，揪出现行反革命分子、五一六分子、林彪死党，揪出孔老二的徒子徒孙，揪出形形色色的人物，扣上帽子，享受老拳，然后关进牛棚，押送干校或"文攻武卫"指挥部。虽然最后往往事出有因，查无实据，马虎发落，但挨整的人受到几年折磨,已心身俱损,谁又愿吃这样的眼前亏呢。每逢开这样的会,谁不感到紧张呢?唉,不知今天又是谁要被揪出来了。现在,在这一九七六年春节将要来临的日子里,这些穿着白大褂的人们自然还不知道,飞来横祸将会落到哪个同伴头上。

陆讷因为抢救一个病人,比旁人来得晚一些,他一进会场,就感到今天又要出什么事,赶紧找到内科的一个后座坐下,沉着脸瞅着主席台。台上正中坐着叶乔,正在翻看什么。他的右侧是刘庆强,正埋着脸在大口地抽烟。叶乔左侧坐着戴志光,正扫视着会场,然后撩起衣袖看看手表,转过脸凑近叶乔说了句什么,叶乔点点头,戴志光便伸手拍了拍话筒,干咳了两声,用震动整个会场的声音说道:"现在我宣布,反击右倾复辟大会正式开始。请市委工作组领导人叶乔同志给大家讲话。"说完,带头鼓了一阵掌。会场上跟着响起一片掌声。

"算不上什么领导,我是一个普通的小学生,到医院来,首先是向全体革命群众学习的。医院的工作,主要还是在党委的主持下进行。工作组只起一个协助、指点的作用。"叶乔谦虚地笑了笑,等掌声停下来,平心静气地讲开了头。他伸出双手,把面前平列的四只话筒推了推,接着说:"小戴刚才宣布,党委决定,这次大会的主题是反击右倾复辟。有些同志可能还不明白,其实呢,睁开眼睛不难看到,确实是有那么一股右倾复辟势力,而且还在向我们猖狂进攻。去年七、八、九三个月,社会上妖风四起,流传着许多反动谣言,恶毒地攻击无产阶级革命左派,攻击我们的中央首长,甚至还编出许多荒诞离奇的故事,对我们尊敬的首长进行人身诬蔑和诋毁,难道这是正常的吗?至于谩骂教育革命,反对卫生革命、文艺革命,厌倦革命样板戏,嘲笑新生事物,种种奇谈怪论,更是数不胜数!面对这些古怪现象,我们广大革命群众,能容忍吗?能熟视无睹吗?显然不能!既有右倾复辟,我们坚定的革命左派,就要坚决地予以反击!社会上各种各样的家伙跳了一年,现在是到了对他们进行彻底清算的时候了。"

说到这儿，叶乔目光冷峻地向全场扫视了一圈。整个会场上，除了播音器的嗫嗫声，听不到别的声响，所有人的目光，都投向主席台上，盯着他望。叶乔满意地呷了一口茶，接着讲道："联系到我们医院，有没有人造谣、传谣、信谣呢？有没有人传播过小道消息呢？医院不是真空地带，不是世外桃源。医院比一般的工厂、机关、学校更复杂些，每天都要接触形形色色的病人，社会上那些有毒的病菌，无时无刻不在侵袭着我们每一个职工。这所医院，经常出些咄咄怪事，闹得人心惶惶，是个出了名的老大难单位啊。这决不是偶然的！在这样的单位里，有没有右倾复辟的现象呢？有没有右倾复辟的代表人物呢？……"

"有！"不待叶乔往下讲，戴志光的拳头重重地擂了一下桌子，猛地站起身来，拉开嗓门嚷道。

"看看，党委的小戴已经明确表态了。他进驻医院多年，熟悉情况。"叶乔偏转脑袋，手指着戴志光，以询问的语气道，"你能不能说说，右倾复辟的代表人物是谁呢？"

"内科的老家伙高浩天！我们院党委早就掌握了确凿的证据。"戴志光劲头十足地答道。

叶乔照旧面向群众端坐着，谦恭地说：

"看来，这次运动，院党委是有计划的。我的话说多了，哈哈，不能下车伊始，哇哇说个不完哪。小戴，还是你继续主持会议吧！"叶乔说完，把身前的话筒，往戴志光面前推了推。

戴志光老实不客气，抓过话筒，厉声喝道："把我们医院右倾复辟的急先锋高浩天押上来示众！"

话音一落，全场哗然，目光齐向内科的位置上投去。

坐在靠近中间过道位置上的高浩天，起先听到戴志光疯狗乱咬般地狂吠，还能沉住气。他指望叶乔会帮自己说上几句话，不料，叶乔轻飘飘地把话筒让给了戴志光，啥话也没讲，好像他真一点也不了解实情一般。高浩天正感到失望，乍一听到戴志光的猛喝，双手一下抓住前面座位的靠背，脸色灰白地望着气势汹汹的戴志光。

他正想发问，一旁早已布置好的两个彪形大汉，如狼似虎地扑了上来，抓住他连拖带拉推到主席台下，熟练地把他的两条手臂扭到背后。高浩天使劲反抗，高声叫喊："天理何在？天理何在？天……"

不等他喊出第三声，飞来一拳正打在下巴上，同时一块厚纸牌子已挂上了他的脖子。顺着嘴角淌出来的鲜血，一滴一滴流下来，染污了纸牌上那十一个大字："右倾复辟的急先锋——高浩天。"

目睹这丑恶的一切，陆讷愤怒得如坐针毡。他觉得一团火升到了喉咙口上，眼前一片昏暗，他一次又一次地伸手去扶戴得端端正正的眼镜，竭力抑制自己心中的怒火。此刻，他首先想到的，是由高老师介绍住院的重病人袁征的安全，这个老干部应尽快转移。他差一点要站起来离开座位了，但转脸一看，会场门口早有头戴藤帽、手持长矛的"卫士"守住，他不得不强迫自己不动，却禁不住气愤得浑身哆嗦。他透过眼镜片，疾恶如仇地瞪着主席台中央的叶乔，这个人真会乔装扮演哪！你看他，把事情安排得多么微妙。仿佛揪出高浩天，不是他的主意，而是院党委早就决定了似的。他只不过是外来工作组，刚坐镇医院指导运动罢了。陆讷看见叶乔脸上冷然的微笑，心里好悔呀！他懊悔自己受了叶勤的影响，没有早一点认清这笑面虎的真面目，啊，可悲的叶勤，她那么崇拜她的哥哥，那么信任她的哥哥，她要是在场内，亲眼看看这一幕，她就会清醒的！她为什么不在这里？噢，对了，她出去外调了，偏偏这个时候去市郊外调，哈哈，布置得可真巧妙，她被有意识地支开，原来正是不让她看到这一幕啊！……

不容陆讷往深处细想，站在主席台上的戴志光，又声嘶力竭地吼叫起来："这个洋奴，这个资产阶级的反动学术权威，是个恶狠狠地闹右倾复辟的急先锋！大家都知道，这家伙在文化大革命初期，被革命造反派打翻在地，批评、斗争、改造了很久，完全是为了拯救他，半年多以前，我们根据'给出路'政策让他回到医院，也是希望他在工作中继续改造。哪知这个反动老手，人在心不死，公然大搞右倾复辟。他一开始工作，趁红医班医师向他请教业务之机，悍然推翻红医班医师的诊断，顽固地坚持他自己的诊断，活活害死了一个十几岁的姑娘许春珠，造成轰动全院的事件……"

"同志们，这是诽谤，这是恶毒中伤，这是无耻的谰言啊！……"忽然，高浩天用力挣扎着抬起头来，打断了戴志光的揭发，向群众大声疾呼起来。

主席台上的头头们没料到高浩天还那么硬，他们不约而同惊愕地望着台下。戴志光气得一拍桌子："这还了得呀！"

押着高浩天的两个大汉，立即抡起拳头，照准高浩天身上、头上雨点般打去，老人一下子跌倒了。

"不准打人！"忍无可忍的陆讷，再也压制不住满腔怒火，他登地站了起来，雷鸣般地喝道，"罪犯也有权申诉，高医生为啥不能讲话？"

这声震全场的怒喝，这义正词严的质问，顿时使台上台下所有的目光都射向陆讷。打人的住了手，跌倒在地的高浩天被拉了起来，他的半边脸已肿起一大块，大口地喘着气。会场里掀起了潮水般不满的议论。

戴志光目不转睛地盯着陆讷，嘿嘿嘿冷笑了两声，拖长了声调说："每当两个阶级激烈交锋的时候，总有一些家伙会自动跳出来，这不足为奇……"

"得了吧，我不怕你的威吓。你留着口水养精神吧！"陆讷嘲讽地顶着戴志光，朗朗地回击，"谁要再动手打人，群众决不答应！"说完，陆讷堂堂正正地坐下了。他听着人们嘈杂的议论，仿佛听见大海上风暴来临之前的低啸。

戴志光显然被激怒了。他呲牙咧嘴，正要发作，身旁的叶乔扯了扯他的衣襟，他忙俯身听叶乔掩着嘴向他悄悄说了几句什么，连连点着头，顺从地坐下来，"笃笃笃"使劲敲着话筒，使会场渐渐平静了。

叶乔脸露微笑，心平气和地插话道："像陆讷那样，有话公开讲出来，很好嘛！我们就是要有这样的民主。押解的同志也该注意了,不要打人,不要搞武斗嘛!"

叶乔的话,博得会场上好些人一片兴奋赞同的窃窃私语。

唯有陆讷,透过眼镜片,冷冷地盯着叶乔,他心头说,这家伙,还在争取群众哪。他抱着两条胳臂,坐在位置上,朗声朝着叶乔道:"别耍花招蒙哄人了!你们说高医生犯了罪,请拿出证据来。"

"对,得拿出证据来!"

"哪能尽这样由着上头乱扣帽子,乱整人哪!"

"我们要看证据!"

……

陆讷的话,引得会场上这儿冒出一句话,那儿冒出一句话,议论纷纷,营营扰扰,会场上闹哄哄的。

"同志们,不要闹!"戴志光恢复镇静,高声说,"高浩天搞右倾复辟,害死病人,不是我在这儿信口开河,而是有真凭实据的!"

"你……你把真凭实据拿出来!"高浩天侧转半个脸,气得发抖地迸出了这么句话。

"哼,你别气焰嚣张!"戴志光瞪了瞪高浩天,面对群众说,"大家都知道,病人被害死以后,家属闹到医院,我们一面给家属做工作,一面组织了复查。就在这个时候,高浩天生怕承担罪责,唆使自己美貌的女儿跑到医院一个头头那儿,不惜色相,拉拢诱惑,卑鄙无耻地篡改了他写的报告,妄图转移视线,嫁祸于人……"

"啊!"高浩天一声惨叫,咬牙跺脚喊道,"你血口喷人!"

"老家伙,你不要跳!"戴志光洋洋得意地站了起来,从桌上拿起几张写满了字的纸,高高地举过头顶,对全场的人说,"大家看,这就是高浩天的女儿阴谋得逞后,亲笔改过的报告。嗳嗳,场上的人不要站起来,有人看不见,那没关系,大会结束后,我们就把原件照片贴在大批判专栏上,给广大革命群众过目。"

证据一公布,所有职工都瞠目结舌,连陆讷也惊呆了。人们交头接耳、喊喊喳喳的说话声,又以一股新的势头响了起来。

"啧啧,真有这样的事!"

"高医生正直之人，怎么会指使女儿干这种事，我不相信！"

"可人家有证据啊！"

"证据，哈哈，证据算什么？活人都能被收买，别说死证据了。骗、哄、逼！你见得还少吗？"

"高医生的女儿确实漂亮，不过，看上去不是那种人！"

"唉，中国之大，无奇不有啊！也难说呢。"

"嗨，真正想不到……"

……

这一次主席台上对下面的议论声未加阻止。待人们说过了一阵，戴志光才扬扬手，用得意的腔调说：

"奇怪吗？同志们，不奇怪。高浩天搞右倾复辟，毒辣地巧施美人计，腐蚀我们的新干部，除了达到篡改报告的目的，还得到了病退复查证明，把他的女儿弄回到上海，破坏伟大的上山下乡运动，造成了极坏的……"

听到这番混淆是非颠倒黑白的话，被两个大汉强押着的高浩天忽然把头往上一仰，怒气冲天地叫了一声：

"叶乔，我们上……"

话未落音，两个大汉用劲一扭高浩天的手臂，他全身一抖，昏倒了。人们谁也没有听懂他喊出的是什么意思。陆讷见高浩天昏倒，两眼失神地望着地上。

播音喇叭里，戴志光仍在盛气凌人地叫喊："根据高浩天右倾复辟的罪行，我郑重宣布，从今天起，高浩天立即隔离审查，同时公开由广大革命群众批判斗争。下面，由群众代表批判……"

二十二

反击右倾复辟的大会直开到四点钟才结束。散会前,院党委布置按各系科进行讨论,市委工作组的成员分别插到各系科中去。饭厅的大门刚一打开,人们就像潮水样涌出会场。陆讷趁人不注意,急匆匆赶到袁征的病房,关紧了门,轻声地把会场上发生的事,简单地告诉了袁征。他焦急地搓着双手,不安地说:

"老袁,你是高医生带进院的,叶乔又知道你在这儿,很危险。我给你联系个地方,快转移吧。"

"不要连累你了,小陆。"袁征安详地笑着说,"会场上的情况,我刚才开了半扇窗,都已从扩音喇叭里听清楚了。医院的形势,我心头大致有个数。叶乔既然知道我在这儿,就不可能轻易放过我的,即使你把我转移出去了,也不能绝对保密,叶乔照样能找到我。就住在这儿吧。"

袁征的话说得有理,陆讷愣怔地呆立着,一时没了主意。见他紧皱双眉不吭气,袁征又微笑道:"小伙子,不要为我担忧。什么样的狂风暴雨,我都经历过,这身骨头,还能……"

"老袁,这事来得太突然了!"陆讷激动地摊开手说,"高医生他……唉……"

"叶乔的面目,你看清一点了吧!"袁征话音很轻,也很严肃,"这就是他们那帮人所搞的政治。小陆,我担心的是你年轻气盛,直通通地和他们顶着硬干,也难避他们的毒手。"

"我怎么样?"陆讷愤激地抬起头来,"我家庭出身好,历史清白,又没啥把柄被他们抓在手里……"

"还有,叶乔的妹妹叶勤,是你的未婚妻,对吗?"袁征含蓄地一笑,"小陆啊,别书生气十足了!这是什么时候?上头有人在玩弄阴谋,下头有一伙人配合,强奸民意,制造混乱,人民的不满在增长,我们要斗争,但也要有策略!你还是谨慎小心些好。"

袁征的话,语重心长,使陆讷十分感动,他噙着泪答道:"老袁,我记着了!但我陆讷决不是那种逆来顺受的懦夫。这些年来,我看够了,我再也憋不住心头这股怒火了,我要和他们拼,毫不留情地揭露他们的丑恶伎俩!"

"好样的。"袁征满含激情地瞅着这个年轻有为的医生。他从陆讷的身上,逐渐看到了这一代青年中的觉醒者、奋起者,但从关心陆讷的角度,他仍叮嘱道:"可也要注意不能莽撞啊,小陆,要自重。……去吧,外面的喇叭催你们参加讨论了。"

陆讷神情庄重地走到内科办公室参加讨论,讨论会只有寥寥可数的几个人发言,其余的医生、医师、护士、工务员,碍于工作组成员在场,不能像平时那样翻报、聊天、打毛线、交换裁剪知识,只得干巴巴呆坐着。因此,会开得沉闷而令人窒息,好不容易拖到六点多钟,总算结束了,陆讷推着自行车走出医院,已是华灯初上。早在分系科讨论时,医院后勤组的两部卡车就满载着一群不了解实情的小伙子,吵吵嚷嚷、兴师动众地开到长乐路去执行抄家任务了。想到高医生家又将被抄一次,弄得衣物狼藉、混乱不堪,陆讷的心情格外沉重。六六年,高老师家受冲击的情形,他还那么清晰地印在脑子里。一个在全市有名望的医生,被整去扫厕所,倒痰盂,洗脏纱布,白白地夺去一个有价值的人多少宝贵光阴啊!这种日子刚熬出了头,高老师仅仅勤勤恳恳地工作了半年,为什么又要遭如此大的厄运呢?陆讷越想越愤懑。往常这个时候,陆讷正安心坐在家里吃晚饭。可此刻,他一点也不觉得饿,倒是心头沉甸甸地像压着一块铁板,憋得他透不过气来。

他蹬上自行车,没多假思索,就往西藏路方向骑去,他要尽快地找到叶勤,把今天下午发生的一切告诉她,使她及早醒悟过来,别懵懵懂懂地蒙在鼓里了。

正是机关下班时间,马路上车辆行人十分拥挤,自行车的铃铛声、汽车的喇叭声,竞相鸣叫。陆讷在车流中机械地蹬着自行车,前头一有缝隙,就使劲往前赶。他的头脑里比马路上嘈杂的景象还要混乱,找到叶勤之后,要办的事情实在太多了。

到了叶家,李文娟和叶铭都没想到陆讷会在这时候来。陆讷瞅了面色阴沉的叶铭一眼,便问李文娟:"妈妈,叶勤还没回家吗?"

"没有啊。"李文娟望着焦灼的陆讷,"怎么,医院出事了?"

陆讷轻轻叹了一口气,一屁股坐在床沿上,重重地点着头说:"出大事了!"

"什么大事?"李文娟关切地问。

陆讷垂着眼睑,沉重地说:"高医生被当作右倾复辟的急先锋,下午当众揪出来批斗了!"

"哎唷,"李文娟大吃一惊,"这可怎么是好啊!那他家怎么办呢?"

沉着脸坐在一旁的叶铭,冰冷地插了一句:"做出见不得人的事,揪斗也活该!"

"你说什么?"陆讷忽地站了起来,高艳茹的朋友叶铭说出这样幸灾乐祸的话来,真叫他不能相信。他不客气地上前质问:"你的心也这样冷酷?你也像……"

"好了,别为高家的人辩护了!"叶铭没好气地打断了陆讷的话,轻飘飘地一挥手说,"这一回,我算是看透了!什么知识分子家庭,表面上装成文静优雅的样子,肚子里毫无羞耻之心!"

"噢——"陆讷看出叶铭显然早已听到污蔑高医生的那些话,并且相信了。对了,他今天中午不是到医院找叶乔去了嘛!这阵儿他的脸色和中午时相比,简直是从晴空万里陡然变成了阴云密布。很可能,叶乔已把事情跟他讲了。想到这儿,陆讷忍不住说:"你都相信那一派胡言乱语?"

"我看到的是真凭实据!"叶铭没好气地回了一句,抽身便往门外走。

李文娟见这情景，忙追着叶铭说："小铭，你们在说些什么呀！陆讷是你姐姐的……你怎么可以用这种态度同他说话？今天都算个啥哟，到我面前来吵嘴了！"

听了李文娟的话，陆讷逐渐冷静下来，觉得自己实在太激动，太不沉着了。说话何必那么急躁，那么气冲冲的呢？揪斗高医生之前，自己不也被蒙在鼓里嘛！刚从外地回上海的叶铭，怎么可能把事情看得那么分明呢。他解嘲似的笑了笑："妈妈，没啥没啥，我心里有些不痛快就是了。"

"这才像句话。"李文娟露出了笑容，"单位里的事，回到家说说就行了，闹得自家人都不高兴，又何必呢！小铭，你今天也怪，回到家就青着个脸，谁欠你多还你少了！快过来，抽筷子吃饭了。"

叶铭走到隔壁屋里，细想也觉得不该，自己心头窝着的火怎能对陆讷发呢？听到母亲喊，便返身走回来了。

晚饭吃得有些尴尬。满腹狐疑的李文娟本想问问高家的事，又怕儿子和未来的女婿再争吵起来，只得抑制自己的欲望。陆讷很想替高医生作些解释，但对今天突然公开的所谓"美人计"也不明实情，难以启齿。叶铭的情绪最坏，从高家回来，他一直心神不宁。想到艳茹犯下的过失并且不肯认错，不由得一阵阵怒火中烧；但忆起自己断然离开艳茹时，她那晃晃欲倒的身子和可怜巴巴的声调，她那惨白的脸色和哀求的眼神，心头又隐隐作痛。爱情啊，为什么竟包藏着这么多波折和痛苦？

叶铭吃得很少，刚搁下碗筷，楼梯上就有人呼喊："叶铭，叶铭在吗？电话，传呼电话，要打回电的。快点呀，七点钟烟纸店打烊了。"

叶铭起身就往外跑。烟纸店已在上门板了。他照着传呼单上的回电号码刚刚拨通，对方的笑声就传过来了："叶铭吗？喂，你是不是忘了，不想到我家来啦？"

"你是谁呀？"叶铭辨别不出话筒里的声音。

"我是小扣。快来吧，叶铭，有两个同学已在我家坐了半个小时,你这个主角还不到,太不像话了!"

哎呀!叶铭这才想起来,早上曾答应到刘小扣家去的,可竟忘得一干二净了。他犹豫了片刻,对方又在催问:"怎么,晚上还有事啊?"

"那么,我这就来吧!"叶铭回答。

"快点,我在家等你。"

叶铭付了钱,回转身来,正想回去给妈妈说一声,一眼看到姐姐急匆匆走进弄堂来。他忙迎上去:"姐姐,你怎么这时才回来啊!陆讷在家里等你呢。"

叶勤的脸上有些倦容。她朝弟弟点了点头,明亮的眼睛一闪:"陆讷在家里啊?好。嗳,小铭,中午哥哥和你谈过了吗?"

"谈过了。事情我都知道了,也了结了,你就别费心啰!"

叶勤一听弟弟的话头有些不对味,忙追着问:

"什么叫了结了?你究竟准备怎样对待艳茹?"

"以后再说吧,我还有事呢!"叶铭不耐烦地摆摆手,对叶勤道,"姐姐,你回家去给妈说一声,就说有同学找我,我出去一下便回来。"

"好的。"叶勤没吃晚饭,又听说陆讷在家里,也忙着赶回家去,没追着叶铭把话问清楚些,就快步向家里走去。

上了楼,一进门便看到陆讷正帮助妈妈收拾碗筷,叶勤边取下围巾边对陆讷说:"你来了呀,我正想吃过饭就去找你呢。"

陆讷见叶勤回来,连忙停下手中的活,直通通地说:"我也有话跟你说!"

"有话等等再说吧,让叶勤先吃饭。"李文娟插嘴道,"我去热热汤。"

叶勤舀了碗饭,坐到桌前来,边吃边说:"你猜我今天去外调的是谁?就是你那个病人袁征。陆讷,你还不知道吧,这个病人是叛徒,全市出名的走资派,顽固不化的老家伙,你可要注意,别上他的当啊!"

·212·

"上当的不是我,而是你!叶勤!"陆讷听说叶勤外调的对象是袁征,心中更加明白了,这就是说,叶乔早已准备一箭双雕了!他笑笑说:"叫你出去外调,是调虎离山计。"

叶勤断然地摇了摇头:"这怎么可能呢?"

"医院里今天下午开大会,你知道吗?"陆讷问。

"知道呀!"

陆讷一怔,又问:"开会的内容你知道吗?"

"不是动员大会吗?"

"我说你上当了吧!"陆讷舒了一口气,在叶勤对面坐下来,双手紧紧地抓住桌沿继续说,"今天下午开的是反击右倾复辟大会。高老师被他们当作右倾复辟的急先锋当众揪出来了,打得鼻青眼肿,鲜血直流。"

"什么?"叶勤惊愕地扬起两条弯眉,怕烫似的放下了碗筷。

陆讷往厨房那头望望,用只有叶勤听得见的嗓音忿忿地说:"这都是在叶乔的指使下干的……"

"不对!"叶勤自信地打断了陆讷,"肯定不是那么回事,我哥哥决不会这么做的!"

"可他就坐在主席台中央!"陆讷气恼地说,声音也放大了,"还讲了话!"

叶勤咬着嘴唇沉默了片刻,而后一扬下颏说:"那一定是刘庆强和戴志光哄骗了他……"

"你!"陆讷忽然站了起来,身子起得过猛,差点带倒了椅子,"你还那么崇拜叶乔,简直叫我吃惊。告诉你,叶乔就是今天大会的主谋,可惜你没有看到那场面!"

"主谋?……"叶勤从没有见过陆讷这么激动,她两只手平放在桌面上,木然呆视着墙壁,喃喃自语,"这……这是怎么一回事?"

"你们在说什么呀?"端着汤砂锅走进屋来的李文娟,正巧听到陆讷的后面几句话,她把砂锅往桌上一搁,脸上挂着明显的焦虑不安,"陆讷,你说叶乔怎么啦?"

陆讷转过脸去,紧闭着嘴不吭气。

李文娟又把脸转向女儿:"叶勤,你倒是给我说呀!叶乔他干了些什么?唉,这个叶乔也是,从来不想回家。今天我让叶铭叫他回来一趟,可叶铭也像发了昏,给忘记了,真是个糊涂虫。你们俩都开一声口啊,告诉我,是不是叶乔把高医生整了?"

叶勤的脸有些苍白,她没有回答母亲的问话,只是望着陆讷,轻声迟钝地问:"会上说了些什么?"

"说高医生是害死病人的凶手,喔,还说他唆使女儿,巧施美人计,拖人落水,篡改报告……高医生被他们又骂又打,当场昏倒,还宣布他隔离审查。"

陆讷的话刚说完,叶勤嘴唇发白,呼地站了起来,她立即想起了刚才在弄堂口碰到弟弟,弟弟对她说的那些不甚了了的话。这会儿,一下子全明白了。她声急气短地问:

"这些事……都、都是今天下午发生的?小铭他、他回家来说过什么吗?妈妈!"

"他回到家就苦着脸,眼神直勾勾的,一肚皮的心事,问他呢,他一句话也不说,只是冷笑!你们这些年轻人啊,都爱做肚皮功夫。"李文娟连声抱怨着。

"听他跟我说话那很冲动的口气,好像他也知道了这些事,还相信高医生犯了罪。"陆讷补充道。

"啊!"叶勤轻轻叫了一声。日光灯的光照着她,脸色苍白得吓人。她根本忘记了吃饭,咬紧牙齿,眉头紧蹙,不断交替捏着自己的手指。

陆讷看出她内心的困惑和不安,低声地提醒她道:"不能拖啦,得快想办法!"

叶勤好似没听清陆讷的话。她胸脯起伏着,嘴唇微微嚅动,既像是自语,又像是反问:"这些事……这些事怎么这样突然呢?真、真不敢相信,真不敢相信啊!"

"你还不信啊!"陆讷误解了叶勤的意思,他被激恼了,"事实明摆在那里,你还不相信。是不是要等叶乔整到我头上来,你才相信啊?当着妈妈的面,我不怕说出实话,叶乔只是外表装成个正人君子,他早在几年前就蜕化变质啦!权欲熏心……"

"陆讷!"叶勤看见妈妈听到陆讷的话脸色骤变,厉声地阻止他,"快别说了!"

"不,让他说下去!"李文娟大声地对叶勤道,"我不喜欢吞吞吐吐,说一半、吞一半。该是什么,就是什么。陆讷,你说,说叶乔变成啥啦?"

陆讷紧紧地抿着嘴,瞅了叶勤一眼。叶勤正使劲地打手势让他别说。

"好吧,我不说了!"陆讷把手一挥,像赶走讨厌的苍蝇那样地皱了皱眉头,"在你们家里不能说叶乔是坏人。那么好,叶勤,把我同学的那封信还给我,免得给我远在首都的同学惹麻烦……"

"信?!"叶勤听到这句话,眉目之间掠过一道恐惧的阴影,"信,我放在……"

"快点还我!"陆讷焦急地叫了起来,"我还得去探望高医生呢!"

"你急什么呀?信我没带在身边。"叶勤虽在申辩,可话音低弱了很多。

"简直是胡闹!"陆讷气得双眼圆睁,"你把信放哪儿去了?"

"你放心,我保证还你就是!"叶勤见陆讷真生了气,有点心怯地答。

"岂有此理!"陆讷忿忿地说,"你知不知道,这种信落在叶乔手里,他又要去邀功请赏啦!"

李文娟疑惑地望望叶勤,又望望陆讷,他们的脸色使她预感到什么不祥的征兆,她伸出一只手说:"别吵,别吵,有话好好说呀!你们俩为什么也吵起来了呢?"

陆讷毫不让步地指着叶勤道:"你看嘛,我们说不到一处去!"

叶勤深沉地瞅了陆讷一眼，走近他身边，柔声地说："陆讷，情况有些不好！你别急呀，听我说，这事情来得太突然了，我甚至连做梦也没想到。有些事，你可能还不知道，比如说，党内……有时候一个人是不能说了算的，少数要服从多数……你别打断我的话，听我讲完，事情总会真相大白的。至于信，我一定还你。一拿到手就送到你家去。现在，我……我马上就去找叶乔……"

不待陆讷和妈妈表态，叶勤急如旋风般转过身，连手套围巾也没戴，便往门口跑去。可是她刚拉开门，像被人当胸打了一拳似的，双手捂住胸口，连连往后退了几步，失声惊呼道：

"天哪！你……你们在这里……偷听……"

二十三

　　脸色严峻的叶乔在门口站着，他身旁还立着一个陌生的女人，这女人长着一张又扁又圆的脸，目光灼灼撩人，妖冶柔媚，富于表情，只是眼睛鼓突得像要爆出眼眶似的。特别惹人注目的是她那身服饰，招摇、挺括、色彩艳丽：全毛开司米的高领衫，领圈上绣着金银丝线镶边的花草。雪白的高领衫外面穿一件西装领的银枪呢大衣，烫得笔挺。烟灰色的厚法兰绒裤子，两条褶折刀刃。半高跟的翻毛皮鞋，走起路来咯吱咯吱发响。人还未进来，她身上擦的香脂、珍珠霜味，就随风吹了进来。

　　叶乔带着这个女人到来，使屋里的三个人都很尴尬。难堪地沉默了片刻，李文娟走上两步，抱怨地说："你到底回来了，我还以为你把这个家忘记了呢！"

　　"我再不回来，怕家里人都要把我当外人啰！"叶乔冷冷地轻笑一声，转脸向着陆讷，显出逼人的神情，冷冷地说，"没想到你陆讷是这么个人。还没进叶家的门，就挑拨起我们兄妹关系来了！你可记得，我一向对你都是客客气气的。这会儿，哼，对不起，我回到家来有事，请你出去！"

　　"这是干什么？"李文娟吃惊地说，"你凭什么这样对待陆讷？"

　　叶乔不耐烦地把手一挥："你们不了解情况，我过去也错信了他。"又转向陆讷，"请你出去，出去！"

　　血涌上了陆讷白皙的脸。他竭力抑制着，挺起胸脯回敬道："不用催，我不会在这儿久待！叶乔，你脸上蒙着画皮，还没等我来剥，自己倒先把它撕下来了。遗憾的是，我认清你的真面目晚了一些，但也不算迟。"

"你给我滚!"叶乔恼羞成怒地挥拳吼道。

"你要干什么?"一直沉默着的叶勤向前一跳,护着陆讷,像不认识叶乔似的厉声说,"这个家不是你的,陆讷是我的客人!"

"我是这个家的长辈!"李文娟也呵斥着儿子。这个家庭中突然崩开的裂纹,使得她震惊慌神了。

"让他表演吧。要不,你们也很难相信会有这样的亲人。这一来,可以省得我费很多口舌了,看看吧,这就是当今横行无忌的新贵!"陆讷潇洒地一挥手,朝李文娟点了点头,大步走了出去。

"陆讷,小陆!"李文娟连声唤着,要追出去,被叶乔伸手拦住了。

叶勤连忙出屋,追到楼梯口,情急地喊:"陆讷!"

正在下楼梯的陆讷停住了脚步,转身昂着头说:"叶勤,擦亮眼睛看看吧,你的哥哥早已是个手段阴险的野心家了,他的灵魂,已经被虫子蛀蚀腐烂了。好好想一想吧!你要是相信我的话,就得准备斗争!"

"陆讷,你等等我!"叶勤呼叫着,正要冲下楼,一只手狠命地拉住了她,回头一看,正是和叶乔一起来的那个扁平脸女人,在她耳旁低声柔气地劝慰着,"回家去吧,让人家见了,多难看!"

叶勤倏地甩开她的手,飞速地转过身子,快步跑回屋,冲到叶乔面前大声质问:"我问你,你为什么这样对待陆讷?为什么?你说为什么要这样?"

这当儿,叶乔已经完全冷静下来。今夜他带回来的女人正是经常在关键时刻提醒他避开险滩的惠芳。这个其貌不扬的女人自仗着显赫的势力找到叶乔这位相貌堂堂、前途无量的对象以来,一直催促叶乔带她跟他的家人见面,以便得到他们的承认。今天揪斗高浩天的大会一结束,她就来找叶乔到衡山饭店去,两人亲亲热热地吃了一顿茭白炒鸡丁、蚝油牛肉,然后,一齐兴冲冲来到叶家。谁知刚走到家门口,还没掏钥匙开门,就听见屋里陆讷在指名道姓地说叶乔是坏人。涵养很深的叶乔,不愿在惠芳面前显得软弱无能,也很想显示一下自己在这个家庭中的地位,便出言不逊,忿然赶走了陆讷。却不料,这一赶引起了母亲和妹妹的不满。叶乔这才意识到自己有些操之过急,渐渐镇静下来。现在面对叶勤气冲冲的质问,他坦然地说:"我就是为这个问题特地回家来的,叶勤,你不要激动,坐下听我说,陆讷有很严重的错误。"正说着,见惠芳悄没声息地走过来,向他使眼色,便给母亲介绍,"喔,妈妈,这是惠芳,我的女朋友。"

"妈妈,你好!"惠芳讨好地喊了一声。

李文娟客气地点了点头,勉强指着一把空椅子示意惠芳坐。儿子轻描淡写的语气,惠芳做作的姿态,使得李文娟满腹狐疑。儿子什么时候有了这个"女朋友"的?难道就是这个打扮得妖形怪状、脸貌丑陋的女人,使得他决然抛弃了端庄贤惠的汪秀玲?他是眼睛瞎了呀?李文娟感到伤心,联想到刚才陆讷讲的那些话,她猛然觉得叶乔不像多少年前那个儿子了,倒像是个第一次来家的生人。

叶勤没有注意妈妈黯然的目光,也无暇去顾及哥哥的对象,她怒视叶乔,紧盯着问:"你说,陆讷他犯了什么错误?"

"这正是我回家来要告诉你和妈妈讲的。"叶乔离开椅子,走到屋角倒了两杯茶,递一杯给惠芳,自己拿了一杯,平心静气地说,"我带工作组一进医院,党委、工宣队、群众纷纷反映,说陆讷是修正主义教育路线培养出来的'白专尖子',读书时代就是资产阶级反动学术权威的得意门生。他为那些资产阶级老爷小姐治病,媚态十足,为什么现在还如此重用他!叶勤,你别打岔,听我往下说嘛。刚听说这些,我像你们现在一样,根本不相信,也没跟你们讲。但是,事到如今,问题严重了,我不得不回来给你们打招呼了。"

叶乔说到这儿,溜了母亲和妹妹一眼,见自己的话完全把她俩吸引住了,便又呷了一口茶,接着说:"据反映,仅去年七、八、九三个月,陆讷就散布过许多小道消息。当时医院里谣言四起,许多谣言都出自陆讷之口,大多是矛头直指中央首长的,非常恶毒。什么红都女皇啰,什么王洪文从崇明东风农场逃回上海啰,什么姚文元的父亲是叛徒啰,什么张春桥三十年代写过反共文章啰,等等等等,不一而足!而且据他自己说,这些消息都来自北京。这个,不需我说,你们猜得到会遭到怎样的后果。叶勤,陆讷在和你谈恋爱,你难道没有听他放过毒吗?医院领导把那些铁证材料放在我面前,你们说我怎么办?全院都知道叶勤与陆讷的关系,我是她的哥哥,千百双眼睛都盯着刚刚上任的我,看我是大公无私,还是包庇家里人哩!"

"小道消息谁没有传过?"叶勤急忙为陆讷辩解,"你也不是不知道,去年乘凉时,男女老幼都在说。可恨的倒是那些专门汇报的家伙,像特务一样,鬼鬼祟祟记录人家的谈话。怪不得医院的职工要说,有些工宣队员就像旧社会的包打听,弄得人'哭笑不得'。去年七、八、九三个月,哪些人话说得多,最欢乐,要记上名单;这个月总理逝世,哪些人哭得最凶,最悲伤,也要记上名单。这究竟是干什么?让不让人活了?"

"从你的这些话也可以听得出,当初陆讷对你灌输得不少啊!"叶乔不无得意地接过话道,"问题还不止这些,更严重的是,陆讷不但有言论,还有行动!"

"行动?他一个医生,会有啥行动?"李文娟被儿子耸人听闻的话惊骇得睁大了眼睛。

叶勤没做声,只是紧张地盯着叶乔的脸,竭力想从他的神态中去辨别是非真假。

叶乔吹了吹茶杯里浮在水面上的茶叶,瞥了母亲一眼,又不慌不忙地说:"高浩天从五七干校擅自带回来一个双料的走资派,一个顽固而又反动的老家伙,叶勤,今天你去外调的,不正是这个人嘛!这总不是我瞎编吧。就是那么样一个坏人,陆讷怎么对待他呢?你可能也知道,陆讷对他照顾得无微不至,比亲老子还好。这两天,又把这个对无产阶级文化大革命满怀刻骨仇恨的反动老手,单独送进高干病房供养起来。这不充分说明他的立场了吗?"

"这倒要看那个人的病情需不需要。"李文娟不以为然地说,

"走资派就不该治病啊？陆讷他是医生嘛，医生的责任是看病救人……"

"妈，你不懂！"叶乔皱着眉头打断李文娟的话，"医院的革命群众，不是这样看的！"

"嗬，照你这么说，陆讷一定要遭殃啰？"李文娟扬起两条眉毛，不满地问，"我看，他不是坏人，你当着权，不能解释解释？"

叶乔摊开双手说："我不是不想替他说话。可是，他的问题太多了！干部和群众的呼声一天比一天强烈。我要是包庇了他，不要说整个医院的运动展开不了，连我自己也要被轰！"

"那……"李文娟瞪了瞪眼，急得不知说什么好了。

"道理就是这么些，"坐在一旁的惠芳，瞟了叶勤一眼，俨然以这个家庭成员的口气插话道，"当哥哥的要时刻想到妹妹，当妹妹的也该为哥哥的处境想想。眼前的事，黑白分明。依我看，那个陆讷充其量不过是个书呆子，思想又反动，会有什么大出息？像叶勤妹妹这样漂亮的人才，共产党员，还是响当当的工宣队员，到哪里找不到更好的人？在这件事上和陆讷划清了界限，将来让你哥哥在场面上多多留神，给你介绍个才貌双全……"

惠芳说话的时候，叶乔不断地在旁点头赞同，没待她把下面俗气的话说出口，就截住说："医院党委已经作了决议，明天晚上在全院大会上公开揪斗陆讷。会后，把他的材料转交公安部门！"

"啊！"李文娟和叶勤差不多同时叫了一声。李文娟忙掉头去看女儿，只见她脸色发青，颓然跌坐在椅子上，双手捂住胸口，眼睛木然失神。她三脚两步奔过来，急促地问："你怎么啦？"

叶乔却无动于衷地微微一笑，感到自己这一击已经取得了效果。按照他的判断，如果直率的妹妹听到他的话，大吵大闹，大哭大喊，就说明她并没有被征服；如果她默不作声，低头沉思，便表明她已经动摇了，需要抓住战机，促使叶勤作出决定，跟自己站在一起去打击陆讷这小子。叶乔这时站起来，踱到叶勤身边，叹了口气说："叶勤，不要忘记，爸爸妈妈是旧社会受苦受难的老工人，你我都是共产党员。我们家的一切,都是党给的。在大是大非面前,可不能丧失了党性!我虽是市委工作组负责人,但说到天边去还是你的哥哥……"

"不要说了!"叶勤突然像被撕破了喉咙似的喊道。此刻,她的脑子里只有一个念头:工作组、工宣队、医院党委要对陆讷下手了,他们的动作甚至比聪明的陆讷估计得还要快,而哥哥叶乔,显然参与了决策,很可能……叶勤痛苦地要驱走这个念头。但她又忽然想起一个问题来:"我问你,高医生和艳茹揭发刘庆强的罪行,你怎么处理了?"

"呃……"叶乔被问得怔了一下,皱皱眉头,委婉地解释道,"这件事还在继续调查。你知道,事关党的领导,造反上台的新干部,还涉及工宣队的名誉。嘿嘿,上级指示要深入调查,慎重处理。"

"那你是怎样对小铭说这件事的?今天下午的大会上,你根据什么向群众宣布高医生施美人计?"叶勤抬起头来,用犀利的目光盯着叶乔,他却转过身去避开了。又一个念头在叶勤脑里一闪:他为什么怕看我?她走上前继续追问:"你不是掌握了确凿的材料证明刘庆强罪大恶极吗?为什么不向群众揭发,反而把无辜的高医生抛出来揪斗?你究竟想干什么……"

"你管不着!"叶乔吼道,脸色铁青地打断了她,"你现在先得管好自己的事情,站稳自己的立场!"

叶乔的恼羞成怒,反倒使叶勤清醒了。她毫不示弱地答道:"好啊,叶乔!一会儿扮红脸,一会儿扮黑脸,这就是你的'党性'?你就是这样踩着无辜者的肩膀、昧着良心爬上去的么?两面派,无耻!"她愤怒得两手颤抖起来。

善良的李文娟生怕两兄妹争吵下去,她上前拦住女儿劝道:"叶勤,你说话客气点,有外人啊!你们今天都是怎么啦?啊,闹翻了天,不让我老太婆活了吗?叶乔!"

"叶勤,我奉劝你头脑清醒清醒!"叶乔沉着脸,冷冷地说,

"你做得太过分，将来会后悔的！"

"我只后悔今天才真正认识了你。"叶勤涨红了脸把手伸到叶乔跟前，忿忿地说，"拿来！"

"什么？"叶乔不解地问。

"我给你的信件！"

叶乔狡猾地一笑："那封足以证明陆讷是现行反革命的信件吗？对不起，罪证我已经上交了！这儿倒还有一份抄件，可以读给妈听，请妈妈用一个普通老工人的觉悟，来辨别辨别是不是反革命写的！"

"啊！"叶勤惊惶地退了一步。眨眼间觉得灯晃屋摇，天昏地暗，呼吸紧迫得使她说不出话来。

叶乔傲然地从衣袋里掏出一张纸，若无其事地斜视万分震惊的叶勤一眼，对李文娟说："妈，你听听，这就是陆讷在北京的同谋写来的反革命信件，随便念一段你听听，你就会发现问题有多么严重。哎，在这儿，你听着噢。'……几个一度不曾露面的人物，又疯狂地跳上了政治舞台，张牙舞爪，凶相毕露，要弄他们新的阴谋诡计啦！全国人民悼念总理的泪水未干，他们就这样猖狂地扑将过来，真是欺人太甚。……'妈，你听见了吗，这几句话把我们的中央首长，骂得多坏，简直像魔鬼了。下面还有，这儿，'……一些为国家富强奋不顾身的革命老干部被诬陷贬斥；燃起全国人民希望的一九七五年的大好形势被断送；去年七、八、九三个月人心舒畅的局面，被说成什么'谣言四起'；受人尊敬的邓小平同志遭到恶毒诋毁；为人民操劳一生的周总理也未能免于小丑们的诽谤、攻击；什么'宋江架空晁盖'啦，什么'教育革命大辩论'啦，一派胡言乱语充斥了我们的报纸、广播和电视，欺骗愚弄善良的老百姓……'，妈妈你听听，这些话把我们无产阶级专政的国家骂成什么样子了！后面还有，你听着，'……这真是正义和邪恶颠倒，英雄和奸臣易位，谬误压迫着真理，反动的舆论强奸着明摆的事实。历史被这样歪曲着，阴谋家们的狼子野心如此赤裸裸地显露在我们这一代年轻人面前，我们正面临着严峻的考验，我们正面临着历史的抉择,当代每一个青年怎能不思考,不作出选择……'妈妈,你听见了吗?这简直是反革命的叫嚣了!"

李文娟入神地听了一阵,不解地瞅了瞅叶乔,眉毛闪动了几下:"叶乔,我听不出这是反革命信件哩!"

"唉……"叶乔的嘴里像被塞进了一只硬核桃,眼珠转了转说,"妈,那是你整天在家,只晓得买菜、做饭、洗衣服,不学习不看报,不知道阶级斗争新动向!这信件是十足的反革命,我们反击右倾复辟,就是要查谣言,抓这样攻击我们的反革命……"

"咚!"叶勤在桌子上重重擂了一拳,截断了他。叶乔这番淋漓尽致的表演,终于使叶勤完全明白过来了。她义愤填膺地喝道:"无耻的混蛋,我这回全清楚了!你就是揪斗高医生的幕后指使人!你就是要把陆讷送进监狱的主谋!你就是跟着你那些主子汪汪乱吠的走狗!你出卖亲人,你对自己最熟的人下毒手!你要把亲人的血肉身躯打倒在地当作往上爬的阶梯,你不是人,你是衣冠禽兽!"

"嘿嘿,"叶乔脸色一点不变地冷笑道,"你要这样认为,我也没办法。我是本着好心来向你交底的。何去何从,任……"

"啊!"李文娟陡然明白过来,她失声惊叫道,"斗高医生、抓陆讷,都是你想出来的?这、这这……"

"都是他的主谋,刽子手!"叶勤气疯了,指着叶乔痛斥,"你不是我家的人,你是工人阶级的叛徒,出卖良心……"

没有关严的门被人推开了,一股冷风吹进来,把挂在墙上的日历本吹得啪啪作响。李文娟和叶勤抬头望去,只见汪秀玲一步一步默不作声地走进屋来。

心情惴惴不安的李文娟一见到汪秀玲,才想起自己曾约她到家来和叶乔当面谈一次话。眼下家庭吵得不可收拾,她完全把这件事忘记了。直到汪秀玲走近她身旁,轻声叫她妈妈,她才醒悟过来,忙应道:"来吧,来坐,反正你也不是生人。"

汪秀玲的声音使叶乔脸上的肌肉不由得弹跳了一下,陡地转过身去,傲慢地问道:"你来干什么?谁叫你来的?"

叶乔怒不可遏的神态，显然吓了汪秀玲一跳，她垂着眼睑，伸手指指李文娟，说："是妈妈让我今晚来的。"

"你！"叶乔倏地转过脸去，不无怒意地瞪着母亲，上下牙齿紧紧地咬在一起。

"怎么，我都无权叫人到家来了！"儿子的横蛮使李文娟生气了，她一拍桌子说，"你不是说汪秀玲是黑五类吗？说她父亲是摘帽右派，她舅舅是劳改分子，可她那天来说，根本没那么回事！我叫她来跟你当面说个明白。现在她来了，你说吧！"

"嗯！"惠芳忿忿地哼出了声。自从汪秀玲一进屋，她那双鼓突得像要爆出眼眶的水泡眼，就没离开过汪秀玲的脸。汪秀玲的端庄、贤淑、秀气似有一股逼人的气势，使得惠芳扁平的圆脸上流露出越来越明显的敌意。终于，她那两只充满妒火的眼睛射出了凶光，紧紧盯住了汪秀玲。

汪秀玲一进门，也看到了惠芳。不用人介绍，也不用人暗示，她顿时明白了这个穿着打扮得很特殊的女人是叶乔的新相好。她只用眼角冷冷地瞥了惠芳一眼，看清了这个女人的相貌，便再也不瞅她了。只是眼里时而闪露出轻蔑的光来。

叶乔的脸刹那间变白了。这一绝然没想到的安排，使得他当着母亲、妹妹，特别是当着新相好惠芳的面，下不来台了，他害怕地瞥了惠芳一眼，狠狠地朝汪秀玲一跺脚骂道："你这个不要脸的，我不是早跟你交代了嘛，我不能和你轧朋友，你又来玩什么小动作，哎？"

羞怯而又拘谨的汪秀玲，端庄的脸上泛出一片红晕。听到叶乔这几句话，她露出一口雪白整齐的牙齿冷冷地笑了："别气势汹汹了。妈妈一告诉我，你在造我家庭的谣言，我的心已经彻底冷了……"

"那你为什么还要来？"叶乔咄咄逼人地问。

惠芳也把眼一瞪："真不害臊！"

"我到这儿来，是给妈妈辟谣来的。"汪秀玲不屑地扫了惠芳一眼,从衣袋里掏出一张白纸递给李文娟说,"这是我们单位证明我爸爸和舅舅是邮电职工和农场干部的信件。好一个新党员、新干部,为了抛弃我,竟不惜采取卑鄙的手段,我今天算是全弄明白了。你、你还能称得上是个'人'吗?"

李文娟把证明信件看了一遍,挥着盖了公章的信问叶乔:"你为什么要骗人?你!你连我当母亲的也要骗啊?你到底想要干什么啊?叶乔!"

"这没什么好解释的,妈妈,"惠芳鄙夷地斜乜了汪秀玲一眼,怪声怪气地说,"这是恋爱自由!"

"好一个恋爱自由,无耻之尤!"叶勤一针见血地说,"欺骗造谣、打击诬陷,是不是也有自由?"

惠芳害怕地瞅了瞅叶勤,生怕她再骂出更难听的话来,她急忙拉了叶乔一下。叶乔会意,扫视了面前的母亲、妹妹、汪秀玲一眼,虚张声势地叫道:"好啊,这个家我不能呆下去了!你们串通在一起来陷害我,不让我顺利地工作。你们、你……"

话未说完,惠芳又使劲扯他一把,两个人一前一后,狼狈地跑出屋子,悻悻地下了楼。

没有人喊他一声,也没有人去追他。屋里的三个妇女,各自立在那里,你不看我,我也不看你,沉重的磨盘压着她们的心。谁也没察觉,在争吵之中,已经过了一个多小时。冬夜的风,带着阴冷阴冷的寒冽从楼梯上吹进屋来,直钻进她们的骨头里。邻居家的电视机,声音忽大忽小,不知在播放些什么。

一个好好的家,只在看场电影的时间里,就弄成个破裂的景象。痛心的李文娟举起双手,仰着脸,嘴唇哆哆嗦嗦朝叶勤哀怜地看着。她正要哭出声来,忽听楼梯上传来一阵急促的脚步声,紧接着,冲进来一个圆脸杏眼的姑娘,哭泣着叫道:

"快,快,叶铭被抓走了,你们快想办法啊!"

二十四

叶铭下了电车,横穿过马路,好容易才找到那黑漆漆的弄堂,一直走到最后那扇铁门前。铁门紧闭着,用劲也推不开。他退后一步,借着对面楼房上射来的幽暗的灯光,看清铁门右上方有一只电铃按钮。他伸出手,重重地按了几下。出乎意料地铁门右侧一块书面大小的玻璃突然红亮起来,接着传出刘小扣的声音:"门外是谁?"

"我,叶铭。"他朝着玻璃下碗口大的一个洞孔回答。

"请进来吧。"刘小扣的声音又从那儿传了出来。

叶铭正想说大门关着,铁门却徐徐地自动开了。他走了进去,左右环顾,并没人来给他开门,待他再一回头,铁门又"嘭"一声关上了。他沿着六边形砖铺的小径穿过花园,还没有走拢那小楼,落地玻璃门打开了,刘小扣高高的身影出现在台阶上,满面春风地说:"嗬,你总算来了,快进屋坐吧!两个同学等了你快一个钟头了。"

叶铭踏上三级台阶,随着刘小扣走进客厅。客厅的三人长沙发上,坐着一男一女两个同学,他们都站起来迎接叶铭。他稍一辨认,便认出来了,都是当年红卫兵团的骨干,男的好像是红卫兵排长,女的时常跟在红卫兵常委刘小扣身后,形影不离。当初分配时,他们俩一个分在商店当卖布的营业员,一个分在理发店。没想到,七八年了,他们还同刘小扣保持着联系。

老同学相见,分外亲热,坐定下来,刘小扣给叶铭倒来一杯麦乳精,四个年轻人便无拘无束地叙谈起来。

叶铭边和他们聊天,边暗暗惊讶地打量着客厅里的陈设。相对放着的三人长沙发和一对单人沙发,全是大包手,崭新的人造革上面铺着大花的毛巾毯。单人沙发之间和三人长沙发前面的茶几,都是红木精工制作的。明光锃亮的玻璃柜里面,高高低低放着各种酒瓶和一套水晶玻璃高脚酒杯。最下面那一格,还放着饼干盒、茶叶罐、麦乳精瓶子、橘子水。屋角还有一对气派很大的落地台灯,纱绢的大灯罩上绣着一群羽毛艳丽的鸟雀。那高高悬挂着的吊灯,灯泡都别致地装在喇叭花形状的灯罩里。明亮而又柔和的灯光落在壁炉台上,照着好些小摆设:无锡的泥娃,古色古香的花瓶,一副精致的小牙雕;最引人注目的,是正中嵌着一只雕花的盘子,细瓷彩画,精工细作;盘子下面,有一只电子钟。整个摆设,把粉刷一新的客厅,装饰得琳琅满目,叫人眼花缭乱,但又使人觉得有点不伦不类。

十年前,还是学生时代,叶铭也曾到过刘小扣的家。留在记忆中的,是狭窄的楼梯,低矮而向两边倾斜的天花板,报纸糊的墙壁,屋里除了床、饭桌、方凳和一只放棉絮的被柜,几乎没有什么家具。和今天相比,真可谓天壤之别。变化怎么会这样大呢?他觉得真是一个谜。

喝着麦乳精,天南地北地闲聊了一阵,两个同学互相望了一眼,双双站起身来告辞。当年的红卫兵排长客气地说:"对不起,我们俩要去看第四场电影,时间快到了。叶铭,有空到我家玩吧。"

刘小扣送他们俩出去的时候,那女同学低声对刘小扣说:"那么,我们俩结婚的房子,就拜托你哥哥了。"

"我跟哥哥说就是了。"刘小扣点头答应。

叶铭像后脑勺上被人拍了一下似的恍然大悟,他们俩和刘小扣保持着联系,原来是有自己的目的的呀!想当年冲锋陷阵、叱咤风云热衷于贴大字报、搞大辩论,甚至宣誓要把世界建成一个红彤彤地球的红卫兵闯将,如今却在低声下气地求人帮助分配结婚所需的房子,他不由得感慨万千。流逝的岁月是会怎样不知不觉地改变人啊!不要说他们了,高艳茹回上海还不到一年,不也变得……他不愿想下去，本来因遇到多年不见的老同学稍稍宽慰一些的心境，又骤然抽紧了。目光也随之暗淡下来。

刘小扣送两个同学到大门口去了，叶铭独自呆在沙发上，从客厅隔壁的一间小屋子里，传来一些男子汉的哈哈大笑声，其中夹杂着刘庆强的粗嗓门。他们好像是在打"杜洛克"，时而听得到"爱司""老K"的声音。对比之下，叶铭更显得孤单、无味。

刘小扣回到客厅里来的时候，心灰意冷的叶铭已经毫无兴致了，他起身道："他们走了，我也该告辞了！"

"不，不行，你才来一会儿，怎么就要走啊！"刘小扣连连摆着手，她眼睛一转，指着茶几上那杯麦乳精说，"看，只喝了两口，多浪费啊，至少也得喝完再走。"

叶铭无奈，回头看看那杯尚有余温的麦乳精，又坐下来，拿起杯子，一口喝尽，深长地叹了一口气。

"你怎么了？"刘小扣看着叶铭的神色异常，关切地问，"哪儿不舒服吗？"

"唉。"叶铭手支着太阳穴，搁下杯子，又叹了一口气，懒精无神地摇了摇头。

刘小扣走到叶铭坐的沙发旁，一对杏眼闪出好奇的光，俯身问："看你，一再地叹气，出了什么事？值得这样伤心呀！"

"嗨，我上当啰！"叶铭苦恼地说。他只觉得心里憋得难受，想把一肚皮怨气统统发泄出来。

"你怎么上当了，回到上海读大学，是叫人高兴的事啊，怎么会上当呢？"

"不是读大学的事……"

"那是什么事呢？"

叶铭抬头看看偌大的客厅，皱了皱眉，没答话。

"不能讲给我听吗？"刘小扣说，"还是怕被别人听见？走吧，到我屋里谈去，那儿暖和，又没人来打扰我们。"

刘小扣带叶铭走出客厅，经过一条短廊，进入一间小巧的卧室。

她开了一盏壁灯,随手关上了门,请叶铭在写字台前一张靠背椅上坐下。

卧室里确实比大客厅暖和。房间只有十二平方米大小,放置着一张单人床,一把木扶手小沙发,一个三屉小写字台。写字台上的玻璃相架里夹着张刘小扣的放大照片,她穿着开司米条纹衫,撑着把色彩鲜艳的阳伞,在灿烂的阳光下显得喜气洋洋。窗台上摆着花露水、香脂盒、塑料梳子和一只热水瓶。紧挨着钢窗,还有一只小巧的壁橱,壁橱的门漆成奶白色。壁橱上方装着一盏钢花玻璃罩子的深咖啡色壁灯,幽幽地闪出暗淡的光。房间整洁而素净,没有客厅那种豪华庸俗。

见叶铭坐定了,刘小扣打开壁橱门,给叶铭兑了一杯浓浓的橘子水端过来,就近坐在床沿上说:"这下你可以放心了,除我以外,谁也听不到。是什么事,使得你这样愁眉苦脸呀?"

叶铭的心情有些杂乱,瞅着手里的杯子,没有作声。

"告诉我嘛,你上了谁的当,也许,我还可以给你想点办法。"刘小扣轻声催促着。

"好吧,我讲给你听,反正已经彻底结束了。"叶铭瞟了相距咫尺的刘小扣一眼,左手靠在小写字台上,支着头说,"说来话长了,可能你还记得,老子英雄儿好汉,老子反动儿混蛋的血统论盛行的时候,你曾经罚六七届一个女生下跪,我还为她求过情……"

"高艳茹?"

叶铭嘴角露出一丝苦笑:"是她。我们在一起插队落户,六年来,在共同的劳动生活中,我们……"

叶铭说不下去了,喉咙里仿佛有一团火在烧灼着他,便喝了一口橘子水,感到不但酸甜,还有股辣劲。他皱皱眉头,把杯子往写字台上一放:"这橘子水怎么……"

"有股冲劲,是吗?"刘小扣嘻嘻笑道,"我兑了点白兰地。怎么,下乡这么多年,你还没学会喝酒?我们农场青年,多少都会喝点。崇明老白酒,男男女女都喝。后来怎么样,你说下去呀!"

"后来嘛，"叶铭迟疑片刻，继续说，"我们两个开始了恋爱。回想起那一段日子，唉……"

讲起他和艳茹的初恋，叶铭眼里闪出迷蒙的光彩，心像被抓破了一样痛，但仿佛心头越痛，越需要用不断的叙述来抹平那伤口。他的声音带着真挚而忧伤的感情，忽高忽低，时断时续，一会儿像干枯的溪水，吃力地流淌；一会儿又像山洪爆发，奔腾冲撞，不可阻挡。说到幸福时，他两眼闪烁，炯炯发亮；说到痛心处，他声泪俱下，哽咽唏嘘。回忆往事，不但没有使他跳出悲痛的深渊，反而愈加觉得自己被无形的重压憋得透不过气来。在近两个小时的讲述中，他把那瓶掺了白兰地的橘子水全喝光了。

叶铭说完自己的悲剧，一下伏倒在写字台上，头埋在臂弯里，耸动着肩膀，无声地悲泣着永远失去了的幸福。冬夜的风在窗外的花园里呼啸，摇着没有叶子的树枝飒飒发响。而这间温暖的小卧室里的空气，却仿佛凝滞了。

从来没有体验过恋爱波折和感情跌宕的刘小扣，听了叶铭的叙述，仿佛一幕一幕看到了他们俩的恋爱悲剧。一种强烈的羡慕混合着深切同情的感情，以从未有过的势头冲撞着她的心房。叶铭对爱情的忠诚，使她极为感动。她甚至觉得，要是她处在高艳茹那样幸福的地位，一定不会辜负这痴情的心。想到这一点，她忽然脸红了，仿佛被人家看穿了秘密似的，引起一阵剧烈的心跳。到了崇明农场以后，由于她哥哥的关系，她仅仅镀了两年"金"，就被抽到市公交公司工作。工作以后的这些年间，无论是在卖票，还是在开车的日子里，她都有过几次所谓的"恋爱"。真叫天晓得，说是恋爱轧朋友，可她从未动过感情。不是高不成，就是低不就。拖拖拉拉，几年就这么过来了。她倒也不遗憾，一个人自由自在过得蛮欢乐。当哥哥告诉她叶铭回上海读大学的消息时，她倒真动了心。在中学毕业时，她对叶铭就有好感。这些年间，这个英俊的男同学也时常浮上她的脑际，只因为他在插队落户，她未作进一步的考虑。也许是她问得太过分了，也许是哥哥确在为她着想了，平时不怎么关心她的哥哥竟然安排了她和叶铭一道去看电影，话语之中，还透露出他们间可以轧朋友的意思。刘小扣平时和哥哥没多少话可讲，但这件事，她却很感激哥哥。尤其是知道叶铭现在还没有确定的女朋友时，刘小扣的心更热了。她向哥哥流露了自己的想法，哥哥还直表赞同，并且对她说，年纪不小了，真要认准了，就得快！刘小扣理解哥哥说的这个快字，就是要主动些的意思。今天傍晚，她把叶铭要来家里玩的消息告诉哥哥时，哥哥不是特别高兴吗，他甚至还说了，说了……哎呀，哥哥这个人就是这点不好，说话太粗鲁，他不会换一句文雅点的话讲吗。只要人家领会就行了嘛！想到哥哥晚饭时说的那句话，刘小扣不知怎么竟感到浑身发热，脸都烫起来。她驱走了脑子里杂乱的念头，抑制着心跳，瞅了叶铭一眼，愤激地说："高艳茹她配享受你那崇高的爱情吗？呸，根本不配！这个反动家庭的臭小姐，我早看出她不是什么好东西。她以自己的美貌来引诱人，达到自己不可告人的目的，太卑污了！叶铭，这种人，外表再美丽，内心也是肮脏的，不值得为她伤心。你应该从感情上抛弃她，彻底抛弃她！"

刘小扣的话语传到叶铭的耳朵里，成了一片嗡嗡声。他啥也没听清，只觉得自己被一股热气包围着，头沉重得像灌满了铅，几次试着抬起来，但都不成。

刘小扣见叶铭无动于衷地趴在写字台上，只有身体在微微起伏着。她又凑近了些，话音变得亲切而低柔："叶铭，你听见我的话吗？再继续伤心，就伤害自己的身体了，那又何必呢。像你这样的人，还怕找不到真心爱你的人吗？想开点吧……"

叶铭仍然没有反应。刘小扣忽地想起什么，伸出双手，搬过叶铭的头来，惊骇地望着他虚红的脸。淡弱的灯光洒在他闭着的眼睛上，皱着的眉头笼罩着痛苦的阴影，微张着的嘴唇溢出一股酒气。她陡然间明白过来，叶铭被她兑在果汁橘子水里的白兰地弄醉了。

刚刚意识到这一点，刘小扣慌了神。一个男子，在她的屋里喝醉了，这怎么办呢？她着急地摇着叶铭："你怎么了？醉了吗？这可怎么是好，叫我怎么办呢？叶铭，你醒醒，醒醒……"

叶铭软瘫在写字台上，什么也没有听见。她慌张得手足无措，额头上沁出了汗珠。猛然想起酸可以醒酒，她忙倒了杯果子汁，可叶铭伏着不便喂他，便想把他扶到靠床头的木扶手沙发上去，那样也可使他靠得舒服些。她低语着，好不容易把他扶离靠背椅，刚刚挪动了两步，不料他脚一歪，一头倒在她身上，慌得刘小扣站立不稳，跌在床沿上，叶铭也跟着沉重地倒了下来。刘小扣一阵猛烈的心跳，正要用力把他扶起，叶铭被刚才沉重的一倒震醒了，睁眼看见刘小扣抱着自己的肩膀，他陡地推开了她，呼地坐直了身子，瞪大两眼喝问："这是干什么？"

刘小扣被叶铭猛力一推，差点跌坐在靠背椅上。她红着脸，慌慌张张地说："叶铭，刚才你喝醉了，我想把你扶到沙发上去。"

"什么？我醉了，我……"他一下从床上站了起来，直觉得眼前金星飞迸，向前又一趔趄，刘小扣赶忙扶住，他一头倒在了刘小扣肩上。

"咚！"一声，小屋的门被猛地推开了。随着又一声"啪嗒"，屋里的日光灯开亮了。一对紧紧偎依着的年轻人暴露在亮如白昼的灯光之下。刘庆强带着七八个粗壮结实的年轻汉子，踏着重步莽撞地冲了进来。刘小扣惊得瞪大了杏眼，不待她开口，刘庆强一把抓住叶铭，狠狠揍了几耳光，骂道："好啊，叶铭，你对外说是和高艳茹谈恋爱，跑到我家却来侮辱我妹妹！你该当何罪，你？"

叶铭挨打了，茫然地睁开眼望望，头又垂下去了。

"哥哥，你……"刘小扣尖叫一声扑上来，被刘庆强狠狠地一推，跌倒在屋角落里。她还没有撑起身来，刘庆强大手一挥，指着叶铭喝道："给我拖到民兵指挥部去！"

七八个身强力壮的汉子一拥而上，粗野地架起浑身乏力的叶铭，把他拉走了。

刘小扣仿佛被人当胸捶了几拳，跳起来，抓住刘庆强哭嚷道："哥哥，叶铭没错，是我……"

刘庆强抡起手，朝着自己的妹妹，左右开弓，"啪啪！"两记耳光，打得她站立不稳，又倒在地板上。刘小扣从没被人这么打过，伤心地伏在地上，放声大哭起来。

刘庆强指着她骂道："你懂个屁，再要胡说乱道，看我不撕烂你的嘴！"说完，转身大踏步走出了小屋。

门"砰"的一声关上了，跟着，花园里传来吉普车的引擎声，车子开出大门去了。

好一阵，刘小扣才从昏晕和迷惑中渐渐回过神来。她掏出手帕抹着脸上的泪水，望着那杯打算喂叶铭的果子汁。她想起前几天，哥哥主动告诉她，叶铭回上海读大学了，还安排他们俩去看内部电影。事后，哥哥又表示，对老同学不应当疏远，可以请叶铭到家里来玩玩。就是在今天晚饭时，自己对哥哥说晚上叶铭要来，他还表示欢迎嘛。可为什么，突然之间，哥哥又干出这种叫人下不了台的事情呢？对了，往常，哥哥是从来不关心我的恋爱的，介绍朋友，和人出去逛马路，他都认为不屑一问，随我怎么都行。而对叶铭，他却格外热心。他是不是有意把我拖进圈套中去。圈套，圈套，这太像一个圈套了，哪天晚上哥哥都不在家，为什么今晚上他偏偏约了一帮人来打牌？为什么他连着几天，话语中总要向我问及叶铭，他是不是想加害于叶铭，把我当作一个诱饵？哎唷，哥哥呀，你难道不知道，我是真心诚意爱叶铭吗！可是，叶铭在插队落户，哥哥在医院当工宣队头头，他为什么要害叶铭呢？为什么？为什么……

满腹疑团，刘小扣顾不得去细想了。此刻，她脑子里只有一个念头，叶铭被抓到"民兵指挥部"去了。她明白，不管是谁，只要被抓到那里，首先便是一顿毒打。无论如何，不能让叶铭挨打，要赶紧想办法救他，越快越好。想到这儿，刘小扣不顾脸上火辣辣地疼痛，跳起身来，也不整整衣服、面容，拉开屋门，飞跑过花园，冲出弄堂，向叶铭家奔去。

二十五

"咚咚咚！咚咚咚！"一阵急骤的擂门声如轰雷般把高艳茹惊醒过来。她费了老大的劲才睁开眼睛，正要抬起头，只觉得头顶心针扎似的疼痛，四肢无力，浑身酥软，心口一阵慌，便又瘫倒在三层阁楼的地板上。但是"砰砰嘭嘭"的打门声，仍在敲击着她的耳膜。她猛然感觉到擂门声不同平常，挣扎着站了起来，刚迈了一步，门就被"嘭"一声撞开了，接着，冲进来十多个青年小伙子，为首一个长得五大三粗，气汹汹地朝艳茹吼道："为什么不开门？"

"轰"一声响，艳茹的脑子像要炸开来，这凶神恶煞的人群，把她吓得退到墙边，嘴唇嚅动了一下，还没答出话来，又有一个嗓门怪叫着："她就是高浩天的大女儿高艳茹！"

"毒蛇！"为首的壮汉两步蹿上前来，伸手就是一拳，狠狠地打在艳茹的胸口上。艳茹嘴巴一歪，冒出一股血，没叫出声来，就顺着墙倒了下去。

那壮汉踢踢艳茹的双脚，冷笑一声："妈的，真会装佯。不管她，弟兄们，搜查！特别要注意那些笔记、书报，留神有没有反动罪证。"

十多个人"哗"一下散开，眨眼之间，四壁书橱里的书籍杂志统统都被掀翻在地，瘦脚伶仃的方桌上那些量杯、试管和玻璃器皿，全被砸得粉碎，九屉写字台上的手稿被拿走了，茶杯、烟缸、笔筒和钢化玻璃，也被砸碎在地板上，连那只痰盂，也被踢过来，倒扣在地上，仿佛连它也和主人一样犯了罪，该受惩罚似的。

翻桌倒柜的声音，使艳茹苏醒过来。她眼盯着这伙暴徒的"革命行动"，心里阵阵绞痛，她双臂撑地，瞪起怒目斥问："你们……

你们这是干啥？大白天抢劫吗？"

"奉命抄家！"指挥抄家的头目威胁着，"你要诬蔑我们的革命行动，小心把你这条毒蛇也一起带走！"

"抄家……"艳茹喃喃地重复了一句，仿佛凌空罩下一块巨大的黑幕，她四肢一软，又昏了过去。

昏迷在地的高艳茹还不知道，二楼的双亭子间和客堂里也同三层阁一样遭了浩劫，床上凌乱不堪，橱门、抽屉全部打开，衣物、纸张、椅凳、杯盘，一一都横尸遍地。她自然更不知道，父亲高浩天的罪行，已写成大字报贴在灶披间门口和弄堂里的黑板报栏上。其中，她高艳茹在父亲的指使下，以自己的美貌拖工宣队头头落水那一段，特别用红笔醒目地勾了出来，引得整条弄堂里的男女老少，议论纷纷。

"怪不得，高艳茹办理病退，快得叫人吃惊，原来里头还有这层关系。"

"你不要瞎三话四，这种大字报，可信可不信。"

"啧啧，高医生刚刚恢复工作才半年多，又倒霉了。"

"编得倒是挺圆，这不变成旧社会'拆白党'了嘛！尽胡扯来骗小民百姓。"

"我就不相信，高医生这样正直之人，会指使女儿做那样卑劣的事。不要忘记，那是他钟爱的女儿啊！"

……

在一片惊叹、议论声中，被勒令到居委会去受训、写交代的顾萍匆匆赶回了家。那个壮汉刚刚最后巡视完三间屋子，见顾萍回来，扔下一张所谓"抄家清单"，带着十几个小伙子"咚咚咚"下了楼，跳上车走了。顾萍瞅着满屋翻箱倒柜的凌乱情形，脸色阴沉，眉头皱得老深，她好容易控制住自己，颤抖着双手，俯身拾起了那张"抄家清单"，小心翼翼地折叠好，揣进怀里。可当她想要扶着膝盖站起来时，却只觉得一阵心慌，随着头晕目眩，脚弯子里打抖，她紧咬着牙，猛一使劲，非但没站起来，反而身子一歪，一屁股坐倒在地板上。

这时,艳芸冲进屋来,眼见一片混乱情景,心都缩紧了。六六年她还是个不懂事的小女孩,当时抄家,并没有给她留下多少印象。可现在,她只觉得心中被捅了一刀,绞得她疼痛难忍,毛发直竖。灶披间门口停的汽车,弄堂里贴出的大字报,人们的窃窃低语声,以及回家时旁人投来的蔑视的目光,这一切,都叫艳芸感到难耐的气恼和愤慨。敏感的艳芸虽然还年轻,可她也知道,随着自己的家被抄,接踵而至的便是里弄群众专政小组的勒令,单位领导的谈话,不了解实情的邻居的白眼,还有同学、朋友的疏远……艳芸只觉得喉咙里干渴得像要冒火,站在门口一动也不动。

突然,她一眼看到妈妈跌坐在地上,心中一慌,连忙冲进屋去,扶抱起了妈妈,让顾萍坐在床沿上,背靠着被窝:

"妈,你的血压又……"

顾萍叹了口气:"没啥。我担心的是你爸爸,看样子,他今晚上是回不来了,又要给他送被子……"

"爸爸!"艳芸抖颤着嗓音叫着,心头搅乱成了一团。

"艳芸,去三楼看看,艳茹还在家吗?"顾萍想起了大女儿。还在叶铭与艳茹上三楼谈话时,顾萍就到居委会受教育去了,她不知道早在抄家之前,艳茹已经昏晕在地。此刻,她担心的是叶铭碰上了这次抄家。

艳芸听了母亲的吩咐,转过身来就往三楼跑去。推门一看,艳芸怔住了,姐姐身子扭曲着倒在地板上,嘴角挂着血痕,脸色惨白得不忍目睹。惊愕异常的艳芸一阵痉挛,撕肝裂肺地尖叫着扑到艳茹身上:"姐姐,姐姐!你怎么啦?快醒醒啊,你被人打了吗?姐姐!"

听到艳芸惨叫,顾萍也挣扎着站起身,从二楼心慌气喘地跑上了三楼,扑到不省人事的大女儿身旁,慌忙招呼艳芸背姐姐到双亭间。好心的邻居老张帮助顾萍给艳茹打了针,吃了药,喂了一点粥汤,直至深夜,艳茹才渐渐苏醒过来。

看见姐姐睁开了眼睛,到医院给爸爸送了铺盖回来后一直守在姐姐床边的艳芸才舒了口气。但她随后就发现,艳茹目光呆滞,对眼前的一切,都好像视而不见。跟她讲话,要重复几遍她才露出一点似乎听懂了的样子。问她医院的人是几点钟来抄家的,她讲不明白;问她想不想吃饭、喝水,她不置可否;问她叶铭是几时走的,她睁大两眼,仿佛没听见。一向温柔的艳茹简直变成了一个痴呆病患者。

过了半夜,体弱多病的顾萍到客堂间去睡了。艳芸的眼皮也直往下垂,她摸摸姐姐的额头,一点也不烫,估计不会出什么意外,也上床睡去了。

窗外,西北风在嘶吼,弄堂里静得如一潭死水。双亭子间里熄了灯,黑得伸手不见五指。午夜过后的寒冷,使一直迷迷糊糊的艳茹清醒过来了。

叶铭像谩骂一个下贱的女人那样怒斥她,她是记得的;家里又像六六年那样被抄了,她是看见的;爸爸今夜没有回家来,她是清楚的。可她怎么也弄不明白,这一切,是为何发生的?是的,她有过失足,在威逼强迫之下失了身,可这能怪她吗?事情讲出来之后,叶勤、叶乔不都说要严厉惩罚刘庆强吗?可为什么,突然之间,叶铭怒气冲冲地来斥骂她,家又被医院里的人来抄了,爸爸没有回来?哦,对了,那个抄家的头目曾骂过自己是"毒蛇";天啦,我什么时候变成"毒蛇"了?……

艳茹的头脑像被刀砍似的疼痛,头顶上像有一块无形的铁板沉重地压迫着她。她感到窒息,透不过气来,在床上辗转反侧。

寒夜漫长。灶披间里,不知谁没把自来水龙头关紧,不断传来的滴滴哒哒的水声,敲打在艳茹的心上。

天亮了,又是严冬季节常见的一个阴天。楼梯上有人走动,灶间里的煤气"哧哧"响着,邻居家有人在热牛奶,谁家的小孩吵着要吃油条,自来水时开时关,楼下厢房间里的红灯牌收音机,正在播送今天的天气预报。像每天早上一样,楼房上下一片忙碌。不过也有些与往天不同,大人们都说话不多,听不见平时那些欢声笑语。艳茹仔细捕捉弄堂里的脚步声和自行车铃声,奇怪,不论是行人还是骑着自行车的,好像到这门口都停下了,听,还有嘈杂嘤嗡的议论,人不少呢。楼下出了什么事呢?艳茹在枕头上转过脸来,问已经起床的妹妹:

"艳芸,你听听,灶披间门口出了什么事?"

嘴里含着发夹正在梳头的艳芸,回头一瞥两眼深陷的姐姐,垂下眼睑淡淡地说:"没啥事。就是医院抄家的那些家伙贴了大字报,招引行人。"

"大字报?"艳茹呼地一下从床上坐起来,"什么大字报?上头写的是什么?"

"管它是什么,还不是一派胡言。"艳芸气愤地说,"惹得我火起,三把两把全给它扯光。"

"告诉我,艳芸,"艳茹神经质地伸出双手要求道,"大字报上写些什么?"

"哎呀,姐姐,那上面还能有什么好话,你就安心躺着吧,注意你的身体,别七想八想了!"艳芸转过身来,见姐姐还那么呆呆地坐着,索性放下梳子,走到床边,硬把她按倒在床上躺下了。

艳茹拗不过妹妹,躺在冰冷的被窝里,两眼直盯着天花板。倏忽间,她的眼前模模糊糊浮现出几张墨迹很浓的大字报,那上面,爸爸的名字被打上叉叉;观看大字报的脸,一张张在眼前掠过,有熟悉的,有陌生的,有布满皱纹的,也有年幼无知的;有的惊异,有的冷淡;陡然间,大字报上的字一个个跳起舞来,那一笔一画,粗浓粗浓,像黄鳝,像毒蛇,扭动着,腾跃着,横冲直撞,漫天飞舞,一片黑暗。

艳茹惊骇得身上冷汗直冒。她紧紧地闭上了眼睛,用被子蒙住胀痛的脑袋。在昏糊迷蒙之中,她好似听见楼梯脚有人厉声喝令顾萍赶快到里弄专政小组去报到。她想喊一声妈妈,可不等张开嘴巴,仿佛头上被砸了一锤又晕过去了。

待艳茹再次冷醒过来，双亭子间已经过一番整理，但悄然无人，只有老式梳妆台上搁着一杯豆浆，那是艳芸临上班前给姐姐热好的，此刻只有一点余温了。艳茹肚子很饿，觉得头重脚轻，浑身无力。但心里老惦记着那几张大字报，迫切地想知道那上面说了些什么。她挣扎着起了床，到卫生间洗脸漱口，又回来喝了那杯冷了的豆浆，然后围上淡黄色围巾，打开房门，一脚跨出门槛。她正要扶着把手下楼，俯首一望，只见楼梯下走上一个人来。她定睛一看，不由得惊叫一声，脸色变得煞白。

"怎么，不认识了？"来人冷笑两声，快步上了楼梯，站在艳茹面前，两眼凶狠地逼视着她。

艳茹万没想到，可憎的刘庆强会在这个时候出现在门口。他是来威逼自己，还是来报复自己的？妈妈和妹妹都不在家，病恹恹的艳茹吓得退进屋里，直往角落缩去。

刘庆强跟着进了屋子，幸灾乐祸地盯着艳茹，像饿狼瞪着无路可逃的羊羔般得意地说："怎么样，你和你父亲告发了我，把我告翻了吗？唉，哈哈，告诉你，我还是我，工宣队团长，党委副书记，像泰山样动也不动！"

"啊……"艳茹张大了嘴巴，震惊得合不拢了。

"不听我的招呼，好啊，现在你看到了吧，你父亲还是害人凶手，当着全院职工揪了出来，挂上黑牌批斗，隔离审查！"

艳茹的嘴巴扭歪了，恐怖笼罩着她白纸一样的脸。

"而你，你是妄图拖我落水的臭小姐，是化成美女的毒蛇，是腐蚀毒害工宣队头头的坏女人……"

"天啦！"艳茹尖叫一声，双手蒙住了脸，泪水从指缝里涌了出来。

"哈哈哈！"刘庆强发出了狰狞的大笑，"你高艳茹不是指望通过揭发我，求得叶铭的饶恕，和他重归于好吗？可人家叶铭怎么会要你这样的臭婊子。实话跟你说，叶铭已经和我的妹妹好上了！昨天晚上，他还在我家搂抱着我妹妹哩！你高艳茹不是还指望叶铭的哥哥叶乔来给你主持正义吗？可你知不知道，叶乔和我刘庆强，是同一条战壕里冲杀出来的战友，他怎么会为你这样一个臭女人，伤我们的兄弟情谊哪！哈哈哈！哈哈哈！"

每一句话，都像是一支毒箭，射进艳茹的心窝深处；每一句话，都像是一把利刃，剐着艳茹的五脏六腑。她仿佛被人打折了脊椎骨，根本站立不稳了，全靠身后的墙壁勉强支撑着。这半年多来，她年轻的生命中那根越绷越紧的弦，就在这当儿断了，所有的希望，也随之消失了。

刘庆强看见艳茹摇摇欲倒，一步上前抓住了她的衣领，凑过去说："当然，对你来说，出路还是有的。只要你仍旧听我的话，我保你一家渡过这难关。条件嘛，就是你全部承认我们公布的一切。怎么样？干不干？"

一股怒火，从艳茹的胸中腾地升起，她猛地摔开了刘庆强的手，浑身颤抖着骂道："放开！你们这帮野兽，畜牲！"

"你承认不承认？"刘庆强退后一步，捋捋袖子问道。

"不承认，决不承认！"高艳茹被怒火燃烧得满脸通红，"滚！你们可以一手遮天，但人民有眼，总有一天要揭穿你们这帮衣冠禽兽！"

"你再说，你再敢说一句！"刘庆强挥着拳头，向艳茹逼近过来。

艳茹随手抓起盛豆浆的茶杯，狠狠地砸到刘庆强的头上。刘庆强不防这一着，一手捂住脑袋，放开一看，满手是血，他疯狂地扑了过去。

"住手！"背后传来一声尖厉愤懑的喝叫。

刘庆强一惊，惶惶地回头望去。屋门口站着个和艳茹年岁不相上下的姑娘，一对近视眼灼灼地闪出仇恨的火焰。他觉得此人面熟，却记不起曾在哪里见过。

"好一个造反当官的流氓头子，刘庆强，光天化日之下，你还想动手打人吗？告诉你，办不到！"对方早认出了他，老实不客气地点出了他的名字。

刘庆强大为惊讶:"你……"

"你不认识我了吧,真是贵人多忘事啊!你说我家住的房子是剥削来的,把我们赶了出来,你自己倒住进了剥削来的房子里,把国家的东西尽往里搬,究竟算个啥呀!"

"好啊!"刘庆强也认出来了,原来这姑娘就是资本家郑大康的女儿郑珊!资产阶级的臭小姐胆敢用教训的口气对他说话,他不由得火冒三丈,咬牙切齿地吼道:"给我滚,你这个小骚精,跑到这儿来自找麻烦吗?!"

"呸,你也想来吓我吗?"郑珊本是个直率、泼辣、又喜欢刺激的姑娘,经过六七年插队落户生活,性格更变得无所顾忌。她把胸脯一挺,两步跨进双亭子间,讥讽道:"你把我也当成高艳茹一样好欺负,做梦!不客气地关照你,你要在这儿撒撒赖,就请你尝尝插队知青的拳头!我也不是找不到你的家!"

"呃……"郑珊的口气这么大,倒让刘庆强吃不准了。他也曾经听说,插队落户的知识青年中,有些人是天不怕地不怕的。这些年来,常听到过一些迫害下乡知识青年的角色,因为没受到法律制裁,往往在绝没料到的情况下,被那些知青狠揍了一顿。难道郑珊也喊得动人吗?不可麻痹。想到这儿,刘庆强先心虚了,再加上他本身也不干净,今天原是乘虚而入,趁火打劫,想威吓艳茹认下罪来,以使他自己尽快脱身,要真把事情闹大了,也很麻烦。刘庆强只得虚张声势地叫道:"好啊,你敢叫知青搞阶级报复,我就有办法送你进班房!"

郑珊毫不示弱地晃着拳头:"班房就是你姓刘的开着,我郑珊也不怕!快滚吧,你再敢留在这里耍流氓,我马上喊邻居们来!先在这里教训教训你这无赖!"

"好,好,你这个小狐狸精,我们走着瞧!"刘庆强悻悻地嗥叫着,恶狠狠瞪了高艳茹两眼,退出双亭子间,下楼去了。

"臭流氓,快滚吧!我咒你被电车轧死!"郑珊高声哄赶着,

"砰"一声关上了房门。

刘庆强被郑珊赶走,受尽侮辱与伤害的艳茹瘫倒在床上,失声哭了。她一边哭一边说:"郑珊,你别图一时痛快啊,你哪里真喊得动人整他。他、他可是说得出做得到,能把人往死里整啊!"

"我怕他个屁,这个流氓,只有凶过他的头,他才没话讲!"郑珊气呼呼地在床沿上坐下,无所畏惧地说,"有啥可怕的,大不了病退办不成,回江西修地球去!"

艳茹抹着眼泪,泣不成声地说:"郑珊啊,你还有江西乡下可去。我,我跑到哪儿去啊?这回你该明白了吧,我为啥劝你不要搞病退……"

"别说了。"郑珊同情地抓住艳茹的手臂,关切地说,"今天一早听说你家又被抄了,我吃过早饭就匆匆赶来。后门口贴的大字报,我都看见了;刚才那个瘟牲说的话,我全听见了。别理睬他们,艳茹,没啥大不了的!这些年,我是见得多了!咬咬牙,硬着性子挺过去。怕什么哟,江西老俵说得好:天破了总有办法补!"

"郑珊啊,事情闹得这么大,叫我以后怎么做人,怎么走出家门啊?"艳茹悲怆万分,泪水像水泉般直往上涌,一忽儿便把被单打湿了。

郑珊小心翼翼地给艳茹擦了擦眼泪,重重地跺了跺脚说:"事情已经弄得满城风雨了,叫我说,不能由着他们乱诬乱造谣,干脆,写它几十份大字报,贴到医院里去!"

"这……不……不能这样,不能这样啊!"艳茹连连晃着脑袋,放声痛哭起来。

郑珊见艳茹这么痛苦,不由得也陪着她掉了一阵泪。她又有什么办法呢,她自己也是个既无户口、又无工作的女知青。除了说几句话泄泄心头之恨,她一拿不出钱,二喊不上人,三连气力也没有。面对碰上如此悲惨遭遇的艳茹,除了洒下同情之泪,她只好靠两片嘴唇劝说。和艳茹并肩坐着,她劝慰了足足一个小时,艳茹才沉静下来,可是脸色青灰,默不作声。郑珊摸摸她的手,感到冰凉,就劝她斜倚在叠起的被子上，好好歇息。快到十点钟了，郑珊又轻声细语地安慰了几句，说好下午还来看她，便回家去了。

郑珊一走，双亭子间里静得声息全无。艳茹木然无神的目光移到梳妆台上，那里放着满满一瓶安眠药，那本是她悄悄从爸爸抽屉里拿来的，一直藏着。大约昨天抄家被翻了出来，妹妹收拾屋子时顺手放在梳妆台上了。她伸手拿过药瓶，眼前一忽儿闪出刘庆强狰狞的面目，一忽儿闪出叶铭斥责她的怒容，一忽儿浮现出铺天盖地的大字报，转瞬间又变成了叶乔那张不露声色的脸……艳茹像触电似的一阵颤栗，仿佛掉进了茫无边际的大海，无情的浪花一阵比一阵剧烈地扑打着她，掀动着她，要把她撕碎，要把她吞没，生活对于她还有什么可留恋的呢？……她一咬牙，神经质地站起身来去关严了门，落了锁；回身倒了一杯开水，机械地拧开安眠药瓶盖，慢吞吞地倒出一片片安眠药来，白色的小圆药片，散乱地躺在她的掌心里。她默默地凝视片刻，猛然送进嘴里，吞咽下去；紧接着又倒出第二把药片，再往嘴里送，直到把满满一瓶安眠药吃完，她才失手把瓶子丢到床脚。药瓶"咚"一声落到地下，艳茹惊醒过来。哦，不，不能就这样离开，她还有多少话要对他说啊！她亢奋地跳起来，找出一支笔几张白纸，伏到桌上，奋笔疾书，用年轻生命中那最后一股活力，把所有想说的话，倾诉在纸上。好像知道时间的紧迫，她紧抿着嘴，大睁着眼，全部感情都凝聚在笔尖上，不停地写着，写着，钢笔尖落在纸上，疾速地变成了一行行密密麻麻潦草但不失娟秀的字迹……当她满满地写了四五张纸以后，全身的气力仿佛已经用尽了。

艳茹赶忙拢齐几张写满了字的遗书，放进梳妆台抽屉。她还来不及拧上笔套，双亭子间就在她眼睛里摇晃起来。她忍受着喉咙里冲袭上来的一股股苦味和头脑的胀痛，勉强挪步到床前，脱下了鞋子，拉开了被子。她还想脱棉衣和毛线裤，不过脚弯不过来了，手也捏不起来了，身子晃了晃，就势倒在床上。她把身子一侧，用最后的些微气力盖上了被子。她想再把被子拢到下巴那儿，一只手伸出来，可已经动弹不得了。

　　昨晚上，艳茹一夜没睡好；多少天来，艳茹度过了无数的不眠之夜，她太需要睡眠了。她安详地躺在那儿，脸上的线条是那么清晰，脸容是那么美，脸上的神情又是那么悲愤、那么哀怜动人。她的一只右手还放在被子上面，就好像熟睡中做了一场噩梦，偶然伸出来的一样。

二十六

  小房间的门"卡搭"一声上了锁,叶铭才从昏昏糊糊的酒醉中完全清醒过来。他睁大眼睛,迟钝地打量着陌生的小屋里的一切,栗壳色的墙壁,昏黄暗淡的灯光,屋角落里有两条长溜溜的板凳,其他什么也没有了。装着铁栅栏的厚花玻璃窗户紧闭着,窗外传来铅皮落水管里的流水声,根据这情形,可以判断出这间小屋外面是条弄堂。

  这是上海民兵区指挥部关押人的地方。叶铭怎么也想不到,他会被关到这里来。寒冬夜冷,屋内既没有垫的稻草,也没有盖的被子,根本别想睡觉。他只能蜷缩起手脚呆坐在长溜溜的板凳上,沉思默想。

  一天来经过的事情浪头似的扑来。他想起了早上看《创业》时的情景,想起了吃午饭时姐姐的叮咛,想起了哥哥在医院花园里的谈话,想起了出卖灵魂的艳茹。啊,一想到她,叶铭就感到揪心地疼痛。他被关到这阴冷的小屋里来,不正是因为她的背叛撕裂着他的心,那巨大的创痛驱使着他向刘小扣倾诉,才稀里糊涂喝了酒造成这样一个局面么?可是,奇怪,为什么刘庆强狠狠给自己几耳光,不问青红皂白就把自己抓来了呢?这使他感到茫然,苦苦思索也找不出答案。

  已是下半夜了。叶铭酒醒之后感到特别冷,只好站起来在屋子里踱步。在这寂静的深夜,不时可以听到弄堂里车辆开来驶去的声音和民兵们的吆喝。仿佛又有什么人被抓进来了,从那严厉的训斥声听来,好像抓这些人是某个要人下的指示。随后,威胁声、怒斥声和鞭鸣声,伴和着凄厉的呼喊和哀叫声,什么东西倒在地上的

"扑通"声，时断时续地传到叶铭的耳朵里来，使他感到毛骨悚然，心惊肉跳。

不知什么原因，竟没有任何人来过问叶铭，即使有脚步声走到门前了，也没人开门进来。临近天亮，各种声响渐渐停息了。楼房内外显得出奇地静。叶铭也熬不住瞌睡，背抵着墙，头垂在胸前睡着了。

"咚"一声巨响震醒了叶铭。他揉揉眼皮，努力辨别才听清了是指挥部门前正在从车上往下卸什么很重的东西。厚花玻璃窗透进灰蒙蒙的曙光，叶铭知道天渐渐亮了。不是吗，窗外弄堂里正热闹起来，脚步声踢踢踏踏一直在响，自行车铃声也不时清脆地传进来。有两个宁波老太婆还兴冲冲地互相传告着：小菜场今朝有黄鱼，快点去排队！

叶铭这时才感觉到，头颈有点别筋，腰酸腿痛，脚僵得发麻，浑身的筋骨都像散了架似的。他正要站起来舒展舒展四肢，突然听到门上有人重重地敲了几下，一个公鸭嗓门粗重地问道："娘皮，小房间里关的啥人？"

"轻点，轻点。"马上有个神秘的声音道，"这是头头的老朋友叶乔弄进来的，需要关照的人物。"

"他妈的，指挥部好像是他们家一样，可以随便堆放东西！"公鸭嗓门恍然大悟地粗声骂了几句秽语，走开了。

叶铭几乎不相信自己的耳朵，什么，难道自己抓进来，与哥哥还有关系？这是怎么回事？哥哥为什么要把我关进来？他怎么知道我会去刘小扣家？不可能，不可能！这肯定是那帮家伙故意说给我听的，想挑拨我和哥哥的关系，真卑鄙！刘庆强这个畜牲，老早开始造反，民兵指挥部里肯定也有他的小兄弟，看他们怎样来审问我吧。

叶铭这样想着，站起来活动了一下手脚，又无味地坐在长板凳上。坐了一阵，感到全身发冷，又站起来做广播体操，刚做到第三节踢腿运动，小屋的门开了。一个戴阿福帽的大高个子中年人手里托着只搪瓷盘,一摇二晃地走了进来,盘子里放着三块大饼,两根油条。他把盘子往长板凳上一搁,瞥了叶铭一眼说:"吃早饭吧!"

叶铭听他口气还不凶,忙问:"为啥把我抓进来?"

大高个子摘下帽子,在手里拍打了两下说:"小阿弟,以后多听听你老阿哥的话,轧轧苗头,什么事也不会有。请你进来,是叫你清醒清醒,冷静地想想以后不要闹事。"

"闹事?"叶铭莫名其妙,他什么时候想闹事呢?他不由得问:"你这话是什么意思?"

"这还不明白?你自己的哥哥那么大官,以后多看看他的眼色行事,不要说没做坏事不会关进来,就是做了坏事,也不会关进来。"大高个子淡淡地笑着说,"小阿弟,你年纪还轻,可不能感情用事啊!"

叶铭眨巴着未睡醒的眼睛,心中愈发疑惑了。难道说,自己被关进来真和哥哥有关系?他望望大高个子,这人一脸正经,毫没开玩笑的意思,更感到费解。他看大高个子要走,又问:"那什么时候放我出去呢?"

"你家什么时候来人领你,就放你出去!"说完,大高个子指指大饼油条,示意叶铭吃早饭,便出去了。

闹了半天,被关到这里来,是叶乔的主意!哥哥为什么要这么干呢?他是怕我受不了艳茹变节的刺激跳黄浦江,才想了这么个办法软禁我吗?对了,昨天我离开他时,不是很反常,很冲动吗!可是,是谁告诉哥哥我在刘小扣家的?刘庆强为什么也来插一脚呢?

叶铭嚼着大饼油条,颠来倒去地思索了又思索,怎么也想不出个所以然来。不过,有一点他是相信了:正因为是哥哥指使关他到这儿来的,所以没人打骂他,也没人审讯他,只是让他干熬着活受罪。

叶铭在小屋里难耐地过了一上午,表针已经指向十一点了,却没有人来领他出去。一晚上没有回家,难道妈妈、姐姐都不急吗?也有可能,哥哥已跟她们通了气,故意不让她们来看呢!

叶铭失望地跌坐在板凳上，双手抱着脑袋，叹着气。

十二点了，还没人送午饭来。叶铭疑惑地自问："他们是忘了？还是有意饿我？"

门"吱呀"一声被推开了，那个大高个儿站在门口，朝叶铭点了一下头说：

"跟我来！"

叶铭站起来，困惑地跟着大高个儿走出小屋。大高个儿一句话不说，很快就带叶铭来到门房旁边那间宽敞明亮的大屋门口，叶铭朝里一望，惊讶地怔住了。

大屋子里面，站着一脸焦急的姐姐叶勤和妈妈李文娟，还有刘小扣和哥哥原来的朋友汪秀玲。他们看见面容憔悴的叶铭，不约而同地都迎了上来。

大高个儿从叶勤手里接过一张纸，看了看，对叶铭说："行了。你跟她们回家吧！"说罢，转身走了。

叶铭看见刘小扣，眉头一皱，怒声问："你来干什么？是不是你串通了你哥哥……"

"不，不！我啥也不知道！"刘小扣慌乱地答着，连连摇头，"我只是，只是……"她不好意思当着这么多人面，说出只是想同叶铭好的话来。

"不要错怪人！"叶勤打断了叶铭的话，护着泪汪汪的刘小扣，"小扣跟这事无关，还是她昨晚上跑来报的信。……她也是上了刘庆强的当！"姐姐又压低了嗓门说，"叶铭，你知道吗，就是可恶的刘庆强侮辱了艳茹……"

"啊！"叶铭大惊失色，"什么？是他？"

"就是他！"叶勤肯定地说。

叶铭如同被人劈面打了两记耳光，失神地追问："那么，不是艳茹引诱、勾引了刘庆强？"

"不是，叶铭，"叶勤断然地摇了摇头，"恰恰相反，是卑鄙的刘庆强要弄诡计，蹂躏了可怜的艳茹。"

叶铭像遭到雷击,双手捂住胸口:"那哥哥他……"

"他欺骗了你。请你到小扣家去,都是叶乔和刘庆强串通起来安排的。他们外表上不同,本质上是一丘之貉!"叶勤痛心地说,"事情已经很清楚了,我们大家都上了他们的当!"

听到叶勤和叶铭的对话,刘小扣站在一旁惊呆了。她万万没想到,在这件事情后面,还包含着那么多复杂的丑事。尤其是这些丑事,还涉及到哥哥和叶铭的哥哥,涉及到医院。她惊吓得脸都发白了。原来,哥哥那么关心她和叶铭的关系,是有他自己的用意的啊!

听到姐姐揭出了事情的真相,叶铭的心紧缩了,脑子里顿时浮现出倒在地上的艳茹,她那苦苦哀求的脸……昨天不正是自己无情地一推,使她跟跟跄跄地倒下去的吗?自己为什么那样粗暴!啊,不能让艳茹痛苦下去,得快去看她!快!被侮辱被损害了的艳茹,再不能没有一点安慰了,被诬蔑被欺凌的艳茹,你太可怜了啊!叶铭痛苦得狠狠地在自己胸口擂了一拳:

"哎呀,我错怪她了!我得去看她,现在就去!"

他猛地转身飞速跑了出去,顾不得叶勤和李文娟在背后喊他,也顾不得撞到行人的身上去。他跑到车站,跳上公共汽车,只觉得车子开得太慢,上下车的乘客太拖拉时间;到了长乐路,他呼地跳下车,又不顾一切地跑着;当他气急心慌脸色煞白地冲进高家灶披间的时候,早已累得气喘吁吁,话也说不成了。

在里弄专政小组受了一顿训斥,扫了两大条弄堂回家的顾萍,正和一脸阴沉的艳芸在煤气灶旁煮饭洗菜。看到叶铭冲进来,母女俩都吓了一跳。

顾萍惊问道:"你……出什么事了?"

艳芸利索地关上了灶披间的门,也关切地问:"你怎么啦?脸色这么难看,像生了一场大病。"

受了刺激,又被关在小屋里坐了一夜的叶铭,既没睡好,又没洗过脸,再加上心急如焚地跑了来,不但头发蓬乱,形容不整,脸色难看,那双深陷的眼睛还布满了血丝。难怪母女俩见着他,都十分吃惊了。

"艳茹呢?"他好不容易喘过气来,焦急异常地问。

"姐姐在睡觉。"艳芸低声说,"她太累了,连饭也没有煮,我下班回来,看见她睡得那么熟,没叫醒她……"

"她……在睡觉……"叶铭神魂无主地茫然说。

顾萍见他神情反常,又轻声问:"你有事吗?"

"有、有事!"叶铭机械地点点头。

母女俩瞅了瞅心神不定的叶铭,又交换了一下眼色,顾萍看看表,快到一点了,便对艳芸说:

"你去喊姐姐起来吧,饭菜都快好了。"

艳芸答应一声,穿过灶披间,快步走上楼去。顾萍回眸看见叶铭仍两眼失神地呆望着楼梯口,不免叹了口气。自从丈夫被隔离审查,家又被抄之后,她怎么也想不通,为什么说得好好的事情,突然之间变得面目全非,连申辩的余地也没有。叶铭失神落魄地跑来,又是为了什么? 顾萍炒着菠菜,思量着,突然听得艳芸在楼上令人心惊地喊叫起来:"妈妈,妈妈你快来呀! 快来看姐姐啊!"

顾萍手中的铲子惊落在锅里,来不及关上煤气,她就三脚并作两步急急奔上楼。艳芸在门口迎着她,泪光闪烁地说:"我喊了好几声,姐姐都不醒。她……"

顾萍的脸顿时变白了,几步跨了过去。紧跟着上来的叶铭听了艳芸的话,眼前一黑,也顾不上礼貌了,猛地扑到艳茹跟前。

艳茹平躺在床上,右手搁在被子外面,眼睑微合,静静地躺着,乍看去,和熟睡并无二致。

顾萍俯身叫着:"艳茹,艳茹,醒醒呀……"

"姐姐,姐姐,你快醒来啊!"艳芸哽咽地叫喊,她已经预感到不妙了。

叶铭看清艳茹的头歪在枕上,脸色灰白,嘴角上有一抹白色的唾痕,心中一抖,拉起艳茹那只手,颤声叫着:"艳茹! 艳茹!"

他的声音凄厉,顾萍和艳芸听来都感到心碎,可床上的艳茹一点反应也没有。顾萍忙伸手往艳茹鼻尖上一探，又一摸胸口，她的神情刹那间变得那么可怖，纤弱瘦小的身子摇晃着，双手抖个不住，嘶哑地尖叫一声，便全身瘫软地扑倒在女儿身上哭喊："艳茹啊，你……"

顾萍的哭声，使叶铭猛觉到艳茹的手冰冷僵直，毫无温热，他近乎昏厥地跌坐在床沿上，双手捂着脸嚎啕起来："艳茹，艳茹啊！我来迟了……"

艳芸的猜测证实了。她一跺脚，呼天抢地般哭嚷："姐姐，谁把你害死啦？姐姐，姐姐，你说啊！"

双亭子间里一片哭声，凄厉而又悲切。左邻右舍闻声赶来，都惊惧地站在门口，迟疑地立在楼梯上下。紧随着叶铭赶到高家来探望的叶勤、李文娟、汪秀玲、刘小扣刚走进灶披间，听到噩耗，匆匆挤上楼，走进双亭子间。

叶勤紧咬着牙，两眼迸射出愤怒的火焰。她的胸脯起伏，眼里没有一滴泪。当艳茹被侮辱的事实披露之后，叶勤从艳茹的言语神态中就隐隐地感觉到她的绝望。叶勤尽量地作了努力，甚至有些专制地要叶铭继续和艳茹好下去，都是为了防止艳茹走上这条路！可是，她的一切努力都落了空，艳茹还是走上了绝路。不是艳茹想死啊，是叶乔、刘庆强这帮家伙颠倒黑白，肆意诬陷，逼着她往绝路上走啊！愤恨、激怒和不可遏止的气恼，榨干了叶勤的泪水，她的心被深深地戳痛了，仿佛有好几双手，在背后推着她去找叶乔、去找刘庆强算账！

头一次来到高家的李文娟、汪秀玲、刘小扣见了这情景，都木然站着，满眼含泪地盯着哭得最凶的艳芸。

艳芸极度悲伤地伏在姐姐的被窝上，痛哭得忘了身旁的一切，不断跺着脚发泄胸中的恼恨。突然她觉得像踏着了什么东西，伸脚一踢，滚出了一只小瓶子，把大家都吸引住了。叶勤弯腰拾起来一看，是只崭新的安眠药空瓶子。

一切都清楚了，她噙着眼泪告诉大家："艳茹是吃安眠药死的!"

听到这话,艳芸忽然站了起来,一眼看到桌上那支没套上的钢笔,她一下被提醒了,连忙拉开抽屉,一眼看见那齐整地放着的遗书。她抓了起来,定睛一瞅,几个字跳入她糊满泪水的眼帘:

铭:我亲爱的……

"啊!"艳芸觉得眼前一黑,顺手把遗书递给痛哭失声的叶铭。
沉浸在悲痛中的叶铭,发觉不知从哪儿飘来几张信纸。他轻轻拾起来,那娟秀潦草的字迹猛烈地撞击着他的心房,泪珠儿扑簌扑簌地滴落在信纸上。他接连抹了好几次眼泪,好容易才看清那第一行字。他双手发抖,仿佛又听见了艳茹无限深情的低诉:

铭:我亲爱的……

当你读到我这封信的时候,你再要发狠恨我、硬着心肠骂我,我也听不见了。半年多来,我多少次提起笔,多少次铺开信纸,想向你倾诉我内心的悲愤,诉说我的不幸。可是,想到我已经有了罪恶的身孕,想到你那深邃的目光,想到你那峻厉的脸容,想到你一贯严肃的生活态度,我没有了写信的勇气。这在我的心灵深处,是多么不情愿啊……铭,要说我真有错,那么这就是我唯一对不起你的地方了。

我快要死了。刚才,我吞下了满满一瓶安眠药,因为我听说,这样死最平静,比较起来最不痛苦,也最不易救活。哪知不是这样啊,现在我浑身都好像被火烧灼着,万箭穿透了我的心,我是紧咬着牙,在给你写信啊!铭……

半年多以前,刘庆强凭借职权,扣压了我的病退复查材料。几经打听,我才知道材料落在他的手里。他和医院党委办公室的戴志光设下了圈套,叫我晚上去找他。我冒雨去了,刘庆强抛出我给爸爸誊抄的报告,诬陷我爸爸是害人凶手,要把我爸爸揪出来深揭狠批,还说害人凶手的女儿不能病退。我竭力申辩。这个畜牲又假惺惺地要我改写。铭,只怪我一时糊涂啊,为爸爸的名誉、为我们一家不再受冲击,我愁昏了头,我的幼稚使我上了他的当!啊,你不知我后来为这糊涂行为多么痛心!要说我有罪,这就是我犯下的永远不可饶恕的罪行。刘庆强抓住了这一把柄,威胁我、逼迫我、最后又以恶毒的流氓手段把我强行……

铭,我过去从来没有欺骗过你。我是准备履行我许诺给你的誓言的。我甚至不止一次想过,比起那些见异思迁的恋爱,比起那些以物质条件作筹码的买卖式婚姻,我们的爱情要纯洁得多,高尚得多。谁能料到,人世间竟有这样的衣冠禽兽撕裂了我的心!我是做梦也不曾想到过啊!

从那以后,我的心已经冷了,可以说,我的灵魂已经死去了。有多少次,我想把身受的侮辱说出来,想揭露刘庆强这畜牲的丑恶面目,可是想到爸爸将为此遭到迫害,甚至将惨遭毒打,想到年老体弱的妈妈——你知道,我妈妈患有严重的高血压,会为此而中风躺倒,我又退缩了。特别是察觉自己有了身孕,我在那罪恶的泥坑里越陷越深,所有的创痛、所有的苦水,都由我一个人默默地忍受吧。反正我对人世已经绝望了,让我把一切都埋葬在心底吧。我想到我已经不是一个纯洁的人,根本不值得你爱,根本配不上你了。我希望以断绝通信的办法,来使你认识这一点,来割断那刀斩不断的情丝……

谁又想得到,命运是这样地捉弄我,你回来了,又执拗地闯进了我一潭死水般的生活中。铭,当第一眼看到你,我就发现要我忘掉你,是做不到的。我原想激起你厌恨我,来浇灭这爱情之火。可这火不但没被浇灭,相反燃得更旺了。铭,可怕的就是我仍像当初一样爱你啊,感情这东西,并不以我犯了过失,就会像冰雪似的融化啊。那天,在红房子小花园,我忍受不了你绝然地离我而去,倒在你的怀里。那时候我就决定,下一次见面，我要把一切都告诉你，不管你将怎样地唾弃我、责备我、谩骂我，我宁肯听从你的判决。来自你的惩罚，哪怕是最残酷的，我也会觉得好受的。

铭，在我生命快要完结的时刻，我不想回忆这几天我们之间的争吵。你也不要去想它。我只想告诉你，我永远不会忘记那个雪夜。还记得那晚上的情景吗？说真的，经过几次见面，青春和希望的火焰又在我心里燃烧起来。我相信了叶乔的话，刘庆强一定会受到惩办；我相信了叶勤姐姐的话，你知道了真相会原谅我；我也相信了你的话，我们一定会和好如初，相亲相爱，在上海开始一种崭新的生活。我满怀着希望和憧憬，我真相信，半年多来笼罩我心灵的愁雾将会消散。我等待着、等待着、等待着……

我等到了什么啊！等来的是你的怒斥（我一点也不怨你），是爸爸被隔离审查的消息，是蛮横无理的抄家，是颠倒黑白的大字报，是刘庆强刚才又一次闯来，逼我承认他们捏造出来的罪名……铭，你过去常说我太脆弱了，你想想，脆弱的艳茹能忍受得了这种种非人的打击吗？能经受得住这阵阵狂风恶雨吗？揭露吗？抗议吗？难道会有什么用处。我在上海十多个月，看得多了。刘庆强、你哥哥叶乔这些人，上通王洪文之流，下有一帮打手在他们周围，公安局、民兵指挥部、专政队，到处有他们的人。而我呢，仅仅是孤苦伶仃一个弱女子，受尽了屈辱，喊天天不应，喊地地不灵，连你这最亲爱的人，也一点不能理解我。我还指望谁来主持正义？我所有的希望都破灭了，活在这人世上还有什么意思？我的生命只有最后一点意义，就是以毁灭她来抗议，来申辩！铭，我知道由我来告诉你这些，你一定会无比痛苦。可我不能不说，请相信我的话：不但我和爸爸被骗了，就是你、甚至叶勤姐姐，也都被骗了！都被叶乔和刘庆强骗了！就是他们，把我逼上了现在走的这条路！你一定要明白这一点，铭！

我要死了,铭。药性发作比我预计得要快、也猛烈得多。我的身上像在燃烧,喉咙里全是窒息人的苦味,心痛得像刀绞——我写不完这封信了,我忍受不了啦。我挣扎着给你写最后几个字,我爱你,铭,从我在山寨月夜主动来陪伴你看守包谷那一天起,我心灵中就对自己说,将来,我要嫁给你,一辈子陪伴着你,和你白头到老。啊,这是多么渺小、而又是多么美好的愿望。只是因为羞涩,我从来没有这么对你说过,现在,我对你说了,虽然已经晚了,也不合时宜,太匆促了,我还是要对你说,我爱你……

叶铭哽咽着不时出声地读完艳茹的遗书,他疯了似的跳起来,浑身的热血统统往脸上涌来,他高举起信纸,愤怒地呐喊:"叶乔,我轻饶不了你!"

叶铭呼地收起艳茹的遗书,像头雄狮样往双亭子间外面冲去。叶勤眼快,一下跳到弟弟跟前,拦住了他:"小铭,这难道是你一个人的仇恨吗?你难道还看不出来,所有这一切,都是叶乔他们那罪恶政治的需要吗?这是激烈的政治斗争!该清醒了,小铭,艳茹的死告诉我们,这是叶乔和刘庆强要弄的阴谋诡计,他们不惜一切地这么干,是要实现不可告人的目的呀!现在,不是感情用事的时候。艳茹死了,我们要想办法挽救活着的高医生和陆讷,要不,他们也会被这帮家伙整死的!"

叶勤的一番话,使叶铭垂头站住了。连正悲痛至极的顾萍和艳芸也仰起脸来望着她。多年退休在家的李文娟,忍住心头的悲愤,痛心地说:"叶乔他变成一个害人虫啦!叶勤,你说说,他的良心被狗吃了吗!他为什么要这样啊?我怎么会有这样一个可恶的儿子?"

"妈妈,一切都是为了他自己,为了要骑在人民头上!"叶勤上前扶住母亲,愤懑地说,"为了他的主子的需要,他可以六亲不认,无恶不作!"

"那我们怎么办呢？"李文娟低声地问。

叶勤扫了屋里的几个人一眼，目光闪烁，一甩头发说："今天下午，全院就要开批斗高医生、陆讷的大会。我们要把事实真相告诉全院职工，让叶乔、刘庆强他们的阴谋不能得逞！"

满屋的人激动起来。艳芸一下奔到叶勤身边，拉着她就要出门。叶勤发现刘小扣缩在屋角落里，没有吭声，她亲切地问："小扣，你去不去？"

刘小扣做梦也没有想到，一场对她来说充满了希望的恋爱后面，还有着这么激烈的政治斗争。她更没料到，只因为怕叶铭被民兵指挥部毒打而跑去报信的举动，反而把事态更推向了高潮。看这样子，屋里这些人要同叶乔和哥哥他们对着干了。哥哥要是一倒台，那她的家也就……她正这么思忖着，所以，当叶勤征询她意见时，她慌张地仰起困惑的脸，嗫嚅地说："我想……这件事和我……我不……"

叶铭转过身，一把抓住了刘小扣："你是当事人，你参与了刘庆强的阴谋，你必须去，一定要去！"

"我……我……"刘小扣吓得话也说不清了。

"叶铭，放手！"叶勤严正地制止了叶铭的莽撞，转脸对大家说，"我们不是去打架，不是去吵嘴，而是去参加斗争！不要勉强谁。这儿的事情还很多，把邻居们劝走，我们好好地商量一下，救高医生和陆讷要紧啊……"

在血淋淋的事实面前，成熟起来的叶勤，扫视了众人一眼，从每个人的目光中，她感觉到，大伙虽然年龄不一，相识不久，但在此时此刻，却汇聚起了一股新的勃发的斗争力量。她仰起脸，望着紧握拳头的叶铭招呼道："小铭，你过来。"

二十七

　　走廊里响起了脚步声，叶乔踌躇满志地挺直了腰板，专注地用铅笔点住桌面上的一份文件。其实，这份文件他早已看过多遍了，只是为了在外人面前做出副庄重的姿态，他才显得这样聚精会神。他非常明白自己的地位，也非常懂得怎样在下级面前维持自己的威信。

　　进屋来的是刘庆强。他用一声干咳代替了招呼，见叶乔冷漠地抬起头来，他伸手一抹嘴巴，说："叶老兄，按照你的吩咐，大会的一切准备工作，都已办妥了。"

　　"陆讷现在在哪儿？"叶乔抬眼问。

　　刘庆强得意地咧嘴一笑："已经派人把他监视住了。放心吧，到时候保证做到稳、准、狠！"

　　"袁征呢？"

　　"他是只死鸭子。我已派了人，随时可以架来。"

　　"不要把他硬架来。"叶乔摆了摆手，瞅着疑惑不解的刘庆强解释道，"要体现我们的政策水平。可以给他准备一辆手推车，需要时把他推上台示众。这才形象呢！不过要给他安上压舌器，即使让他坐在话筒前，也说不成话。"

　　刘庆强钦佩地望着叶乔，点了点头："好，我马上去办。布置好了就开会吗？"

　　叶乔看了看表，摇摇头说："不忙。还是按照原计划，门诊提前一小时结束，四点钟准时开会。要记住，今天这个会事关重大，报社记者也要来。要体现抓革命、促生产的精神，不能过多地占用上班时间，影响门诊病人的情绪。"

"消息明天就见报吗?"刘庆强兴冲冲地问,见叶乔点头,更得意忘形,"哈哈,这一回,我们反击右倾复辟冲到全市前头去了,准能来个名扬四方,全市轰动。"

"嗳,会还没开,你怎么就能打保票呢?这可不行。"叶乔脸上露出微带责备的神情。

"嘿嘿,"刘庆强谄媚地一笑,"有你叶老兄在这儿坐镇,岂有不旗开得胜的?"

"话怎么能这样说呢。"叶乔应付了一句,"即使会开得好,也是市委领导指挥及时,群众发动得好嘛!"

刘庆强哈哈干笑几声,转身走出了叶乔的办公室。叶乔用目光送走他的背影,直到门"嘭"一声关上了,还盯在门背上,两条眉毛在喜悦地轻微颤动着。

比起叶乔内心深处预计的效果来,刘庆强的洋洋自得肤浅多了。叶乔岂止想到大会的成功,明天的见报,他还想到医院成了反击右倾复辟的典型,将要接待各单位来访取经的客人,电视台还会来拍摄彩色电视新闻。凡是涉及运动的重要电视新闻,张春桥、姚文元在北京都要看嘛,只要他们看中了,姚文元一条批示,电视、广播、报纸都要播发消息。到那个时候,这所小小的医院就会被吹捧得名扬全国,领导这个医院运动的叶乔的名字,就会在首长们的头脑里留下深刻的印象,梦寐以求的调中央的希望,不就很快能实现了吗!

叶乔舒心地往椅背上一靠,任凭自由的幻想,快乐的思绪,在自己头脑里翱翔。

"叮铃铃……"

一阵电话铃声打断了叶乔的思路,他伸手拿过话筒,漫不经心地问:"谁呀?"

"叶乔吗?"话筒里传来娇滴滴的声音,"我搞到两张音乐舞蹈票子,今晚七点一刻的,你陪我去看,好吗?"

"哎呀,惠芳,我们的全院大会,四点钟开始。"叶乔皱紧了眉头,但吐出来的声音又甜美又柔和,"我怕会议结束不了,赶不上呢。"

"哪有这么重要的会议,开得连晚饭也不要吃了!"惠芳的嗓音变得严厉了,"你不会在六点半以前结束大会吗?反正,我等着你的车来接我。"

叶乔眼里闪出不耐烦的光,嘴里却甜言蜜语地说:"我是极愿意来陪你的,实在是今天的会不同一般。好吧,为了你,我一定在六点半前结束大会,不吃晚饭就来接你。"

对方满意地尖笑了几声,把话筒搁下了。

叶乔搁下话筒,像卸了包袱似的舒了一口气。最近,惠芳对他越缠越紧了,尤其是在听说要调一批年轻有为的干部到中央担任要职之后,她差不多每天要打两次电话来。这既叫叶乔高兴,又使他厌烦。说实在话,他当初甩掉汪秀玲而改和惠芳相好,只因为看中了她的介绍人是市里的新贵,是自己上升要借助的阶梯。如今,惠芳透露给他的许多消息却使他产生了新的想法、新的欲望。要是真的调往中央任副部长或部长,他叶乔怎么能要这么个扁圆脸的丑女人呢!当然,他从来没有把自己的心思在惠芳面前表露出来,可惠芳却像有什么预感似的,不但把叶乔盯得很紧,还主动提出要在五一节、至迟国庆节结婚。连家具、床上用品,一切花销开支,都不用叶乔操心。叶乔对她的热情攻势,采用火热的方式周旋。他要等待时机成熟,才能甩掉这个丑陋的女人。

叶乔离开靠背椅,走到窗户前,隔着擦得亮晶晶的玻璃望出去,一小群一小群的人正涌向会场。叶乔看看表,时针正指着三点半,他很高兴人们这样积极。联想到昨天揪斗高浩天,今天又将发动新的攻势,运动的迅猛发展,使他振奋,使他陶醉,忘掉了刚才的不愉快。

叶乔正打算离开办公室,一阵狂急笨重的脚步声蹬蹬地传来,戴志光像条狗一样扑进了屋,惊慌地叫着:"叶老兄,不好了,不好了!"

叶乔威严地瞪他一眼:"镇静!出了什么事?"

"高浩天的小女儿高艳芸,在医院门口贴出一条标语:揭穿一个大骗局!她站在标语前直嚷,说要向刽子手讨还血债!"

叶乔的脸倏地变了颜色,但他仍镇定地扫了沉不住气的戴志光一眼:"这有什么可慌的,组织几个人,把她轰走,把标语撕掉,不就完事了?"

"不行啊,叶老兄,你看看去,路上的人和医院的职工、病人,团团围着听她演讲呢,根本挤不进去。我耳朵里刮到几句,好像是说高艳茹死了,那高艳芸指名道姓地说她姐姐是被刘庆强和……和……"

"和什么?"

"和你两个人逼死的……"

"啊?"叶乔暗吃一惊,眼里闪出怒不可遏的光来。

戴志光窥探着叶乔的脸色,走上一步补充说:"原定大会上高浩天低头认罪的安排也得改变。这条老狗在隔离室里大喊冤枉,离他很远的病房也听得见,病人们都在纷纷议论。看样子要给他吃两顿辣子面条了!"

叶乔脸色阴沉地挽起衣袖看看表,离开大会还有二十分钟,报社记者一般都要在大会开始后到达,时间还来得及。他把手往下一劈,当机立断地命令道:"你给我马上组织一帮人,把高艳芸拖进医院来。关她几个小时!晚上押送市指挥部。走,看看去。"

戴志光见叶乔要亲自出马,明白他也知道了眼前局势的严重性。他答应一声,领头走向门口。刚拉开门,刘庆强像挨了打的饿狼似的跑过来,也不顾被旁人听见,拉开嗓门嚷道:"叶乔,快,你快去看啊!你妹妹叶勤闯进陆讷的屋子,两个人嘀咕了几句,又一同找袁征去了!"

"什么?"叶乔惊愕地站在门口,门碰在他身上也毫无知觉。昨天晚上,在家里闹得不欢而散之后,叶乔回到医院,绞尽脑汁思索了很久。他恼恨叶勤不理解他,甚至恼恨母亲干涉他的私生活。但思来想去,说到底,母亲总是母亲,妹妹还是妹妹,如果断然翻脸,于自己名声也不好,对自己是不利的。而今天揪斗陆讷的大会,事关他的前程，非开不可。为避免刺激叶勤，他一早打了电话回家，让母亲和叶勤逐级找居民委员会、街道乡办和派出所联系，按照手续去把被送进区民兵指挥部的叶铭接回家。他还特地关照母亲，叶勤昨天去市郊外调辛苦了，今天就留在家里休息，要叶勤在家里好好教育叶铭，别再出去寻事生非了。叶乔自以为得计，既表示了自己对弟弟的关心，又支开了叶勤。哪想到，现在大会还没开始，叶勤竟擅自闯来了。他扫了刘庆强一眼，低沉地问："你为什么不挡住她？"

"哎唷唷，你的妹妹，我哪里挡得住。我一出面，她就劈头盖脸骂了我一顿。"刘庆强气咻咻地叫着，"要不是你的妹妹，哼，我老早……"

"不要慌，有我呢！"叶乔打断了刘庆强的话。高艳芸和叶勤同时在医院里出现，使他警觉起来。看样子，她们俩是约好了一同来的。高艳芸贴的标语如此尖锐，叶勤的行动这么断然，不是好兆头啊！叶乔的脸色铁青，咬牙切齿说："几个臭螺蛳，想坏我一锅汤，办不到！走。"

刘庆强和戴志光被叶乔一鼓气，也冷静下来，忙跟着他下了楼。刚出楼房大门，就见穿着白大褂的医生、护士、院内的行政人员、工务人员，来医院探望病人的家属，能走动的住院病人，纷纷从四面八方向大会堂跑去。叶乔疑虑重重，拧紧眉毛，不知那儿又出了什么事。

一个十八九岁的小护士飞奔着跑过他们身旁，又转过身来朝后面叫着："刘大姐，快点呀，跑快点！大会堂里有人在演讲，等会儿就听不见了！"

听到这话，叶乔顿时预感到大势不妙，看样子，不仅仅是叶勤和高艳芸来了，还有其他人掺在里面。不能小看他们，得赶紧采取措施。他一把逮住戴志光的袖子，在戴志光耳旁低语着：

"小戴，快，你给民兵指挥部去挂个电话，就说我要三卡车人，这儿有人冲我们的会场！"

戴志光眼珠骨碌碌一转,返身就走。叶乔恼怒地一跺脚,招呼刘庆强说:"快到会堂去!"

两个人急匆匆赶到会堂,只见黑压压一片,长椅上、过道上,甚至窗台上,到处挤满了听众。三三两两的人们东一堆,西一簇,正在热切地议论,喊喊喳喳的说话声,把演讲人的嗓音也盖住了。

叶乔跨进会堂,刚走到人群外圈,就听几个人在七嘴八舌地争着嘀咕:

"这么卑鄙的事,我还是头一次听见!"

"我早说过了,高浩天那么正直的医生,哪里会做出这种事来,果然是诬陷人家!"

"那个叶乔,看来也是个不择手段的家伙,我还把他当个人呢。"

"没听说,四点钟还要开大会揪斗人嘛!"

"你看看,这样子会还开得成吗?"

"这种欺骗群众、强奸民意的会,我们干脆不参加!"

……

这些议论,像一根根尖刺,直刺得叶乔的脸一阵红一阵青。这些年来,他头一次感到心慌意乱,手足无措了。但他毕竟是在造反的浪头上打滚的角色,仍能沉住气,镇静地踮起脚跟探头向前面望去。他要弄清楚,是谁又窜到这儿拆他的台来了。

这时,窗台上,有个年轻小伙子拉住铁栏杆,挥着手大声提议道:"同志们,请大家静一静,慢些议论。会堂中间的演讲,我们一句也听不见啊!"

好似喧嚣的海潮退去,嘤嘤嗡嗡的议论声逐渐低弱,大会堂里安静下来了。

叶乔侧起耳朵,正要细细辨别,一阵激愤的控诉,有力地传了过来:

"……这就是所谓高艳茹勾引刘庆强事件的真相,这就是叶乔、刘庆强这帮家伙昧着良心,颠倒黑白的卑劣手法。他们诬陷高浩天医生搞什么右倾复辟，呸！什么右倾复辟，这帮丑恶的家伙骑在我们头上，那才真是法西斯专政复辟。同志们，叶乔为了他们那帮家伙的政治需要，为了往上爬，出卖自己的灵魂，还要不择手段出卖他的亲人！"

这愤怒的声音叶乔太熟悉了。他感到一团火焰烧到他脸上，头发竖了起来。站在会堂中央高声宣讲的，正是他的亲弟弟叶铭！他伸出手臂，疯狂地吼了一声：

"叶铭，你给我滚出来，不许你在这儿造谣惑众，蛊惑人心，破坏我们的大会！"

人们都一下转过头来盯着他。他也看见了叶铭。但叶铭稳稳地站在高处，无所畏惧地答道："啊，叶乔，你躲在人群里要干什么？你那罪恶的手残害了艳茹，迫害高医生，难道还不够吗？你敢不敢当着群众说你们今天要开什么大会？你们要的是什么阴谋？同志们，听着啊，叶乔下一步还想迫害陆讷医生，迫害生命垂危的病人袁征，他把陆讷给我姐姐看的信骗到手，交给他的主子去邀功请赏，这个卑鄙……"

"叶铭！"叶乔暴跳如雷地打断了叶铭的揭露，挥着手臂，拼命往前挤，"你再在这儿聚众闹事，我马上打电话到公安局去！"

"露出你的狰狞面目，张出你的毒牙，朝着我身上咬来吧！我不怕！"叶铭居高临下地指着他，义愤填膺地高声道，"这只能证明你外强中干，色厉内荏，只能证明你是个地道的法西斯信徒，专会镇压群众！你们见不得阳光，见不得真理，见不得人民，只会躲在阴暗角落里耍弄诡计。你要是有种，就站到我这儿来，当着成百上千的群众，我们来辩个分明！你敢走上来吗，叶乔？哈哈哈，我谅你没有这个胆量，你这个工人阶级的叛徒！"

叶乔忽地感到眼前飞迸出一团火花，他所向往的金碧辉煌的殿堂楼阁顷刻倒塌了，他做梦也在盼着的通向部长、副部长的阶梯崩裂了。四点钟早已过了，预定的大会根本无法召开了。别讲揪斗陆讷，就是昨天大会的成果，也已化为灰烬，变成了丑闻。他陡地发觉自己面对着的几十、几百张陌生的脸,都露出鄙视、轻蔑的怒容,每一双眼睛,都朝他投射出气愤、仇恨的目光,好像这些人就要扑上来,把他撕碎、捶烂砸扁一样。叶乔不由自主地打了个剧烈的寒颤,发现刚才紧随在他身旁的刘庆强早已溜之大吉,前后左右,全是怒气冲天的群众。叶乔气得连连后退,退到门边,缩着肩膀狼狈地窜逃出去。叶铭的声音,有如雷鸣般地轰击着他:"……叶乔,你要镇压我吗,要把我关进监狱吗?告诉你,把我抓走,高艳芸会向群众宣讲;把高艳芸抓走了,叶勤姐、陆讷哥还会向群众宣讲;把他们也抓走了,今天听到事实真相的人们一定会向更多的人去宣讲。你能封住一个、两个人的嘴,封不住亿万人民的嘴!千百年来的历史,早就证明了一个颠扑不破的真理:

"人民是不可欺骗、不可愚弄的,人民更是不可战胜的!"

一九七九年四月六日
——七月六日草稿于贵州猫跳河畔
一九八〇年十二月十四日
——一九八一年元月十四日修订于贵州猫跳河畔